愿做
长安
一片月

江湖夜雨 ／ 著

全唐诗 精读
精析

民主与建设出版社

© 民主与建设出版社，2021

图书在版编目（CIP）数据

愿做长安一片月：全唐诗精读精析/江湖夜雨著.
-- 北京：民主与建设出版社，2017.12（2021.4 重印）

ISBN 978-7-5139-1879-4

Ⅰ.①愿… Ⅱ.①江… Ⅲ.①唐诗—诗歌欣赏 Ⅳ.
① I207.22

中国版本图书馆 CIP 数据核字（2017）第 306647 号

愿做长安一片月：全唐诗精读精析
YUANZUOCHANGANYIPIANYUE QUANTANGSHIJINGDUJINGXI

作　　者	江湖夜雨
责任编辑	刘树民
封面设计	清水设计工作室
出版发行	民主与建设出版社有限责任公司
电　　话	（010）59417747　59419778
社　　址	北京市海淀区西三环中路10号望海楼E座7层
邮　　编	100142
印　　刷	三河市华东印刷有限公司
版　　次	2018年3月第1版
印　　次	2021年4月第2次印刷
开　　本	710×1000mm　1/16
印　　张	18
字　　数	300千字
书　　号	ISBN 978-7-5139-1879-4
定　　价	42.00元

注：如有印、装质量问题，请与出版社联系。

君如铜镜明，万物自可照（代序）

千年前的大唐盛世，是一个神话般瑰丽辉煌的时代，大唐的光芒像一轮新生的太阳笼罩着世界的东方，又以海一样宽阔的胸怀容纳着九夷四蛮的各族人民，都城长安也成了当时世界上少有的国际性大都市。

在中国的历史上，如果论疆域，唐朝或许并不是最大，如果论武功，唐朝也并不是最盛，但唐代以她那开放的胸襟、博大的气度、浪漫的情怀、张扬的个性影响和征服了八方四夷，并且一直让后人景仰不已。所以，也只有在唐朝，才会有那么多美丽纯正，如清水芙蓉一般的诗篇，那是真正的诗，是像天山雪莲一样难得的思想精华。

唐朝的诗人中，有着林林总总的各色人物，正像少林寺中烧火的和尚也许就是内力惊人的高手一样，唐朝的将军、贼寇、船工、农夫、和尚、道士、妓女、仆人，这些看来不起眼的小人物不时也会冒出惊人之句，为后世惊叹。

然而，正所谓"兵火焚诗草，江流涨墓田。长安已涂炭，追想更凄然"，到如今，辉煌壮丽的长安城、大明宫都已荡然无存，大唐当年的盛世繁华也散如秋云，对于像我这样痴爱唐朝的人实在是一种折磨。

除非能像现在流行的穿越小说里的"猪脚"（主角）们一样穿越时空，不然这盛唐的华美之境只能在梦中憧憬了。

好在还有《全唐诗》，虽然如上面所引诗中说的那样，唐代文字资料也随着无情战火和岁月风尘湮灭了不少，但毕竟还保存了五万首之多。《全唐诗》是一个宝库，这里面保存着我们唐朝祖先留下来的思想珍宝。很多人惊羡于法门寺里出土的金银与琉璃，永泰公主墓室中的壁画和陶俑，其实，《全唐诗》一样是唐代先人们留下的东西，这是当年他们殚精竭虑用心血写出来的文字，在这里，我们可以体味千年前的喜怒哀乐、豪情逸兴，感受千年前的草风沙雨、冷月寒霜，感受一个实实在在的大唐风韵。

可惜，我们经常读到的唐诗，选来选去，常常总是只占《全唐诗》百分之一还不到的那些首。虽然那些诗正是唐诗中的精华，是前辈们千百年来的公论，但是这并不意味着《全唐诗》中的其他诗句就没有了读一下的价值。每个选本都有它的局限性，比如《唐诗三百首》偏重于格律诗，这可是当年科考时必备的功夫，所以像李贺的诗就一首没有选。

再者，人们一般读唐诗，往往是从艺术角度来读的，但是，如果我们细心一下，就会感觉到，唐诗中记载的历史在某些方面比枯燥的正史更鲜活、细腻和真实。唐朝几乎人人能诗，作为可以堂而皇之地登上天子堂的朝官们更是如此，这些黑白忠奸各异的官吏们在诗坛中的地位又是如何呢？他们在宦海沉浮中的大喜大悲又是在诗中如何体现的呢？唐朝历史风云中演出了多少幕惊心动魄的活剧，这些事情在诗中又是如何反映的呢？

还有，像李杜这样的大诗人果真字字珠玑、篇篇上佳吗？就没有类似于围棋中"昏着"的平庸之作或应付之作吗？所以，我想从《全唐诗》中选一些现行读本中并不大常见的诗句来品读一下，不单单是品读诗句的精粗巧拙，而且打算借诗读史，和大家一起品读一下唐诗背后凝结了千年的故事。

曾经有一个朋友，请我看他收藏的唐代海兽葡萄镜。经历了千年的时光，这面镜子早已昏黯无光，无法映出影像。不过，我还是神往畅想了好久。这面镜子毕竟来自唐代，大唐女子的倩影曾经在这里面出现过。我对他说，我也有唐镜——文字的唐镜，那就是《全唐诗》。每一首唐诗都是一面唐代的铜镜，可以映出当年真实、鲜活、广角的大唐意象。

唐太宗曾说："以铜为镜，可以正衣冠；以史为镜，可以知兴替；以人为镜，可以明得失。"诗人元稹曾说："君如铜镜明，万物自可照。"如今，让我们以《全唐诗》为镜，从中窥得玉京丹阙中的历史风云、官街坊巷间的衢市车声、红楼深院里的秋千人语。

君如铜镜明，万物自可照（代序）

3

目 录

目录

目录

秦川雄帝宅，函谷壮皇居

——李世民的《帝京篇》

秦川①雄帝宅，函谷②壮皇居。绮殿千寻起，离宫百雉③馀。
连薨④遥接汉，飞观迥凌虚。云日隐层阙，风烟出绮疏。

——李世民《帝京篇十首》（其一）

这是《全唐诗》的开卷第一首，又是大唐明主李世民所作。所以本书先录下此诗，大家一起看看。重要的事情再说一遍，请记住大名鼎鼎的《全唐诗》的第一首就是这篇。

这首诗读来确实平平无奇，无非是说山河壮观，都城的宫殿雄伟华丽，在唐诗中算不得一流水准。还没有李世民的其他诗作更好些，比如"送寒馀雪尽，迎岁早梅新"（《于太原召侍臣赐宴守岁》）"冰消出镜水，梅散入风香"（《除夜》）之类。虽然明代胡应麟《诗薮》评曰："唐初惟文皇《帝京篇》藻赡精华，最是杰作。"但十有八九是冲着李世民的名头和诗中的威仪而来的。

① 秦川：即关中平原。
② 函谷：即函谷关，是关中进入中原的咽喉要地。
③ 百雉：指三百丈长的城墙。
④ 薨：屋瓦。

《红楼梦》中香菱初学写诗，堆砌一大篇辞藻，宝钗先说："这个不好，不是这个做法。"林妹妹后来也跟着批评了一番。个人浅见，李世民的这首诗和香菱初写诗时的水平差不多，堆砌较多，在气象恢宏、法度严谨方面可以得个七八十分，如果是文章还算罢了，但作为诗来说，实在难称得上是绝妙之作。"初唐四杰"之一的骆宾王也写有一首《帝京篇》，应该说比本篇就略胜一筹。

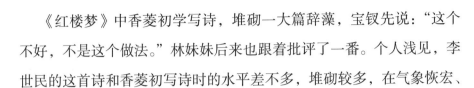

不过，说起李世民，他的文才武功都是相当出色的。当然，相比于在万马军中冲阵扬威的武功来，李世民的诗和书法是要逊色一些。不过和一般的帝王或是二三流的寻常文人相比，个人觉得李世民还是要远在他们之上的。

李世民有不少诗句是相当有声有色的，如"四时运灰琯，一夕变冬春。送寒馀雪尽，迎岁早梅新"（《于太原召侍臣赐宴守岁》），这样的句子就相当有诗意。个人认为，李世民的诗以这两首为最佳：

初秋夜坐

斜廊连绮阁，初月照宵帏。塞冷鸿飞疾，园秋蝉噪迟。

露结林疏叶，寒轻菊吐滋。愁心逢此节，长叹独含悲。

赋得早雁出云鸣

初秋玉露清，早雁出空鸣。

隔云时乱影，因风乍含声。

不过这两首诗的意境有点过于凄清，我们从诗中也可以知道，貌似磐石般坚强伟岸、风雷般奔腾无拘的李世民，也有黯然销魂的时候。看来七情六欲在所难免，就算身为英雄，贵为帝王，也有无奈无助的时候。

据说帝王和常人不同，寒酸文人们写点愁啦哭啦的话并不算什么，但是帝王最不宜做此类凄清悱恻之语，像隋炀帝有一首诗（《野望》）曰："寒鸦千万点，流水绕孤村。斜阳欲落处，一望黯消魂。"诗境要说也相当不错，但他却身死国灭，曹操刚说了个"绕树三匝，何枝可依"（《短歌行》）就有了赤壁之败，后主李煜这类人的诗词做得好但命运更是倒霉透顶。所以当时的大臣虞世南就曾劝过李世民，不让他写南朝宫体诗一类，并称之为"亡国之音"。

唐太宗是著名的从谏如流，他的诗后来绝大多数都是蓬勃向上的，像《正日临朝》这首，就充满霞色鲜媚、晨光初露的新春景象：

正日①临朝

条风②开献节，灰律③动初阳。百蛮奉遐赆，万国朝未央。

① 正日：正月一日。

② 条风：春天的东北风。

③ 灰律：古代的候气之法。

秦川雄帝宅，函谷壮皇居

虽无舜禹迹，幸欣天地康。车轨同八表，书文混四方。

赫奕俨冠盖，纷纶盛服章。羽旄飞驰道，钟鼓震岩廊。

组练辉霞色，霜戟耀朝光。晨宵怀至理，终愧抚遐荒。

　　这首诗气势不凡，虽然"百蛮奉遐赆，万国朝未央"这样的句子尚不及王维的"九天阊阖开宫殿，万国衣冠拜冕旒"（《和贾舍人早朝大明宫之作》），但这首诗由一代明君唐太宗亲口吟出，读来则别有一番滋味。诗中铺陈细致，写百蛮朝圣，万国来朝，车轨书文混同，冠盖服章纷纶。这大唐盛世的景象，就像正日（春节）时早晨初升的太阳。这并非是太宗个人的感受，也是大唐臣民们共同的感受，但凡开国盛世，人们都会有这样的情怀。

　　"昔乘匹马去，今驱万乘来"，这是唐太宗佚诗中残存的两句，但其中流露出的飒飒风姿，就足以让人神往不已。读太宗诗，可以鼓舞我们建功立业、发愤图强。从这个意义上来说，《唐太宗集》中的不少诗颇具"励志"功效。

　　要说这大唐的盛世，确实有一大半是李世民奠定下来的，而如果没有大唐的盛世，唐诗的盛景虽然未必就完全不可能出现，但恐怕也不会像现在这样百花争艳、异彩纷呈。可能正是基于这样的考虑，《全唐诗》的编纂者才把这一篇最有盛世帝王气象的诗放在开卷之首，把唐太宗李世民的诗放在第一篇，也算是实至名归吧！

出众风流旧有名
——长孙贤后的春情

上苑①桃花朝日明，兰闺②艳妾动春情。

井上新桃偷面色③，檐边嫩柳学身轻④。

花中来去⑤看舞蝶，树上长短⑥听啼莺。

林下何须远借问，出众风流旧有名。

——长孙皇后《春游曲》

　　唐代皇帝的诗看了，那皇后娘娘的诗也看看吧。这首诗的作者就是母仪天下、名垂千古的长孙皇后。不过如果大家将这首诗拿给未曾读过的人看，先不告诉这是唐太宗的长孙皇后所作，让他们试猜一下，他们恐怕多半会猜是宫女嫔妃所作，而且还多半是有点狐媚妖淫的不正经之辈，像电影《火烧圆明园》中唱"艳阳天"的兰贵人那一流的。

① 上苑：即上林苑，在今河南洛阳市东，是养禽兽、种花木供帝王游乐的场所。

② 兰闺：古代女子居室的美称。

③ 偷面色：是说偷得了艳妾的美客。

④ 学身轻：是说像艳妾的腰肢一样轻。

⑤ 来去：指舞蝶的来去。

⑥ 长短：指莺啼声的长短。

然而，这真的是长孙皇后所作。我们知道，历史上的长孙皇后和唐太宗李世民是结发夫妻，据说十三岁时，长孙氏就嫁给了当时才十五岁的李世民。她虽然只活了三十六岁，但是却和李世民共同生活了二十三年，生育了六个子女（也有说是七个的），包括后来的唐高宗李治。

对于长孙皇后，史书中赞不绝口，她通晓史书典籍，李世民经常和她一起讨论政事。李世民好几次被魏征这个倔驴惹得火冒三丈，几乎要杀他，都是长孙皇后进谏，才使得李世民转怒为喜。

虽说李世民是一代明君，但长孙皇后的仁德也是有口皆碑的。长孙皇后不骄不妒，有隋朝独孤皇后的美德，却不像独孤皇后那样好妒。长孙皇后一生节俭，并以此约束太子和宫人，临死时说："妾家以恩泽进，无德而禄，易以取祸，无属枢柄，以外戚奉朝请足矣。妾生无益于时，死不可以厚葬，愿因山为垅，无起坟，无用棺椁，器以瓦木，约费送终，是妾不见忘也。"（《新唐书·后妃传上·太宗皇后长孙氏》）

她生前还多次请求其兄长孙无忌放权辞官，临终的嘱咐也是这样说，而且要求不要厚葬，以免浪费钱财。长孙皇后真是个既贤明又通达的女子，可惜长孙无忌并没听他妹妹的话，根本不想"退步抽身早"，结果让武后给做掉了，没得善终。

长孙皇后由于一生贤德，加上她的老公唐太宗这一代明君的光芒，后世的皇后妃子们无不将她作为榜样来学习。不过也有些副作用，像武则天之所以能成功登上女皇宝座，个人觉得有长孙皇后参政议政的效应的影响——由于长孙皇后参与政事，做了不少利国利民的好事，那武后参政之初朝野上下也不会太反感和反对了。

不过，从这首诗我们也可以看到一个活泼可爱的、和一般少妇没有什么不同的长孙皇后。这和后世儒生们笔下塑造的不食人间烟火、没有七情六欲的标准皇后形象大大不同。从"上苑桃花"这一句可以看出，这首诗当作于李世民当上皇帝之后，也即长孙皇后二十五岁以后，并非是早年时的旧作。不过诗中还是真情流露，大大方方地吐露一个女子的芳心柔情。在传统印象中，作为贤后榜样的长孙皇后，应该是正襟危坐，手拿《女则》，无情无欲，没有半点"人味"才对。而这首诗中的长孙皇后，居然像个活泼娇媚的少妇一般，而且还挺"开放"，什么"兰闺艳妾动春情"之类的话，既直白又大胆，不免让旧时的一干老儒看得不时摇头，尴尬万分。

这和后来人们印象中端庄恭谨的皇后形象全然不合拍，哪里像长孙皇后的诗？明朝著名文学家钟惺的《名媛诗归》卷九中就这样说："开国圣母，亦作情艳，恐伤盛德。诗中连用井上、檐边、花中、树上、林下，一气读去，不觉其复。可见诗到入妙处，亦足掩其微疵。休文四声八

出众风流旧有名

7

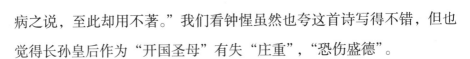

病之说，至此却用不著。"我们看钟惺虽然也夸这首诗写得不错，但也觉得长孙皇后作为"开国圣母"有失"庄重"，"恐伤盛德"。

然而，这正反映出大唐的气象。大唐就是这样，正像唐代美女们袒露酥胸一样，唐代人的真情是不受束缚的，真情流露的诗作谁也不会讥笑，在那个时代并不可耻。所以长孙皇后敢这样写，也敢于将此诗公之于众，让它流传千古。也让我们知道当年的长孙皇后，不但可敬，而且可爱可亲。

中国的历史上，经常喜欢将人，尤其是他们所认为的"贤人""圣人"木偶化、泥塑化，将他们抽离真实的血肉，按自己希望的形象用泥糊起来，放在香烟缭绕的殿堂里供奉。然而，幸好有这样一首诗，能将我们带回贞观年间，充分了解到长孙皇后真实而又可爱可亲的另一面。

谁家麟阁上，画此一猕猴
——大唐重臣们的娱乐节目

耸膊成山字，埋肩不出头。

谁家麟阁上，画此一猕猴。

——长孙无忌《与欧阳询互嘲》（无忌嘲询）

索头连背暖，漫裆畏肚寒。

只因心溷溷，所以面团团。

——欧阳询《与欧阳询互嘲》（询嘲无忌）

　　这两首诗据说是在一次宴会上，唐太宗兴致很好，就命大臣们作诗互相嘲讽为乐。看来唐太宗不但文治武功出众，还有做娱乐节目主持人的天分。当然，后来昏君唐中宗也继承了这一传统，让老大臣们拔河玩，但治国上和太宗差了十万八千里。

　　于是国舅爷长孙无忌就拿欧阳询来开玩笑。说起这欧阳询，也是贞观年间的名臣，书法尤其出众。但由于在书法界经常一说就是"颜柳欧赵"，不少人误认为欧阳询所处的时代要在颜真卿和柳公权之后。

　　欧阳询字写得相当漂亮——到现在他的《九成宫醴泉铭》的碑帖还是青少年书法通用的培训教材之一——不过他的相貌却实在丑陋奇

特，活像一只大猴子。唐代传奇《补江总白猿传》一书中就说欧阳纥（欧阳询的父亲）率军南征，至长乐，妻为白猿精劫走。欧阳纥率兵入山，计杀白猿，而妻已孕，后生一子，状貌如猿猴。这个猴孩就是欧阳询。当然此事未必是真的，但欧阳询恐怕也长得实在太像猴了。所以诗中长孙无忌讥笑欧阳询"耸膊成山字，埋肩不出头"，活脱脱一个猿人形象。

欧阳询虽然相貌丑陋，却也机敏聪明，他马上反唇相讥。长孙无忌长得比较矮胖，一张大圆脸，所以欧阳询说他"索头连背暖，漫裆畏肚寒"。索头，是说头戴大厚皮帽，也有说是后脑勺上的头发，总之是说长孙无忌脖子粗短，帽子或头发直接盖满了后背；所谓"漫裆"，因为古人的袍服里面的裆是开着的，当时也没拉锁什么的，可能是由于长孙无忌太胖，大肚子一撑，裤裆就开得太厉害了，于是长孙无忌不得不缝紧了裤裆。

接下来这两句说得就有点过了。长孙无忌的诗中只是嘲笑欧阳询的相貌而已，而欧阳询却攻击得更过分："只因心溷溷，所以面团团。"溷，是肮脏污浊的意思，长孙无忌就算长着一张大饼脸，和心地肮脏不肮脏有什么关系？而且长孙无忌身居高位，本来就有不少人猜忌他，所以说这样的话，确实有点过分了。

这里有必要简单介绍一下长孙无忌，他是"玄武门之变"最得力的鼓动者和协作者，李世民曾感慨："我有天下，多是此人之力。"所以，他位列凌烟阁功臣的首位，并升为左武侯大将军，后任吏部尚书，晋封齐国公，实封一千三百户。但正因如此，也有不少人认为他权势过重，一旦有不臣之心，将难以制御。但李世民一直对长孙无忌十分倚重，有人密奏其权宠过盛，不利于国，李世民召集百官，重申对长孙无忌的无比信任。

所以，欧阳询此话一出，李世民见闹得比较过分了，沉下脸来说，你难道不怕皇后（长孙皇后）听见吗？（太宗敛容曰："汝岂不畏皇后闻耶！"）抬出长孙皇后来，比较恰当地中止了两人的争执。有文章说，从此事可以看出，唐太宗还是偏袒自己的大舅子，大舅子嘲笑人家可以，人家说他舅子两句就不行了。个人觉得，并不完全是这么回事，欧阳询那句"只因心溷溷"，确实有点越界犯规了。

另外，从这两首诗可以看出，虽然欧阳询和长孙无忌在《全唐诗》中都存诗不多，但他们俩的诗才都还是不错的。长孙无忌的以下两首诗写得也还不错，请欣赏一下：

新曲二首

侬阿家住朝歌下，早传名。

结伴来游淇水上，旧长情。

玉珮金钿随步远，云罗雾縠逐风轻。

转目机心悬自许，何须更待听琴声。

回雪凌波游洛浦，遇陈王。

婉约娉婷工语笑，侍兰房。

芙蓉绮帐还开掩，翡翠珠被烂齐光。

长愿今宵奉颜色，不爱吹箫逐凤凰。

这两首似乎早早就有了宋词中的风味，权倾一时的重臣长孙无忌心中也是有儿女柔情的一方天地的。

谁家麟阁上，画此一猕猴

初酝一缸开，新知万里来

——奇宝《兰亭序》后的阴谋和友情

邂逅款良宵，殷勤荷胜招①。弥天俄若旧，初地岂成遥。

酒蚁②倾还泛，心猿躁似调。谁怜失群雁，长苦业风③飘。

——萧翼《答辨才探得招字》

初酝一缸开，新知万里来。披云同落寞，步月共裴回。

夜久孤琴思，风长旅雁哀。非君有秘术，谁照不然灰④。

——辨才《设缸面酒款萧翼探得来字》

《全唐诗》中的这两首诗，如果不了解其背后的故事，不免也就轻易地揭过去了。这两首诗也是一唱一和之作，看起来貌似相见恨晚，彼此惺惺相惜。不像长孙无忌和欧阳询那两首诗一样，唇枪舌剑各不相让。可谁能想到，这背后却隐藏着一个惊天大阴谋。

---

① 荷胜招：荷，是承受的意思，此句指多承辨才盛情招待。

② 酒蚁：新酿酒未滤清时，酒渣浮在上面，如绿蚁。

③ 业风：为佛家语，指劫末所起的大风灾及地狱所吹的风。此处以该词描述风，透露出苦闷的心情。

④ 不然灰："然"通"燃"。佛家用来形容心静如灰。

第一首的作者萧翼，当时正穿着一身破旧的黄衫，而且显得十分潦倒贫困。他在黄昏时分来到古寺中。而辨才是寺中的一个和尚，注意，是辨才老和尚，不是那个和高阳公主有私情的辨机。辨才见他仪表非俗，就和他攀谈上了。两人都是喜欢琴棋书画的人，越聊越是投机。

辨才一高兴，就把萧翼请入僧房，两人下围棋、弹琴、投壶、握槊（类似于掷骰子，传自胡人的游戏）、谈说文史，越来越感到相见恨晚。于是当夜就把萧翼留宿在寺中，当时一缸酒初熟（即诗题中的"缸面酒"），两人对饮酣醉后，赋诗为乐（看来唐朝时佛寺的戒律也不严，佛寺中也能饮酒），于是两人探字作诗（随机选字为韵），辨才探得"来"字韵，写下了后面那首诗。

在诗中，他称萧翼为"新知"，并且诉说夜久琴孤、知音难觅的寂寞之意，通过"非君有秘术，谁照不然灰"之句，可以看出辨才自比不燃的死灰，本无有激情，无人理睬，但萧翼的到来使他的心情大为快慰。而萧翼选到的韵是"招"字，所作的这首诗充满愁苦之色，穷书生的样子装得可是活灵活现。其实，他并非是穷酸书生，而是唐太宗李世民派来的一个"高级特工"。

那么他的目的是什么呢？

原来，李世民酷爱书法，对王羲之《兰亭序》这篇千古名作更是如痴如狂的喜爱。《兰亭序》此帖一向被王家人视为至宝，传到王羲之的第七代孙智永和尚这一代时，智永没有子女，死前他便将《兰亭序》传给了弟子辨才和尚。辨才和尚将之视为珍宝，藏在卧室梁上特意凿好的一个洞内。

太宗听说《兰亭序》在辨才那里，便三次召见，想要他捐献出来。

但辨才诡称经乱已毁于兵火。太宗不是蛮不讲理的皇帝，也不好来搞刑讯逼供什么的，于是强攻不成，改为智取。他派监察御史萧翼扮成书生，并带王羲之的其他几幅杂帖，找机会接近辨才和尚，相机取事。

这一切，蒙在鼓中的辨才哪里知道。他和萧翼越聊越高兴，萧翼

渐渐把话题引到书法上面，他夸口说："我得到二王（羲之、献之）的真传，还携有二王难得的真迹。"于是他掏出来给辨才看。辨才酒也有八九分浓了，争胜之心已起，微微一笑，对萧翼说："你那几幅虽然也是真迹，但真迹和真迹也大不一样，你这都不是王羲之最佳的作品。"萧翼问："那你收藏有什么帖？"辨才说："《兰亭序》。"

萧翼当时想必内心中激动得不得了，但他还是不动声色地假意道："《兰亭序》据说早就毁于兵火了，哪里还有真的，你的是假的吧？"辨才见他不信，一激动，就从梁上拿下绝世奇宝《兰亭序》给萧翼看。萧翼于是趁辨才不备时找了个机会偷走了《兰亭序》，赶快跑到一个官家驿站上，出示密旨给兵卒看，当地都督齐善行听到讯息，赶快来拜见。

这时候萧翼换上了官服，和齐都督

一起又回到寺中。萧翼对辨才和尚说："我是奉旨来取《兰亭序》的，现在已经得手了。"辨才和尚惊怒之下，当场晕死过去。萧翼乘上快马，以最快的速度赶回去给唐太宗报喜。

唐太宗大喜过望，加封萧翼为员外郎，升为五品，赐银瓶一个、金镂瓶一个、玛瑙碗一个，并装满珍珠；还有皇宫内厩带着宝衷勒辔的良马两匹，大宅院、田庄各一处。一开始唐太宗很是恼恨辨才和尚欺君罔上，但看在他年老的分上，也没有加罪，赏赐他帛三千缎，谷三千石，下旨从越州财政中支付。

辨才领了这些"赏赐"，心里也恐怕不是滋味，他用这些钱财造了三层宝塔。经此事后，辨才又惊又气，从此吃不下饭，没到半年就死了。

唐太宗对《兰亭序》太过喜欢，于是死时将其随葬于墓中，《兰亭序》自此不复存世，我们现在看到的都是冯承素（唐代书法家）等人的摹本。

说来唐太宗此举也有点不怎么高尚，但辨才和尚身为佛门中人，也有点太看不开了！《天龙八部》中的鸠摩智苦修一生的内力被段誉吸去，人家却自己找到解脱——"如来教导佛子，第一是要去贪、去爱、去取、去缠，方有解脱之望。我却无一能去，名缰利锁，将我紧紧系住。今日武功尽失，焉知不是释尊点化，叫我改邪归正，得以清净解脱？"如果辨才和尚也能这样想，恐怕也不会早早地伤痛而逝了。

初酲一缸开，新知万里来

憔悴支离为忆君

——当年忐忑不安的武媚娘

看朱成碧①思纷纷，憔悴支离为忆君。

不信比来②长下泪，开箱验取石榴裙③。

——武曌《如意娘》

　　这首小诗，看起来和一般的小儿女们的作品也没什么不同，可是，此诗出自我国历史上一个惊天动地的奇女子武则天之手。作为我国唯一的女皇帝，武则天的铁血手腕和手下的一班酷吏，足以让整个大唐帝国的臣民们梦里都要发抖。然而，在武则天没有登上宝座前，她同样也有忐忑不安的时光。我们知道，武则天在唐太宗生前，就和唐太宗的儿子李治情愫暗生。太宗死后，她按照规定去感业寺出家，虽然李治可能和她有过海誓山盟，但是新登大宝的唐高宗，被如花的六宫嫔妃们围绕，再想起她的可能性有多少？

　　这首诗，从诗意中来看，大概就应该是武则天在感业寺出家为尼

---

　　① 看朱成碧：朱，红色；碧，青绿色。指把红色看成绿色。

　　② 比来：近来。

　　③ 石榴裙：典故出自梁元帝《乌栖曲》："芙蓉为带石榴裙。"本意指红色的裙子，转意指女性美妙的风情，因此才有了"拜倒在石榴裙下"一说。

的那段日子中写的。正像萧让在《武则天——女皇之路》一书中写的那样："这首哀婉缠绵的《如意娘》，多少可以反映她当时的心境。年华已经老去，前途仍不明朗，那渺茫无期的承诺什么时候能够到来？在李治未去感业寺的日子里，那个怀着忐忑不安的心情倚门而望的缁衣女子，一定有无数次，为这样莫测的未来而战栗。"

当时的武则天还是个年轻美貌的妙龄女郎，心怀中也有过和天下普普通通的众女儿一样的柔情离思，所以这首诗写得非常出色。李白的《长相思》一诗中有"昔日横波目，今成流泪泉。不信妾肠断，归来看取明镜前"之句。据说李白的夫人看了这首诗，对他说："君不闻武后诗乎？'不信比来常下泪，开箱验取石榴裙'。"李白听了后"爽然若失"（《柳亭诗话》）。

是的，李白的这首诗和武则天的诗立意近似，而且艺术手法上也并没有超过武则天，所以觉得很不爽。后来有"刿目 心、掐擢胃肾"之称的孟郊又写出了"试妾与君泪，两处滴池水。看取芙蓉花，今年为谁死！"这样语出惊人的句子。但溯其本源，还是承袭了武则天的创意。

所以个人觉得《如意娘》这首诗，在唐诗众采纷呈的无数优秀诗篇中也不失为一首好诗。

憔悴支离为忆君

一摘使瓜少，再摘使瓜稀

——母子相残的皇室血泪

种瓜黄台①下，瓜熟子离离②。

一摘使瓜少，再摘使瓜稀。

三摘犹自可③，摘绝抱蔓④归。

——李贤《黄台瓜辞》

这首诗出自武则天和唐高宗所生的第二个儿子李贤之手。说来这李贤英武聪明，颇有当年唐太宗的气质。他曾召集众学士一起来为《后汉书》作注，得到父亲高宗的称赞。他的哥哥李弘被亲生母亲武则天毒死后，当时他就被立为太子，也就是所谓的"章怀太子"。

然而，与生俱来的血性，让他不会像他的弟弟李显和李旦那样俯首帖耳地做个稻草人一样的角色，他身上有其母武则天给他的血液，有其祖父李世民的冲天气概。但不幸的是，他面临的对手，却是自己的亲生母亲。

---

① 黄台：台名，非实指。

② 离离：形容草木繁茂。

③ 自可：自然可以，还可以。

④ 蔓：蔓生植物的枝茎，木本曰藤，草本曰蔓。

如果李贤面对的是重重山岭，他也完全有勇气踏平；如果面对的是百倍于他的强敌，他完全可以拿出像李世民一样率三千玄甲军虎入羊群一般冲锋的胆略。但是，他面对的却是他自己的母亲，那个已经对权力十分迷恋的母亲。于是，再锋利的刀剑，他也没有办法举起。

武则天和一般女性是大不一样的。如果换成别的女人，自己的儿子要当皇帝，早就已经心满意足。而武则天不是，她对权力的渴望就像一个吸毒成瘾的人对毒品一样，她已经离不开权力。权力是什么？这是一种可以让不喜欢的人统统消失，让最骄傲的人也跪在地上，让最勇猛的人也梦中发抖的东西。所以当年为了权力，她可以掐死自己亲生的小女儿，现在为了权力，她也不惜除掉已经长大成人的儿子。

武则天派人全面搜查太子府，搜出了数百具甲胄，于是就扬言太子谋反，并决定"大义灭亲"，杀掉太子。但在高宗的反对下，饶过李贤一死，将他幽禁在宫中，第二年又将他迁往巴州，而高宗死后，武则天重新掌了权力，马上就派酷吏丘神 逼李贤自杀而死。李贤的尸体一直被停放巴州，直到中宗神龙复辟、武则天被迫退位后才迎还长安，陪葬乾陵。李贤的这首诗，就是作于在巴州的时间中。

这首诗在格调上比较类似于曹植的那首《七步诗》："煮豆燃豆萁，漉豉以为汁。萁在釜下燃，豆在釜中泣。本是同根生，相煎何太急。"但曹植用豆和豆萁比喻兄弟相煎的情形，而李贤这首诗则是用藤和瓜比喻母子相煎。所以相比于曹诗"相煎何太急"这样激烈的言辞，李贤的这首《黄台瓜辞》更多的是一种哀婉。他在诗句中也没有办法进行指责，因为敌人是自己的母亲。

清代贺裳在《载酒园诗话》中说："《黄台瓜辞》不惟音节似古乐府，'三摘犹自可，摘绝抱蔓归'，言外有身不足恤，忧在宗社意。"是

一摘使瓜少，再摘使瓜稀

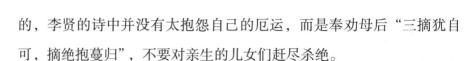

的，李贤的诗中并没有太抱怨自己的厄运，而是奉劝母后"三摘犹自可，摘绝抱蔓归"，不要对亲生的儿女们赶尽杀绝。

《黄台瓜辞》这首诗，虽然现在知名度不高，但在李唐宗族中却影响极大，后来的唐朝皇族们一提起此诗，都不禁唏嘘感慨不已。唐代宗当年当太子时也是惶惶不安，因为唐肃宗因受宠妃张良娣及奸臣李辅国的离间，就杀过儿子建宁王李倓。当时大臣李泌为了保全太子，就对唐肃宗背诵了一回这首《黄台瓜辞》，唐肃宗当场泪下，悔恨不已，从此再也没有起过废唐代宗的意思。

说来唐室宗族间互相仇杀，父子母子相残的事例实在不少，这首《黄台瓜辞》正是李唐皇室血泪的写照，看来生于帝王家未必就是幸事。

龙楼光曙景，鲁馆启朝扉

——太子纳妃太平公主出嫁的盛景

龙楼光曙景，鲁馆①启朝扉。艳日浓妆影，低星降婺②辉。

玉庭浮瑞色，银榜藻祥徽。云转花萦盖，霞飘叶缀旗③。

雕轩回翠陌，宝驾归丹殿。鸣珠佩晓衣，镂璧轮开扇。

华冠列绮筵，兰醑④申芳宴。环阶凤乐陈，玳席珍羞荐。

蝶舞袖香新，歌分落素尘。欢凝欢懿戚，庆叶⑤庆初姻。

暑阑炎气息，凉早吹疏频。方期六合泰，共赏万年春。

——李治《太子纳妃太平公主出降》

这首诗的作者是唐高宗李治。提起李治来，人们常会觉得他简直

---

① 鲁馆：春秋时，周天子将嫁女于齐，鲁庄公受命代为主持王姬的婚事。逢国丧，所以派人先在城外筑馆招待王姬，再送到齐国和齐侯成婚，见《春秋·庄公元年》。后以鲁馆为嫁女外住的行馆。

② 婺：指"婺星"，为二十八宿之女星，列牵牛、织女之次，主人间布帛，又主女寿和人文等。

③ 旗：通"旗"，古代的一种旗子。

④ 醑：美酒。

⑤ 庆叶：也是祝贺的词，如"庆叶重熙""庆叶弄璋"等。叶，此处读xié，和谐的意思。

就是一个窝囊废，差不多和后主刘禅等是一路人。其实纵观唐高宗一生，并无太大的过恶，也没有太荒唐的举止，如果写个"工作总结"的话，成绩倒有不少。

他在统治时期，曾派大将李 为帅，一举征服高丽，实现了隋炀帝征兵百万、唐太宗数次讨伐也没有达成的目标。白江口一战，更是杀得倭人千余年来都不敢小看我中华上国。这些事情虽然有唐太宗打下来的好基础，但应该说李治也是比较称职的守成之主，唐代疆域最大的时期就是在他治下的永徽之时。

如果没有武则天乱政一事的话，他的声望肯定会和汉代文景二帝相媲美。但从另一角度看，之所以出现武后专权乱政的局面，又和他过于"仁厚"有关。

武则天在李治生前，虽然把执朝政有些过分，但恐怕还没达到完全将李治玩于股掌之间的程度。所以从这个角度看，李治能包容，倒是一个比较重感情的好男人、好老公。当然他的性格有些拖泥带水，类似《倚天屠龙记》里的张无忌那种人。这样的男人是理想的老公，可以相交的朋友，也会是个慈爱的好父亲，但这对于做皇帝来说却都是缺点。

这首诗作于唐高宗开耀元年（681）七月，当时正是李贤刚刚被诬谋反，废去太子之位后。此时的唐高宗李治身体状态很不好。李弘不明不白地暴卒和李贤"谋反"被废这两件事，对他的打击也是相当大的。阴谋得逞的武则天大概也是想驱逐一下弥漫于宫廷中血腥阴郁的气息，于是给继位为太子的李显重新娶了一个妃子，这个太子妃就是后来的韦后。

李显原来有过一个太子妃，姓赵。赵妃的母亲，是太宗的女儿常乐长公主。武则天对常乐长公主母女很讨厌，居然找个机会把赵妃关起来活活饿死了（据说武则天并未授意饿死赵妃，但看管她的人偷懒，丢进去些生米干柴，让她自己做饭。赵妃锦衣玉食出身，哪里懂得怎么生火做饭，加上心情不好，于是饿病而死）。

另外，同在此时，武则天心爱的女儿太平公主也下嫁给薛绍。太子公主，双喜临门，尤其太平公主更是深得武则天宠爱的女儿，这场皇家盛事自然是"烈火烹油，鲜花着锦"之盛。可想而知，那时的长安城内，肯定是到处张灯结彩，鼓乐喧天。据载，当时点的灯笼火把把道旁的树木都烤焦了，有的地方窄，公主盛大的车驾过不去，官府下令当场拆墙多处。

当时的唐高宗李治恐怕也略微舒展了一下眉头，写了这篇《太子纳妃太平公主出降》一诗。皇帝带头，小臣们当然不敢落后，纷纷和诗称颂。全唐诗里有九篇《奉和太子纳妃太平公主出降》这样的诗，分别为任希古、刘祎之、郭正一、胡元范等所作。这些诗

龙楼光曙景，鲁馆启朝扉

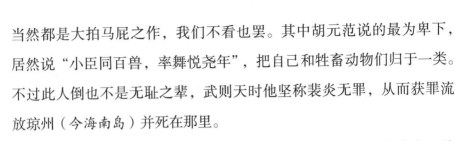

当然都是大拍马屁之作，我们不看也罢。其中胡元范说的最为卑下，居然说"小臣同百兽，率舞悦尧年"，把自己和牲畜动物们归于一类。不过此人倒也不是无耻之辈，武则天时他坚称裴炎无罪，从而获罪流放琼州（今海南岛）并死在那里。

李治的这首诗，写得辞藻华美，但其中却看不到盎然的诗意，从艺术角度来看，只能算二流。这类诗常有"如七宝楼台，眩人眼目，碎拆下来，不成片段"之感。不过这首诗华丽中的苍白却正如当时的他，尊贵无比的皇袍中裹着的强自支撑的病弱之躯。

然而，李治当时还不知道，此时太子李显所纳的这个王妃，后来会亲手在汤饼中下毒，将自己的儿子李显毒死；而女儿太平公主嫁的薛绍，也在七年之后，被武则天杖打一百，饿毙于狱中。豪华热闹、盛极一时的盛大婚礼后却是充满死亡色调的黑色阴霾，正所谓"悲凉之雾，遍被华林"，但李治当时当然不会知道。如果他知道此后的种种结果，恐怕就没兴致说什么"方期六合泰，共赏万年春"。

偏想临潭菊，芳蕊对谁开

——大奸臣许敬宗的雅句

（其一）

本逐征鸿去，还随落叶来。

菊花应未满，请待诗人开。

（其二）

游人倦蓬转，乡思逐雁来。

偏想临潭菊，芳蕊对谁开。

——许敬宗《拟江令于长安归扬州九日赋》

这两首看起来比较清丽的五绝，谁写的？我在网上问过几个好友，先声明不用搜索引擎，结果朋友们有的说像陶渊明的，还有的说是孟浩然的。看来这两首诗读起来还是挺不错的，我也有这种感觉。但这两首诗的作者却是《新唐书·奸臣传》的人物——许敬宗。

对于许敬宗，一般人主要是因为他曾大力赞同唐高宗立武则天为后而对其有些印象，他也被认为是武则天的得力走狗之一。笔者小时候看过一本小画书，讲的是武则天的故事，书名也忘了，但最早知道许敬宗这个人名，就是从这本小画册上看到的。

画册上许敬宗是个獐头鼠目的老奸贼形象，正在那里摊开双手跟众多等待上朝的大臣讲："田舍翁多收了几斗麦子，还要换个老婆，天子富有四海，立一后，废一后，又有什么大不了的？"所以在笔者心中，许敬宗就一直是个大白脸奸臣，根本没想到他也会作诗。

后来才知道，许敬宗其实也算得上是三朝老臣，并非是新发迹的小丑式人物。他比李世民还要大七岁，和魏征是老同事，曾一起在李密手下当幕僚，后来又成为"秦府十八学士"之一。

许敬宗其实也相当有水平，李世民曾问："我看你这人也不错，但为什么人家都说你不好？"

许敬宗对曰："春雨如膏，滋长万物。农夫喜其润泽，行人恶其泥泞。秋月如镜，普照万方，佳人喜其玩赏，盗贼恶其光辉。天地之大尤憾而况臣乎？臣无肥羊美酒以调和众口是非，且是非不可听，听之不可说。君听臣受戮，父听子遭诛，夫妇听之离，朋友听之绝，亲戚听之疏，乡邻听之别。人生七尺躯，谨防三寸舌，舌上有龙泉，杀人不见血。谁人面前不说人？谁人背后无人说？"（《贞观政要》）看人家许敬宗这一番话，比喻生动，说理透彻。于是太宗听了，也点头赞许。

不过许敬宗也是那种有文人之癖，轻狂傲慢的人。《刘梦得嘉话》云："许敬宗性轻傲，见人多忘，或谓之不聪。敬宗曰：'卿自难记，若遇何、刘、沈、谢，暗中莫索著亦可识之。"

意思是说许敬宗不大注重人际关系，不大认人。人家见许敬宗老记不住自己的名字，自然不高兴，就说他脑子不管用。许敬宗说："不是我脑子不行，是你这人太不行，如果是何、刘、沈、谢（何晏、刘桢、沈约、谢朓都是前朝的著名文人），我黑影儿里摸索着也能认出他们来。"

许敬宗不但狂傲，还喜欢说怪话。唐太宗率军征辽东时，城中矢石如雨，有一勇士率先冲锋，主帅李勣指着他对许敬宗说："这人何等勇敢！"按说许敬宗随声附和就是了，但他却说："头脑简单的人才这样不知死。"

这话让李世民听到了，很不高兴，虽然没像曹操那样以"乱我军心"的罪名将他杀掉，但许敬宗的官职晋升却是一直像蜗牛上树一样慢。许敬宗好容易熬了几年，却因在长孙皇后的丧礼上放声大笑而又前功尽弃。

事情是这样的，长孙皇后开"追悼会"时，百官默哀致礼，许敬宗突然看到长得活像一只猕猴的欧阳询也穿戴整齐，一本正经地默哀，简直就是"沐猴而冠"这个成语的生动写照，不禁失声大笑。这一笑不要紧，唐太宗大怒，把许敬宗贬到洪州。

到了李治继位时，许敬宗才又熬到了礼部尚书，在对待立武则天为皇后的问题上，许敬宗表示支持，并前去劝说长孙无忌。长孙无忌大怒，将他狠熊了一顿。老许也是年纪一大把的人了，从此怀恨在心。

对于唐高宗要废去王皇后而立武则

偏想临潭菊，芳蕊对谁开

天为后这件事，不少大臣坚决反对，而重臣李 持中立态度。老许瞅准时机，于是"挺身而出"，在朝堂上大造舆论，于是出现了前面所说小画书上的那一幕。其实许敬宗这些话也有很多破绽，如把高宗比喻成田间老农民，而且"富易妻"这样的行为在当时也不是很光彩的做法，比之前面和唐太宗说的"春雨如膏……"那段话水平差了好多，简直是判若两人。

但以唐高宗当时的状态，武则天快乐就是他最大的快乐，看到群臣中居然真有人支持废后的做法，而且许敬宗还毕竟是个参加"朝廷工作"很久的"老同志"，不禁大喜过望，也就不计较老许的比喻是否粗鄙。从此老许深受高宗和武后信任，并派他扳倒了长孙无忌，老许总算出了一口恶气。

有人说老许诬害忠臣，乃是大奸大恶。但官场之中倾轧乃是家常便饭，长孙无忌也不是什么善人，他也诬陷过吴王李恪等人。再说长孙无忌位高权重，就算不谋反，但他有谋反的能力，这就是潜在的危险。正所谓"王莽谦恭未篡时"，长孙无忌现在是被端掉了，如果没被端掉，以后会怎么样，难说。

其实说来许敬宗似乎也没有太大的恶行，但人们因为他支持武后，所以千余年来一直被评为"奸臣"。有趣的是，有的书上把武则天评为杰出"女政治家"加以颂扬，而许敬宗照样还是奸臣角色。

当然，这里并不是说许敬宗就是大好人，但许敬宗和武则天称帝后任用的来俊臣等人并不完全一样。许敬宗也没有活到武则天称帝，他死于高宗前面。当然他的寿数还是比较大的，终年八十一岁。

许敬宗曾主编整理过《晋书》，还有其他诸多文献。我们看许敬宗写的这两首小诗，还是蛮不错的。第一首"本逐征鸿去，还随落叶来"，虽然不如薛道衡的"人归落雁后，思发在花前"巧妙，但也是相当不错的两句，"菊花应未满，请待诗人开"（《拟江令于长安归扬州九日赋》），似乎也不弱于孟浩然的"待到重阳日，还来就菊花"（《过故人庄》）。看了这两首诗后，笔者觉得岑参那首"强欲登高去，无人送酒来。遥怜故园菊，应傍战场开"（《行军九日思长安故园》），也有引许诗之意。

平心而论，许敬宗的这两首诗，即使算不上绝佳，也算得上是中等偏上的水平。个人觉得之所以历代选本中都不选，主要还是因为许敬宗有奸臣之名，而将之摒弃了。

偏想临潭菊，芳蕊对谁开

镂月成歌扇，裁云作舞衣

——笑里藏刀的"李猫"之名句

（其一）

镂月成歌扇，裁云作舞衣。

自怜回雪①影，好取洛川归。

（其二）

懒整鸳鸯被，羞褰②玳瑁床。

春风别有意，密处也寻香。

——李义府《堂堂词二首》（一作《题美人》）

这两首五绝是李义府所作，和许敬宗的诗在同一卷。支持武则天当皇后的"哼哈二将"正是李义府和许敬宗，具体来说率先打响废王皇后拥立武后"第一枪"的是李义府。许敬宗看到李义府这样做，不但没有风险，反而官运亨通，于是才"赤膊上阵"。

所以《全唐诗》的编者就理所当然地将他俩放在一块儿了。说来

---

① 回雪：如雪在风中飞翔，形容舞姿的曼妙。出自曹植《洛神赋》："飘飘兮若流风之回雪。"

② 褰（qiān）：撩起（衣服等，这里指床上的帐幕）。

李义府的诗似乎比许敬宗写得更好，上一篇笔者将许敬宗的诗评为中等偏上，而本篇中李义府的诗似乎已经达到一流的境界。

我们来看这两首诗，第一篇"镂月成歌扇，裁云作舞衣"写得极佳，镂月作扇（唐代当属宫扇，圆形似月），裁云作衣，正是天仙气质，更无须道些什么"柳眉杏眼"之类的庸俗词调，太白的那句"云想衣裳花想容"（《清平调·其一》）与此类似，但平心而论，从艺术性上来讲也没强过李义府这两句。由此李义府给我们留下了一个成语——"裁云镂月"。

唐朝有个叫张怀庆的人，当个枣强尉（河北枣强）这样的芝麻小官，却"好偷名士文章"。他读了李义府的这第一首诗后觉得不错，就每句添两个字，"改装"成一首七绝充作自己的作品："生情镂月成歌扇，出意裁云作舞衣。照镜自怜回雪影，时来好取洛川归。"这被当时的人传为经典笑话，由此可见李义府的这首诗还是流传很广的。

李义府的这第二首写得有些香艳，似乎是在写一个唐代女子回味昨夜的销魂滋味。她懒洋洋地整理鸳被，撩起玳瑁装饰的大床的帐幕，可能是又想起昨天云雨时的情景，于是脸上又泛起潮红。春风也像个轻佻的男人一样吹进屋来，仿佛在寻香窃玉。虽然这诗写的有些"儿童不宜"，但艺术上还是挺成功的。

当然，李义府相貌长得虽然很漂亮，也是有才气的，但在历史上名声很不好，和许敬宗一样都被归入奸臣之列。刘昫《旧唐书·李义府传》说："义府貌状温恭，与人语必嬉怡微笑，而褊忌阴贼。既处权要，欲人附己，微忤意者，辄加倾陷。故时人言义府笑中有刀。又以其柔而害物，亦谓之'李猫'。"意思是说，李义府表面上对谁都笑嘻嘻，但心地阴狠，稍有得罪他的地方，他就狠下刀子，暗中加害，是

镂月成歌扇，裁云作舞衣

那种"当面说好话，背后下毒手"的人。因此李义府又给我们留下一个成语——"笑里藏刀"。

不过李义府虽有"李猫"之称，但说来也奇怪，他对皇帝却挺横的。当年他初次见唐太宗，太宗让他以"乌"为题作首诗，李义府牛

得很，说道："日里飏朝彩，琴中伴夜啼。上林如许树，不借一枝栖。"（《咏乌》）好在唐太宗比较大度，说："我当全林借汝，岂独一枝耶？"——把全部树枝借给你，岂止一枝？还封他为御史（此即《龙文鞭影》中"义府题乌"一典）。

不过，也就是碰上太宗这样宽宏的皇帝罢了，后来孟浩然也玩这一手，自鸣清高，说什么"北阙休上书，南山归敝庐。不才明主弃，多病故人疏"，唐玄宗一听就火了，干脆让老孟一边歇着去了。

还有一次是李义府见唐高宗时，唐高宗说："听说你儿子、女婿等都挺不规矩的，我对此还多加回护，不过你要好好教训一下他们。"按说李义府得赶快领情谢

恩，但他居然"勃然变色，腮颈俱起"，质问高宗："谁告诉你的?"高宗说："你不要问是谁说的，只看事实上有没有这样的事。"李义府居然拒不松口认错，反而大模大样地走开了。别说是对皇帝，现在你对顶头上司、老板敢这样吗? 除非想辞职不干了。但唐高宗好脾气，也没拿他怎么样。后来李义府越来越不像话，高宗才终于将他流放延州，后来李义府死于该处。

李义府似乎也没做过什么特大的坏事，比较著名的是这样一件事：有个女人叫淳于氏，因犯奸而获罪被关在大牢里，李义府利用职权将她捞了出来，并给她弄了一处大宅院，养起来成为他的外宅。但个人觉得此事也并非是极大的过恶，淳于氏犯的只是通奸罪，依现代法律观点看，罪名根本不成立，而且李义府虽说是垂涎于她的美色，但却冒着危险将她救出来，也是相当有情义的。

李义府还有一件在过去屡遭非议的事就是修改《氏族志》，事情据说是这样的：出身寒族的李义府，欲为儿子在当时的七大名门望族大姓中娶个媳妇，竟到处碰壁。李义府气得不行，便劝说皇帝下诏，禁止这七姓子女互相通婚。同时又派人重修《氏族志》，更名为《姓氏录》。

这里规定：不论门第，凡得官五品者皆属士流。于是就算是小兵小卒以军功升为五品官职的，也写入此书，成为"名门贵族"。这一做法，在当时受到原来的"五姓十族"等"贵族"的讥笑，他们把这个新的贵族名录称为"勋格"（立功表）。其实用我们现在的眼光看，打破门第观念，让寒门百姓有机会挤入"贵族"的行列，却是公平合理的，是进步的。

还有人说他"容貌为刘洎、马周所幸，由此得进"，意思是说李义

镂月成歌扇，裁云作舞衣

府靠出卖自己的男色取媚于刘洎、马周等人才当上的官，这恐怕是攻击他的话，不能全信。个人还是觉得，人们憎恶武后，从而把许敬宗和李义府都一块儿憎恶，修史之时多叙其过恶罢了。

李义府的其他诗作也偶有佳句，比如"关树凋凉叶，塞草落寒花。雾暗长川景，云昏大漠沙"（《全唐诗》卷 35_27《和边城秋气早》），"戢①翼雕笼际，延思彩霞端。慕侣朝声切，离群夜影寒"（《全唐诗》卷 35_30《咏鹦鹉》），也是相当不错，大家可以闲时找来一读。

---

① 戢：收敛。这里指收起翅膀。陶渊明《归鸟》："翼翼归鸟，戢羽寒条。"

花须连夜发，莫待晓风吹

——女皇号令百花的威风

明朝游上苑，火急报春知。

花须连夜发，莫待晓风吹。

——武曌《腊日宣诏幸上苑》

关于此诗，后来传为这样一个故事：女皇武则天醉后见到后花园中有几枝蜡梅盛开，一时兴起，就写了此诗，"下诏"让众花都一齐开放。这看来荒唐，但作为万人之上的最高统治者们，在他们的心中自己仿佛就是无所不能的。万事万物都在随他们的心意。

正像《镜花缘》中所写的那样："武后道：'各花都是一样草木，腊梅既不畏寒，与朕陶情，别的花卉，自然也都讨朕欢喜。古人云：'圣天子百灵相助。'我以妇人而登大宝，自古能有几人……这些花卉小事，安有不遂朕心所欲？即便朕要挽回造化，命他百花齐放，他又焉能违拗！"结果第二天果然百花齐放，唯有牡丹未开。武则天大怒，使出来俊臣、周兴他们惯玩的酷刑，用炭火烧烤牡丹花枝，牡丹受不了只好也纷纷开放，但武则天余怒未消，将牡丹贬去洛阳。

这一段故事虽然是传说，但充分反映出当年武则天的骄横跋扈之态。确实，这首诗写于 691 年，是武则天建立"武周"的第二年。此时的武则天，已经登基称帝，改号为周，真正成为君临天下的女皇帝。当时的皇子皇孙、文武大臣谁敢和武则天说个"不"字？稍不合她的心意，就要到大狱里尝尝"定百脉""失魂胆"之类听起来就让人发毛的酷刑，再不就直接人头落地，从世界上消失。

所以即便是娄师德这样曾从军到边疆大战吐蕃的好汉子，也不得不缩起头来大讲"唾面自干"的好处（娄师德劝其弟遇事要忍耐，他弟弟说"人有唾面，洁之而已"——人家唾我一脸，我自己擦擦就算了。但娄师德说，这样也不行，你一擦，还是表明了自己的不满，你应该连擦也不能擦，让它自己干）。

所以，这首诗的口气，再不会像《如意娘》那首诗一样，表现感业寺中那个忐忑不安的缁衣女尼的心情。此诗虽然看起来平淡，但其中的霸悍之气还是溢于纸外，颇有些"喝令三山五岳开道，我来了"的味道。不过，虽然就这首诗来说，武则天充分表现了她作为帝王一言九鼎般的气势，从诗的格调来说是非常有分量的，然而这却实非苍生万民之福。但凡最高统治者狂放无忌，自以为能呵神骂鬼、压倒天地万物之时，那危机就悄悄地来临了。

虽然有些人夸奖武则天是杰出的女政治家，并说在她的治下，唐代经济也继续发展，人口也持续增加。不过个人觉得，武则天身为女子能当上皇帝，在女权主义方面虽然是有意义的，但是她的统治期间给唐朝造成了相当大的破坏。这种破坏并非指"改唐为周"这些形式上所谓的"篡政"，更主要的是破坏了唐太宗辛辛苦苦建立起来的良好道德风尚，败坏了吏治。

唐太宗当时树立了良好的道德风范，对于残忍暴虐的行为是严厉禁止的。大将丘行恭一次为了表忠心，亲手挖出反贼的心肝生吃，结果唐太宗不但没有表扬他，反而痛斥他说："典刑自有常科，何至于此！"——处罚罪人自然有国家的法律，你这样做干什么！在唐太宗的治下，真的是"制度好了，坏人也能办好事"，像裴矩、封德彝等在隋朝时是大奸臣，到了唐太宗这儿也成了良臣，真有隋朝"把人变成鬼"，唐太宗又"把鬼变成人"的感觉。

不过到了武则天时代，又"把人变成了鬼"。一时期酷吏横行，小人当政，亲人朋友统统都可以出卖。有文章说：大臣崔宣礼犯了罪，武后想赦免他，而崔宣礼的外甥霍献可却坚决要求判处崔宣礼死刑，头触殿阶流血，以表示他不私其亲。这种残忍奸伪的政治风气如果是唐太宗在位，一定是痛加呵斥的，但武则天却提倡这样的做法。霍献可这人挺会表现自己，煞有介事地用布厚厚地裹了伤口，还特意将官帽向上推了推，露出一截来给武则大和群臣看，以表现他的"忠心"。

一时间朝堂上乌烟瘴气，流氓无赖之辈纷纷登上天子之堂。有人写诗形容武周时官员任用之滥："补缺连车载，拾遗平斗量，杷推侍御史，碗脱校书郎。糊心巡抚使，眯目圣神皇。"这样的做法，破坏了李世民当时的良好制度，也给唐中宗时的"斜封官①"等弊端开了先河，治国首先在治吏，小人当官，危害极大。而与此同时忠直之士或杀或贬，像大将程务挺、黑齿常之等人都被杀掉，以致边患不断，给后来的唐朝造成无穷的隐患。

所以，如果是读太白"我且为君捶碎黄鹤楼，君亦为吾倒却鹦鹉洲"（《江夏赠韦南陵冰》）之类的诗句，我们完全可以会心一笑，因为像太白这样的醉汉，什么"捶碎黄鹤楼"，其实大不了摔碎几个酒壶酒

---

① 斜封官：非正式任命的官员，是时人对这类官员的蔑称。

花须连夜发，莫待晓风吹

碗罢了，我们也不妨一起高歌畅饮，疯狂一把。但是读了武则天的这首小诗，虽然其中的言辞看似不如太白更生猛，但女皇帝的金口一开，百花都要听命的背后，我们还是能感觉到从酷吏们的黑狱中吹出来的缕缕寒气，让人脊背生凉。

附：关于此诗，《全唐诗》于此诗题解云："天授二年，腊，卿相欲诈称花发，请幸上苑，有所谋也，许之。寻疑有异图，乃遣使宣诏云云。于是，凌晨名花布苑，群臣咸服其异，后托术以移唐祚。此皆妖妄，不足信也。"意思是说，大臣们阴谋对付武则天，于是诈称冬日花开，然后骗武则天到那儿去，在后花园中发动政变。但武则天识破了这一点，让人借此诗宣诏（其实是暗中布置）。第二天，大臣们一起去后花园中，见真的百花争艳，知道武则天早有准备，又认为武则天能役使天地鬼神，于是尽皆拜服，再无异心。此说属无稽之谈，说得倒像后来的"甘露之变"情况一样。其实从历史上看，武则天称帝时，政权一直非常稳固。除了晚年时张柬之策划了"中宗复辟"外，朝野中并无有组织的"谋反"活动。

百年离别在高楼

——强权暴掠下的悲剧

石家金谷①重新声，明珠十斛买婷婷。

此日可怜君自许②，此时可喜得人情。

君家闺阁不曾关，常将歌舞借人看。

意气雄豪非分理，骄矜势力横相干。

辞君去君终不忍，徒劳掩袂伤铅粉。

百年离别在高楼，一代红颜为君尽。

——乔知之《绿珠③篇》

这首《绿珠篇》收在《全唐诗》的第八十一卷中，为乔知之所作。乔知之其人，在我们现在名声并不响亮，很多人可能根本没听过，不过在当时也是一时才俊。乔知之的弟弟乔侃、乔备以及其妹也都很有才学，并以文词知名。但据说以乔知之最富才华。

传有一诗为其妹所作："已漏风声摆，绳持也不禁。一从经落节，

---

① 金谷：石崇家中的花园，名金谷园。

② 自许：自己称许自己。如陆游诗："塞上长城空自许。"

③ 绿珠：晋代石崇的侍妾。后来被权臣孙秀看中，但石崇不给。孙遂假传皇帝诏令逮捕石崇，抄没家产，绿珠跳楼自杀，石崇亦被处死。

无复有贞心。"(《咏破帘》)观此诗，似为感慨失贞女子的身世而作，但不知有何故事。然而本篇中所说的这首诗，却并非闲时"看三国流眼泪，替古人担忧"时写成的诗，表面是写绿珠跳楼殉主的故事，但实际上却说的是自己那段刻骨铭心的惨痛。

乔知之仕途开始还算比较顺，年纪轻轻就当上了左司郎中（从五品），虽然是尚书省的低职官员，但唐代分三省六部，尚书省是主管行政的，下设有吏、户、礼、兵、刑、工六部，有点类似于我们现在的国务院一般，以乔知之的资历，也相当不错了。

乔知之家里有个婢女，其实就相当于家妓一样的角色，叫碧玉（有的地方说叫窈娘）。

她长得国色天香，又能歌善舞，乔知之对她十分喜欢，甚至因为他连正式的妻子也不娶。（在古时，碧玉这样的家妓因为出身比较低，是不能被正式娶作妻子的，正妻都要"门当户对"，有身份的官宦人家娶妻也都得要出身贵族。）两个人浓情蜜意的日子本来过得好好的，但却凭空来了一场塌天大祸。

事情是这样的，武则天的侄子，当时被封为魏王的武承嗣，不知道从何途径得知碧玉的美貌。说来这唐代的风气比较开放，不像后世那样把女人深藏在内宅，就是皇后嫔妃在盛大集会上也都会出来和大臣们见面，如果是自己家中的家妓，更是像服务员一样要负责起招待客人的任务。谁家的家妓比较美，比较能歌善舞，多才多艺，在当时像拥有珍珠宝器一样是一种荣耀。

想来乔知之也向同僚们炫耀过碧玉的才色。武承嗣这厮知道后，就仗着自己是武则天的侄子，借口让碧玉去教家中的姬妾梳妆，就此霸占了碧玉，将她关在自己的王府中，再不送回乔家。

乔知之五内俱焚，碧玉不是那种一般的家妓，而是他深爱已久的情人知己。他日夜牵肠挂肚，以至于卧病在床。在身心的双重痛楚中，他在一块白绢上写下了这首《绿珠篇》，派人重金贿赂了武承嗣家的看门人，几经周折，终于将此诗传到了碧玉手里。碧玉看了，大哭了一场，将诗缝在自己的裙子上投井自杀了。武承嗣命人捞起碧玉的尸身，发现了这首诗，知道是乔知之写的，当场大发雷霆。

　　说来武承嗣也真够缺德的，抢了人家的心爱之人，弄出来这场惨剧，稍有良心的人岂不早就心中有愧，但他居然还要报复人家。记得原来看电视剧《红楼梦》，贾赦想逼娶鸳鸯不成，就用手捶着桌子号叫："我要报仇！"让人看了又可气，又好笑，也不知道他报的是哪门子仇。武承嗣这厮也来"报仇"了，很快他就指使酷吏将乔知之下狱处死，并灭族。

　　武承嗣其人，是个既无耻又狂妄的家伙，别看这厮对乔知之这样骄横凶狠，但对于武则天的男宠薛怀义及二张之辈，他却哈巴狗一样的跑过去巴结，抢着给牵马坠镫，腼容事之。

　　同时，这厮还不知天高地厚，竟然派人假托"民意"上表请求封他为太子。结果武则天因为听了狄仁杰关于"母子亲"还是"姑侄亲"的理论后深以为然，再加上二张听了大臣吉顼的意见，也是持立李显为太子的主张，结果武则天不但没封他为太子，还削去了他手中的权力。武承嗣心胸狭窄，竟然活生生地气死了。

　　对于《绿珠篇》来说，乔知之写这样一首诗给碧玉，一方面是借绿珠的故事抒发自己的郁闷之情，但味其诗意，也似乎有让碧玉以绿珠为榜样，为他效忠而死的意思。诗中说"百年离别在高楼，一代红颜为君尽"，意思是人家绿珠为了主人殉节，碧玉你会怎么做呢？

百年离别在高楼

虽然不能说乔知之用此诗逼死了碧玉，但他还是视碧玉为他的私有财产。此诗并不写对碧玉的思念之情，而是以绿珠的口气来讲主人的恩德（明珠十斛买婷婷），复事他人的难堪（好将歌舞借人看），以死相报的决绝（一代红颜为君尽），不免有些不够深情。

同样在唐代，元和年间的穷秀才崔郊，爱上了姑母家的婢女。他姑母家也富裕，后来将此婢女卖给了显贵于，因为此女端丽善歌，于花了四十多万钱。于是山南东道的节度使，当时已是中唐，节度使们骄横异常，个个是土皇帝，无法无天，不服朝廷节制。崔郊后来知道了也是无可奈何，只写了这样一首诗："公子王孙逐后尘，绿珠垂泪滴罗巾。侯门一入深如海，从此萧郎是路人。"（《赠婢》）

有无德小人嫉妒崔郊，就把此诗传给于。于见诗后，马上找人将崔郊唤来，崔郊吓得双腿发软，以为要大祸临头。哪知于夸他诗好，又命他将此婢女领回去，婢女所用的首饰衣服一并相赠，崔郊喜出望外。说来人家于的道德品质和武承嗣真是有霄壤之别，因此，此故事也是以喜剧为结局。正所谓不怕没好事，就怕没好人，愿天多生善人，愿人多做善事，人间就会少很多凄惨悲凉的故事。

此外，个人猜测，这场劫难还连累了著名诗人陈子昂死于非命。当时陈子昂因家里老父病重，于是上表辞官，武则天对他还不错，批准休假，官职保留，俸禄照发。然而，回到老家后，本地的县令段简，罗织罪名，加害陈子昂。为了免祸，陈家人给段简送去二十万钱，但姓段的丝毫不讲情面，当时陈子昂病重难行，捕吏们就用板车拉他押到县衙里，关进狱中。四十一岁的陈子昂，就这样悲惨地死在了黑牢！

元代辛文房的《唐才子传》中说："呜呼！古来材大，或难为用。

象以有齿，卒焚其身。信哉，子昂之谓欤！"似乎说这场祸事，只是段简贪图陈家的财产。但陈子昂当时并非罪臣贱民，还是堂堂的朝廷命官，他生性开朗，喜欢交朋友，朝中有凤阁舍人陆馀庆、殿中侍御史毕构、监察御史王无竞、亳州长史房融、右史崔泰之等一大群高官都和他交情很好。为什么段简有这样大的狗胆，敢如此歹毒地对付陈子昂呢？

还是唐朝人沈亚之猜测得对，正是因为陈子昂得罪了武家人——他和乔知之是挚友，当乔知之被害死后，性格直爽的陈子昂肯定表达过不满，所以惹来这场杀身之祸，段简只不过是受人差使罢了，像《水浒传》上的董超、薛霸那样的角色，"太尉差遣，不敢不依"，幕后黑手应该是武家子侄。当然，网上还有篇"学术论文"，说上官婉儿也是幕后黑手，因为上官仪是齐梁风气的诗风，陈子昂反对这一派文风，所以遭到他孙女的嫉恨，这理由太也可笑，不值一驳。

百年离别在高楼

百尺无寸枝，一生自孤直

——歪人做"直"诗

岁晚①东岩下，周顾何凄恻。日落西山阴，众草起寒色。
中有乔松②树，使我长叹息。百尺无寸枝，一生自孤直。

——宋之问《题张老松树》

此诗描写了诗人冬日黄昏之时，徘徊山间，四顾之际，草木凋落，景色凄然。然而山间那一棵直干凌云的老松树，却让诗人从内心中油然升起一股敬慕之情：做人正要像这株松树一样，岁寒而不凋，孤直而高节。读罢此诗，不禁击节赞叹，诗好，意境更是上佳。

何人所作？

然而，不知作者倒还罢了，一问作者却大煞风景。原来此诗的作者是唐代有名的以无耻著称的流氓文人宋之问。宋之问当然也有几分才气，在唐高宗上元二年（675）顺利地考上了进士，后来和"初唐四杰"里的杨炯一起在崇文馆当学士，两人做了好多年的同事。但宋之问由于长相还不错，又善于献媚取宠，因此很快就像坐上了直升飞机

---

① 岁晚：指冬天。
② 乔松：高大的松树。《诗经》："山有乔松，隰有游龙。"

一般，从九品芝麻官晋升为五品学士。武后对他也是很欣赏的，经常在朝会宴游时让他陪着。

武则天称帝后，"宋老白脸"虽然已三十多岁，但自我感觉良好，竟毛遂自荐要去进宫当武则天的"男妃子"，并作了一首诗来委婉地表达他的一片诚心，据说就是这个《明河篇》：

八月凉风天气清，万里无云河汉明。
昏见南楼清且浅，晓落西山纵复横。
洛阳城阙天中起，长河夜夜千门里。
复道连甍共蔽亏，画堂琼户特相宜。
云母帐前初泛滥，水精廉外转逶迤。
倬彼昭回如练白，复出东城接南陌。
南陌征人去不归，谁家今夜捣寒衣。
鸳鸯机上疏萤度，乌鹊桥边一雁飞。
雁飞萤度愁难歇，坐见明河渐微没。
已能舒卷任浮云，不惜光辉让流月。
明河可望不可亲，愿得乘槎一问津。
更将织女支机石，还访成都卖卜人。

这首诗从字面来看，似是咏织女的故事，实际上却是表达自己渴望入宫卖身的心情。哪知武则天见了这诗后，说："吾非不知之问有奇才，但恨有口过耳。"——我不是不知道之问这老白脸还不错，但可惜他有口臭。宋之问后悔莫及，从此一天刷十遍牙，并高价从药铺里买了鸡舌香含在嘴里。可惜第一印象最重要，武则天既然被宋老白脸的

百尺无寸枝，一生自孤直

口气熏过几回，就再也没有起过"纳"他入宫的念头。

宋之问没当成女皇的"男妃子"，就退而求其次，转而巴结张宗昌、张易之这两个女皇内宠。唐人张鷟所纂叫作《控鹤监秘记》的笔记小说中写道："之问尤诌事二张，为持溺器，人笑之。"——宋之问巴结二张，甚至亲自给二张端尿盆，人们都讥笑他。

如果仅仅如此，那还只能算是"个人作风问题"，也说不上极大的过恶。然而宋之问还做过恩将仇报、卖友求荣的小人之为。事情是这样的，宋之问一直巴结二张，在武周一朝倒也荣华一时，但中宗复辟时，众兵将把二张砍了，两个大帅哥的人头都被挂到天津桥上示众去了。

宋之问虽然没被砍掉脑袋，但也被贬到岭南。他胆子倒也不小，居然自己偷跑了回来。北渡汉江时，写下了那首著名的《渡汉江》："岭外音书断，经冬复历春。近乡情更怯，不敢问来人。"他哪里敢乱问乱说，让人认出他来，岂不直接扭送"公安机关"？宋之问不敢回家，在洛阳城猫了几天，投奔到原来的好朋友、驸马王同皎家里。王驸马倒挺讲义气，收留了宋之问和他弟弟二人。对于当时韦后乱政并私通武三思的做法，王同皎十分愤慨，在家里同朋友们饮酒酣醉之余，就常大骂这两人。不料宋之问竟然到武三思那里告密，出卖了王同皎。结果武三思先下手为强，诬告王同皎造反，中宗信以为真，将王同皎斩首。

宋之问踏着恩人的鲜血，当上了鸿胪主簿。此时，他在长安南面的终南山里修了个别墅，后来被大诗人王维享用了，这就是著名的辋川别业。他曾美滋滋地写下《蓝田山庄》一诗："宦游非吏隐，心事好幽偏。考室先依地，为农且用天。辋川朝伐木，蓝水暮浇田。独与秦山老，相欢春酒前。"可惜，宋之问一点也不像诗中写得那样淡泊荣利，最终落了个"因嫌纱帽小，致使枷锁扛"的下场。从这个角度说，王维那样的才真正配得上这座辋川别墅。在这里，王维写下了不少妙绝千古的好诗，什么"深林人不知，明月来相照"（《山居秋暝》）"月出惊山鸟，时鸣春涧中"（《竹里馆》）"空山新雨后，天气晚来秋"（《鸟鸣涧》）。

宋之问人品极差，一开始巴结太平公主，后来见韦后和安乐公主的势力大，又拼命巴结这娘俩儿，以至于连太平公主也恶心他。太平当时也相当有权势，看宋之问居然拿着她不当回事，太平就揭发了他主持贡举中受贿的罪行，将他贬到越州（浙江绍兴）。当李隆基起兵将韦后和安乐公主杀掉后，宋之问又被一脚踢到钦州（广西）。玄宗登基后，干脆一纸诏书赐他"归天"。

宋之问接到诏书，吓得浑身筛糠一般。使者让他死前吩咐一下后事（宋还有妻子儿女等），哪知他抖成一团，连话也说不出来，更别提安排后事了，

百尺无寸枝，一生自孤直

临死也像只鼻涕虫，窝囊至极！

　　所以有时候，并非是"文如其人，诗如其人"，诗文和人格判若两人的还是大有人在的。正像"引刀成一快，不负少年头"（《被逮口占》）这样的好句子，居然是大汉奸汪精卫所作一样。虽然话说回来，不可因人废文，因人废诗，诗和人还是有密不可分的联系的。像这首诗，如果就诗论诗，无论从诗歌艺术上，还是从思想性上看，都属上上之作。但诸多唐诗选本中均不选，恐怕也正是此诗的格调和宋之问的人品风马牛不相及吧！假设该诗是魏征或者狄仁杰等良臣所作，恐怕早就家喻户晓，妇孺皆知了。

魂魄游鬼门，骸骨遗鲸口

——沈佺期的牢狱之灾

流子一十八，命予偏不偶。

配远天遂穷，到迟日最后。

水行儋耳①国，陆行雕题②薮。

魂魄游鬼门，骸骨遗鲸口。

夜则忍饥卧，朝则抱病走。

搔首向南荒，拭泪看北斗。

何年赦书来，重饮洛阳酒。

——沈佺期《初达驩州》

初唐之时，不少诗人受了很多磨难，但有些资料交代不清，只是说遭贬斥之类，其实这其中待遇差别太大了，贬职外派和流放大不一样。有文献轻描淡写地说，"神龙宫变"后，杜审言、沈佺期、宋之问、李峤等都被贬斥。其实，这里面大有区别。沈佺期是最惨的一个，像李峤，只是被贬成正四品下的通州刺史（在四川）。堂堂地方一把手

---

① 儋耳：古代南方国名，又名离耳。在今海南岛儋县。

② 雕题：古代南方国名《礼记·王制》："南方曰蛮，雕题、交趾，有不火食者矣。"

和流放南国的犯人，这待遇能一样吗？

这首诗就是沈佺期写于流放越南的时候。越南境内的驩州，在唐代几乎就是最远最苦的地方了。这比宋之问贬泷州要痛苦得多，一是泷州在广西，没这里远，再说宋之问那是贬官，就算是九品参军，不还有二人服侍吗？而沈佺期是流放，流放是罪人，路上有人押着走，每天走多远，也是有严格要求的："骑马者，日七十里，骑驴及步，五十里，车三十里。"五十岁的沈佺期就这样一路被催着骂着走到了越南。

按唐律，流放人员还要戴枷干活，"在外州者，供当处官役及修理城隍、仓库，及公廨杂使"，即修官衙、仓库、城隍庙等诸类杂活都要干。被发配到越南"搬砖"的沈佺期自然愁肠百结，写下不少悲情诗篇，也让我们了解到，当时沈佺期过的是怎样一种生活："魂魄游鬼门，骸骨遗鲸口。夜则忍饥卧，朝则抱病走。搔首向南荒，拭泪看北斗。"

沈佺期当时来到蒙昧蛮荒的南方，简直就像下了地狱一样，倍尽煎熬。沈佺期说自己的魂魄仿佛就游荡在鬼门关边上，随时就被阎王收走了。整天不让吃饱饭，晚上饥肠辘辘，天一亮还要带病干活，于是他搔着白头发蹲在南国发愁，对着北斗星擦着眼泪。"抬头看见北斗星，心中想念洛阳城"，他盼着有一天能天下大赦，正所谓"何年赦书来，重饮洛阳酒"。

是什么原因让沈佺期遭受了牢狱之灾呢？他在诗坛上和宋之问并称，即所谓"沈宋"。这俩人，同年出生，同年登进士第，又经常一起服务于宫廷，写下了大量的应制诗。诗的风格也有类似之处。

说到两人的诗才高下，有过一次"官方"评判：唐中宗年间，上官婉儿坐在高高的彩楼上，评定诸位文士的诗稿。结果宋之问以结句"不愁明月尽，自有夜珠来"（《奉和晦日幸昆明池应制》）得以胜出，而沈佺期落败。要是单单说这首《奉和晦日幸昆明池应制》，确实是沈不如宋，沈诗结尾的"羞睹豫章才"，写得垂头丧气，精神面貌上就很不"主旋律"。

然而，细品沈佺期诗集中的句子，其实比宋之问要强，这并非出于对宋之问人品厌恶的偏见，明代陆时雍《诗镜总论》中就曾说："沈佺期吞吐含芳，安详合度，亭亭整整，喁喁叮叮，觉其句自能言，字自能语，品之所以为美。苏、李法有余闲，材之不逮远矣。"

确实是这样，就是以刻板著称的应制诗，和苏味道、李峤他们相比，沈佺期的诗，读起来也是有美不胜收之感，像《人日重宴大明宫赐彩缕人胜应制》这首诗，其中"山鸟初来犹怯啭，林花未发已偷新"，语法就十分活泼，"偷新"两字尤其生动。后来《红楼梦》中林黛玉有"偷来梨蕊三分白"一句，这一"偷"字想必就是从沈佺期这里"偷"来的。

四十四岁时，沈佺期和宋之问一起编纂了那本诗歌选集《三教珠英》。这一时期，武则天带着二张和一群"珠英学士"们四处游玩，沈佺期也在其中，写下了《从幸香山寺应制》（香山寺在洛阳）、《嵩山石淙侍宴应制》等众多应制诗。像后者，是圣历三年（700）五月，武则天在嵩山石淙河这一景区建了座三阳宫，宴乐之余，她亲自写了一首《石淙》诗，于是李显、李旦、武三思、狄仁杰、张易之、张昌宗、姚崇、李峤、苏味道、崔融等人纷纷应和，沈佺期也位列其中，可见他当时是何等受恩宠了。

然而，仅仅四年后，就有人弹劾沈佺期当考功员外郎（科举考试

魂魄游鬼门，骸骨遗鲸口

主考官）时收取贿赂。前面说过，宋之问因得罪了太平公主，以这个罪名被贬去了浙江，但沈佺期更倒霉，他被关进了监狱。

沈才子无端下狱，自是悲苦万分。他在狱中写了不少眼泪汪汪的诗，如《狱中闻驾幸长安二首》《枉系二首》《同狱者叹狱中无燕》等。当时的情景是"幼子双阁圄，老夫一念室。昆弟两三人，相次俱囚桎"（《被弹》）——两个年幼的孩子也被抓进了监狱，弟弟佺交、佺宇也被关押。

监牢之中，环境相当可怕："劾吏何咆哮，晨夜闻扑挟。事间拾虚证，理外存枉笔。怀痛不见伸，抱冤竟难悉。穷囚多垢腻，愁坐饶虮虱。三日唯一饭，两旬不再栉。是时盛夏中，暵赫多瘵疾。瞪目眠欲闭，喑呜气不出……"（《被弹》）意思是说，狱中的酷吏咆哮讯问，昼夜行刑打人，捕风捉影式地诬人以罪名；当时沈佺期和其他犯人关在一起，泥垢满身，蛆虱横生，三天才让吃一顿饭，二十多天都没有梳过头；当时正是酷暑之中，臭气毒气弥漫，呼吸也不能畅快……

为什么沈佺期会惹上这场牢狱之灾呢？按理说，沈佺期是一个比较沉静的人，不像宋之问那样上下跳梁，而且宋之问被太平公主控告受贿，也只是贬官，到越州当二把手，也没有被投入狱中。是谁这样恨沈佺期呢？

这个因为史书记载很粗略，历来没有答案，此处大胆猜测一下，个人觉得这还是和乔知之被武三思害死那桩事有关。前面说陈子昂的死因时曾经推测，就是因为他和乔知之是好友，所以武三思才仇恨他，派县令段简置他于死地。而沈佺期和乔知之的交情也相当不错。下面这首沈佺期最有名的诗，就是写给乔知之看的：

古意呈补阙乔知之

卢家少妇郁金堂，海燕双栖玳瑁梁。

九月寒砧催木叶，十年征戍忆辽阳。

白狼河北音书断，丹凤城南秋夜长。

谁谓含愁独不见，更教明月照流黄。

这首诗写得极为精彩，有人赞道："骨高气高，色泽情韵俱高。"但这首诗在一般选本上，为了简洁，常把诗题取为《独不见》或《古意》，于是少有人知道这首诗本是写给乔知之看的。而且他还有《送乔随州侃》一诗，是送给乔知之的弟弟的。所以，个人怀疑正是武三思把沈佺期也看成是乔知之一党而下手加害的。

按照武三思的原意，应该也想把沈佺期害死在狱中，好在不久"神龙宫变"发生，可能他自顾不暇，没精力算计沈佺期了。但是，当时的政治风向，主要是全朝上下铲除二张势力，沈佺期于是又被扣上了"依附二张"的帽子，被长流驩州。

在越南流放期间，曾经有过一次天下大赦，却偏偏没有赦免沈佺

魂魄游鬼门，骸骨遗鲸口

期。他痛哭之余，写下《赦到不得归题江上石》一诗，其中最后一段写："翰墨思诸季，裁缝忆老妻。小儿应离襁，幼女未攀笄。梦蝶翻无定，著龟讵有倪。谁能竟此曲，曲尽气酸嘶。"由此看来，沈佺期流放到越南，是一个人去的，妻子儿女都不在身边。这次打击对沈佺期的影响还是很大的，好在他挺了过来，要是他一着急上吊死了，就没有后来的另一段仕途辉煌了。

神龙三年（707），五十二岁的沈佺期终于接到了赦书，他被召回长安了（史书中说先是给他安排了个台州录事参军，但只是过渡性质，似乎没实际上任）。这一年，正是太子李重俊起兵杀死武三思的那一年，武三思一死，沈佺期就"解放"了，这似乎也是笔者前面猜测的一个佐证吧。

其实在越南，沈佺期也就待了一年多，但从被诬下狱开始算，这囚徒一样的日子足有四年。此后，沈佺期面前是一条人生坦途：或许是武三思势力已被铲除，没人忌恨他了，于是他很快被封为从六品的起居郎，这是个在朝堂上给皇帝言行做笔录的活儿，是能亲近天颜的清要官职。后来，上官婉儿成立修文馆，里面的班底大多是原来的"珠英学士"，于是沈佺期也位列其中，和宋之问一样，都是"直学士"。两人又一起陪皇伴驾，四处写应制诗了。

当时上官婉儿经常撺掇唐中宗四处宴游，喝得高兴了，就开赛诗会，于是沈佺期等写下了《奉和春日幸望春宫应制》《奉和立春游苑迎春》《幸梨园亭观打球应制》等一大堆诗。有一天，唐中宗和众位大臣喝得东倒西歪，大家唱《回波词》一曲逗乐。这时居然有人公然嘲笑唐中宗怕老婆："回波尔时栲栳，怕妇也是大好。外边只有裴谈，内里无过李老。"裴谈是当时的御史大夫，也是怕老婆出名的，被这样打趣，唐中宗也不以为忤。趁着没上没下的气氛，沈佺期也灵机一动，乘机向皇帝要官：

> 回波尔时佺期，流向岭外生归。
>
> 身名已蒙齿录，袍笏未复牙绯。

"牙绯"——五品以上才是"绯红"色的官袍、象牙的笏板，而沈佺期是从六品起居郎，显然没资格穿用"牙绯"。在皇帝身边就是"近水楼台先得月"啊，中宗一看，老头也不容易，心一软（中宗历来心软）就下旨——升官！

就这样，五十五岁的沈佺期就成了正五品的中书舍人，相当于皇帝秘书（而宋之问想当没当上，就差一步，让太平公主踢飞了）。

时隔不久，就发生了中宗暴死、李隆基起兵杀死韦后等重大事件，由于沈佺期经历过牢狱之灾，诸事小心，这场大动荡丝毫没有影响到他。看来，虽然都说沈宋是一伙，但沈佺期还是和上官婉儿、安乐公主她们保持着一定距离的。别看老沈没能在赛诗会上出风头，人家暗中却占了大便宜，日后清算时，没人家的事。所以说"祸兮福之所倚"，老沈的越南这趟椰子汁没白喝。

先天元年（712），宋之问被唐玄宗下诏处死，沈佺期却升了官，成了从四品的太府少卿。这个官是"财神爷"，据《新唐书·百官志》载："掌财货、廪藏、贸易，总京都四市、左右藏、常平七署。凡四方贡赋、百官俸秩，谨其出纳。"是个肥缺，沈佺期应该是比较满意的。过了两年，也就是开元二年（714），他又做到了正四品的太子少詹事，陪皇太子读书没多久，五十九岁的沈佺期就因病去世了。

魂魄游鬼门，骸骨遗鲸口

虽然经历了波折和磨难，但后来这一段仕途，沈佺期却是青云直上，在官职最高的时候去世，可谓善终于家，备享哀荣。后来他的大儿子沈子昌当了县令，另一个儿子沈东美，官至太守，也算后继有人。

依倚孟尝君，自知能市义
——女皇男宠的"侠心"

少年不识事，落魄游韩魏。珠轩①流水车，玉勒②浮云骑。

纵横意不一，然诺③心无二。白璧赠穰苴④，黄金奉毛遂。

妙舞飘龙管，清歌吟凤吹。三春小苑游，千日中山醉⑤。

直言身可沉，谁论名与利。依倚孟尝君，自知能市义⑥。

——张昌宗《少年行》

此诗作者是张昌宗，武则天的男宠之一。这首《少年行》虽然说
不上非常精彩，但和后来王维、李白他们所写的那些篇《少年行》的

---

① 珠轩：即朱轩，富人所居的红楼。

② 玉勒：玉制的马衔。

③ 然诺：指许诺。

④ 穰苴：即司马穰苴，春秋后期齐国著名军事理论家，所著《司马穰苴兵法》，后世
列为"武经七书"之一。

⑤ 中山醉：出自晋朝张华所著《博物志》。说有个叫刘玄石的人，到中山酒家买酒，
酒家给他一种醉千日方醒的酒。

⑥ 依倚孟尝君，自知能市义：即冯谖市义的故事。冯谖是孟尝君的门客，有一次孟尝
君让他去收债，他把债券都烧了，声称为孟尝君买回了仁义。

意境大略是相同的。当然，"纵横意不一，然诺心无二"稍逊于太白的"三杯吐然诺，五岳倒为轻"（《侠客行》）；"三春小苑游，千日中山醉"也没有"落花踏尽游何处，笑入胡姬酒肆中"（李白《少年行二首》）的情景更生动潇洒；整个诗中也看不到太白那种"笑尽一杯酒，杀人都市中"的锋锐之气。不过这首诗表达的思想和一般的"游侠诗"并无二致。

一般人都认为，张昌宗粗疏少文，留在《全唐诗》中的几首诗都是上官婉儿等为其代作。《旧唐书》中也说："易之、昌宗皆粗能属文，如应诏和诗，则宋之问、阎朝隐为之代作。"对此，笔者并不完全认同，张昌宗、张易之两兄弟出身贵族，是名臣张行成的族孙，受的家庭教育应该不错。《控鹤监秘记》虽然是篇杂有许多情色内容的笔记类文章，但毕竟是唐人张垍（张说的儿子）所写，他离武周一朝的时代很近，而且张垍是宁亲公主的驸马，也可以通过某些渠道了解当时宫中的内情，所以很有几分参考的价值。

《控鹤监秘记》中写道："后曰：'……宰相批怀义面，正欺其市井小人耳。若得公卿子，通晓文墨者，南衙何敢辱之？'"意思是说武则天说，宰相打薛怀义的耳光（武则天的前任男宠薛怀义曾在和宰相发生争执时被打），正是因为他出身低微，是个市井之徒。要是换个公卿贵族的子弟，知书懂诗，他们哪里敢这样蔑视欺辱？于是太平公主推荐了张昌宗。所以张昌宗并非粗鲁无文之辈。

二张吹拉弹唱既然样样精通，作诗为文应该也不可能一窍不通。所以某些应制诗可能由上官婉儿等代作，但这首《少年行》恐怕真的是张昌宗自己写的——张昌宗没有必要找人代作这样一首诗，而且如果真是上官婉儿、宋之问等代作，水平应该不只如此，诗会写得更好看些。这首诗倒像是张昌宗的真实水平——不是太高，但也并非一塌糊涂的蠢诗，及格的分数还是可以给的。

张昌宗和张易之兄弟俩应该是那种比较中性化，长得类似女性那种美少年。不像武则天的前任男宠薛怀义，是那种一身腱子肉的猛男。《控鹤监秘记》中说："昌宗，年近弱冠（二十岁），玉貌雪肤，眉目如画，其风采绝类巢刺王妃。"所谓"巢刺王妃"，是指李元吉的妃子，"玄武门之变"后，李世民把自己的这个弟妹纳入宫中，并生有一子，想来必然是很美貌的。另外，像当时就有"六郎似莲花""莲花似六郎"之谓，看来这两兄弟都是花样美男。

史书和后人说起二张这对"兄弟花"，多持轻蔑嘲笑的态度。但其实想想，二张也是迫不得已，同样是被侮辱和被损害的对象。女人中的杨贵妃，先是寿王妃子，后来被公爹李隆基看上了，专宠一时，虽然史论中也有不少人将唐朝由盛转衰的责任推在她身上，但毕竟还有不少人惋惜感叹这位"宛转蛾眉马前死"（白居易《长恨歌》）的薄命红颜。二张其实很相似，先是太平公主的玩物，后来又被送给了武则天，荣宠一时，但最后却被军兵们斩去了首级，挂在街头示众，并且尸身被"百姓脔割其肉，肥白如猪肪，煎炙而食"（《朝野佥载》）。这样说来二张死得比杨贵妃惨多了，但有谁为他们写过一句哀诗？人们提起来也只是哂笑而已。

二张当时其实是没有选择的，对于他们来说，"服侍"太平公主实际上比"服侍"武则天要好得多，毕竟太平公主还是个风韵犹存的妇人，而武则天就算再驻颜有术，善于涂抹，恐怕也无法掩盖鸡皮鹤发的老态。但这事却由不得二张，以武则天的冷酷无情，谁敢忤逆她的意思。

依倚孟尝君，自知能市义

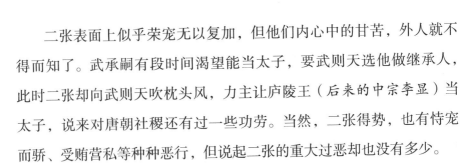

二张表面上似乎荣宠无以复加，但他们内心中的甘苦，外人就不得而知了。武承嗣有段时间渴望能当太子，要武则天选他做继承人，此时二张却向武则天吹枕头风，力主让庐陵王（后来的中宗李显）当太子，说来对唐朝社稷还有过一些功劳。当然，二张得势，也有恃宠而骄、受贿营私等种种恶行，但说起二张的重大过恶却也没有多少。

《朝野佥载》中提到张易之喜欢吃鹅鸭，他弄了个大铁笼子，把鹅鸭放入其中，中间燃上炭火，火旁边用一铜盆盛着酱油之类的调料，鹅鸭受热渴极，就只好喝调料，这样等鹅鸭完全烤熟后，就特别有滋味。张昌宗则是喜欢吃驴肉，把活驴关起来烤，也像前面说的烤鹅鸭一样来操作。这些事情未必全是真的，就算是真的，也只是虐待动物，比起来俊臣之类的在大狱里折磨人强多了。至于二张诬告魏元忠一事，也是先有"御史大夫魏元忠尝劾奏易之等罪"而引发的，而且魏元忠虽然被贬，终究没有被加害至死。看来二张也并非特别阴狠毒辣之人。

《少年行》这首诗大概是张昌宗"未入宫"时所作，他当时或许和一般的少年子弟一样，对自己的未来充满了憧憬。他也向往着一诺千金、一醉千钟，"呼卢百万终不惜，报仇千里如咫尺"（李白《少年行》）的游侠生涯吧。但可惜，命运注定了他们会遇上这样一个有女皇的时代，他们也非常尴尬地成了女皇的玩物而永远被后人所嘲笑。

死生随玉剑，辛苦向金微

——豪气干云的奇男子郭震

塞外虏尘飞，频年出武威。死生随玉剑，辛苦向金微[①]。

久戍人将老，长征马不肥。仍闻酒泉郡，已合数重围。

——郭震《塞上》

郭震，字元振，生于显庆元年（656），和宋之问同岁。虽然现在他的诗留存下来的不多，但几乎所有唐诗选本中，都不能不提他的那首《宝剑篇》。有关这首诗，随后会说到。

郭震的家世并不怎么显赫，当然也绝非贫苦农民，在唐代印刷术不普及的情况下，穷孩子想读书，连书本都找不到。所以会写诗的，大多数出身都算得上是"地主""官僚"什么的。真正纯草根的，也许就王梵志、胡钉铰等少数几个人。

郭震的爷爷曾经当过河南汤阴县的县令，他的父亲是济州刺史，而且有关郭震，有这样一则传说：

郭元振少时，美风姿，有才艺。宰相张嘉贞欲纳为婿。元振曰：

死生随玉剑，辛苦向金微

---

① 金微：古山名，即今阿尔泰山。

"知公门下有女五人，未知孰陋，事不可仓卒，更待忖之。"张曰："吾女各有姿色，即不知谁是匹偶，以子风骨奇秀，非常人也。吾欲令五女各持一丝，幔前使子取便牵之，得者为婿。"元振欣然从命，遂牵一红丝线，得第三女，大有姿色，后果然随夫贵达也。

这则故事倒和猪八戒"撞天婚"的情景差不多。不过还是牵红丝这个方法好，文明高效。

不过这则故事出自五代时王仁裕写的《开元天宝遗事》，记载得有点问题，他把郭震当作了开元间的人物，并且让张嘉贞招其为婿，这是十分荒谬的。因为张嘉贞虽然是宰相，但他的年龄比郭震还要小九岁。虽然说女婿岁数比老丈人大，这事也是有的，但毕竟还是少数，所以这则故事不免令人怀疑是纯属虚构的。

但也有可能是这样的情况——这个宰相的名字错了，并非是张嘉贞，也可能是张行成、张大安、张文瓘等其他张姓宰相。有人说，十六岁就结婚太早了些吧？不早，唐代规定男年十五，女年十三以上，就可以结婚了。

有这些关系，所以郭震十六岁就进了太学，和薛稷、赵彦昭等人当了同学。薛稷后来成了唐代大书法家，他的叔叔是当朝宰相薛元超，曾祖是大名鼎鼎的薛道衡（隋朝人，咏"空梁落燕泥"的那个人），同时他还是魏征的外甥。在这太学里，是不收一般百姓的。

在太学中读了两年，十八岁的郭震就高中进士，而且被判为高等。之后，大多数人都是先给个九品小官，或者在宫里和杨炯似的弄个校书郎干干，翻翻皇家珍藏的图书，和朝中大员们套套近乎，不少新科士子都喜欢这个职位。

然而，郭震却有不一样的想法，他愿意下基层，到边远地区去。主管吏部的官员一看，呵，还有这样的，于是很痛快地给他派了个四川梓州通泉县尉的差事。五六年前，王勃刚来过这个地方，十多年后，杨炯又被贬到过这个地方，看来梓州这个地方真是能聚集诗情。

　　当然，县尉不见得都要去抓贼，大点的县的县尉有两个人，一个干文的事，一个做武的活，但小的县可能就不分了。像李商隐就叫苦连天，写诗说"黄昏封印点刑徒，愧负荆山入座隅"（《任弘农尉献州刺史乞假还京》），他每天晚上要到黑牢里看那些犯人都在没，有没有跑的，李商隐嗟叹，这哪是诗人干的活啊，白瞎了我的才华了。但郭震不这样想，他喜欢这些事。

　　郭震到了任上，"落拓不拘小节"，"仪观雄杰，身长七尺"，浑身肌肉发达，一副威风凛凛的样子，镇得住那些流氓地痞们。到了中唐时，牛僧孺写传奇时，还记载了郭震智斗乌将军的事迹。这个乌将军是一头大猪变的妖怪，为害一方，要吃美女，郭震砍掉了它的一只臂膀，并带乡人追踪来到它的巢穴，在一处古墓中挖出了受伤的乌将军，将其除掉。这则英雄救美的故事不尽可信，但却反映了郭震才兼文武，胆略过人。

　　郭震在当地结交了一大批江湖好汉，整天喝酒聚会，花钱如流水。他小小县尉哪有这样多的收入——他也真是胆大包天，竟然敢自己私自铸钱，还掠卖人口。这样无法无天的行为很快被人告发。

　　武则天派人捉拿了郭震，抄了他的家，却发现他家里只有数百卷书，并无贵重财物，经访查，他的那些非法收入原来都救济了穷人。了解到这些，武则天对郭震这个人很感兴趣，于是亲自审问他。这么一聊不打紧，武则天一看帅哥很养眼，不免心生好感，据张说写的文

死生随玉剑，辛苦向金微

章中说"（武后与郭震）语至夜，甚奇之"。俩人从白天聊到晚上，有没有发生什么事呢？张说不说，你就猜想吧。郭震趁机高咏了一篇自己的旧作，就是这首《宝剑篇》：

君不见昆吾铁冶飞炎烟，红光紫气俱赫然。良工锻炼凡几年，铸得宝剑名龙泉。龙泉颜色如霜雪，良工咨嗟叹奇绝。琉璃玉匣吐莲花，错镂金环映明月。正逢天下无风尘，幸得周防君子身。精光黯黯青蛇色，文章片片绿龟鳞。非直结交游侠子，亦曾亲近英雄人。何言中路遭弃捐，零落漂沦古狱边。虽复尘埋无所用，犹能夜夜气冲天。

这首诗，写得神采飞扬，真如宝剑一样锋锐逼人。看惯了那些马屁颂、应制诗的武则天，眼前顿时一亮。美男吟美诗，女皇心下大悦。

第二天上朝时，武则天命人将此诗抄写了几十份，发给下边一帮写诗的人们看，意思是说："看看人家这诗？你们行吗？"这些人看了，心中想必不是滋味。"文章四友"中的李峤不服，自己也写了一首《宝剑篇》，不过他这诗还真不行：

吴山开，越溪涸，三金合冶成宝锷。淬绿水，鉴红云，五采焰起光氛氲。背上铭为万年字，胸前点作七星文。龟甲参差白虹色，辘轳宛转黄金饰。骇犀中断宁方利，骏马群 未拟直。风霜凛凛匣上清，精气遥遥斗间明。避灾朝穿晋帝屋，逃乱夜入楚王城。一朝运偶逢大仙，虎吼龙鸣腾上天。东皇提升紫微座，西皇佩下赤城田。承平久息干戈事，侥幸得充文武备。除灾避患宜君王，益寿延龄后天地。

写着写着，"除灾避患宜君王，益寿延龄后天地"忍不住就出来了，拍马屁本性难改，跟郭震的比起来，只能说是东施效颦了。

郭震献《宝剑篇》这一佳话，后来也成为文人们羡慕的故事。杜甫后来路过通泉县郭震故宅时，就曾写下《过郭代公故宅》一诗，其中说"代公尉通泉，放意何自若"，又说"高咏宝剑篇，神交付冥漠"，都是指的这件事。

女皇非常器重郭震，封他为右武卫胄曹参军（从八品）、控鹤内供奉，后来又升为奉宸监丞。熟悉武周史实的人都知道，这控鹤监就是武则天选美男的地方，几乎等同于女皇的后宫，后来又改名为奉宸府。《旧唐书》中就记载有："天后令选美少年为左右奉宸供奉。"

多年以后，到696年时，青藏地区的吐蕃人来要求和亲，武则天派郭震充当使者去吐蕃境内了解一下情况。当时吐蕃人耍花招，要唐朝把安西四镇的兵都撤了，以示和平诚意。郭震仔细了解情况后，上书劝说武则天，千万不要上这个当。他还建议离间吐蕃君臣之间的关系，以保边境平安。

女皇对此十分嘉许。她发现郭震在宫内似乎屈才，于是此后就经常让郭震参与军事。又过了三年，机会来了，吐蕃国内果然和郭震预料的一样，发生了君臣相互仇杀的内乱。武则天命郭震随军出征，取得大胜，于是封他为朝散大夫（从五品，是个虚职），另授主客郎中一职，这个官归礼部，好比我们现在的外交官，是负责应付番邦外国来宾的差事。

于是，四十三岁的郭震从"从八品"的小官终于升到五品，可以"着绯"（穿红袍）了。

两年后，武则天正在洛阳城门边大宴群臣，突然边境传来军情急

死生随玉剑，辛苦向金微

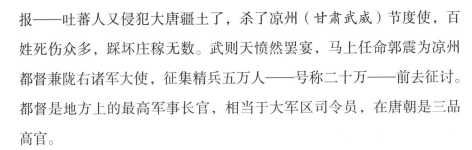

报——吐蕃人又侵犯大唐疆土了，杀了凉州（甘肃武威）节度使，百姓死伤众多，踩坏庄稼无数。武则天愤然罢宴，马上任命郭震为凉州都督兼陇右诸军大使，征集精兵五万人——号称二十万——前去征讨。都督是地方上的最高军事长官，相当于大军区司令员，在唐朝是三品高官。

郭震到河西走廊这一带视察了军情，发现南有吐蕃在青藏高原作乱，北有突厥在新疆蒙古一带横行，于是下决心要打一次大仗，杀杀他们的威风。郭震少时当一个小小县尉，都能闹腾出那么大的动静，现在当了集团军总司令，肯定不会小打小闹一下就算了。他四处调兵，集结了一百二十万大军，号称二百万，光军营的帐篷就逶迤千里之遥，晚上烽火连天，十分惊人。

当时朝中有个叫宗楚客的小人，进谗言说："郭震集合了全国的精兵，万一他造反怎么办？速速解去他的职务吧！"武则天也多疑，反复考虑，神情焦急。幸好狄仁杰、魏元忠、韦安石、李峤、宋璟、姚崇、赵彦昭、韦嗣立、张说等二十五人联名保举郭震不反，武则天这才算吃了定心丸。

郭震用兵得当，又集结了优势兵力，于是十路大军一齐挺进，先打经常骚扰大唐的吐蕃人。打得吐蕃人屈膝请和，献马三千匹，金三万斤，牛羊不可胜数。有了这样的辉煌战果，北方的突厥欺软怕硬，赶紧献上好马两千匹，以前从甘肃凉州掳掠的中原汉人，也悉数无条件放了回来。于是郭震镇守凉州五年，"令行禁止，牛羊被野，路不拾遗"，一派和平景象。

当时甘肃一带的人民都感恩戴德，给郭震修建了生祠（活着就受供奉称生祠），并立碑颂德。然而没多久，"神龙宫变"发生了，中宗复位。这时大奸臣宗楚客因亲附武三思而得势，于是他唆使皇帝授予郭震"骁骑大将军兼安西大都护、四镇经略使、金山道大总管"，来对付陇右的突厥强敌，形势很是凶险。

郭震到了任上，知道自己现在掌握的兵力有限，硬拼不行，还是和对方谈判为好，于是亲率几十个骑兵，来到胡人头领的部落里商谈议和。胡人首领乌质勒见郭震紫袍玉带，威风凛凛，仪态端严，好像天上神将一样，不禁大为叹服。

本来谈得挺好的，郭震也说通了这个胡酋。但不想紧接着出了一件事，让郭震面临生死考验。

胡酋乌质勒，年经已老，和郭震商谈的这天，刮着寒风下着大雪，郭震双足被雪埋了半截，也没有移动半步。他是没事，但乌质勒也跟着硬挺了半天，回去当夜就咽气了。因为乌质勒死得太突然，突厥人不免怀疑这跟郭

死生随玉剑，辛苦向金微

震有关，就想率兵报仇。

有人探听到这个消息，劝郭震赶快跑。郭震却说，本不是我有心加害的，逃跑做什么？何况咱们在人家地盘上，就算跑能跑多远？于是他泰然自若，反而穿上素服前去吊孝。乌质勒的儿子本来集合了人马，正要去追杀郭震，却看到他送上门来，不禁大为吃惊。在灵前，郭震演出一幕诸葛亮哭周瑜式的好戏，突厥人见郭震一片赤诚，都不再怀疑乌质勒是被暗害了，反而献马三千匹、牛羊十余万，双方订盟和好。

宗楚客本来是想让郭震去送死，结果他不但没死，反而凭借超人的胆略和智慧化险为夷，立了功劳。宗楚客十分气恼。后来他竟然派了两个爪牙带了就地诛杀郭震的假诏书，前去安西都护府宣读。没想到，这两个爪牙还没走到目的地，半路就被突厥人劫住杀死了。这十有八九是郭震提前知道后，联合突厥人采取的措施吧。

郭震当然也要反击，他给皇帝上书，要求斩了兵部尚书宗楚客。但宗楚客和韦后关系很好，中宗又是一味和稀泥的"和事天子"，于是此事不了了之。等中宗突然死亡后（相传是韦后毒死），李隆基发动兵变，杀了韦后、安乐公主、上官婉儿、宗楚客等一干人，让自己的父亲李旦登基，是为唐睿宗。此时朝廷召郭震回京，封他为"同中书门下三品"（即宰相），加银青光禄大夫，迁兵部尚书，封馆陶县男（这是个能传给儿子的世袭爵位）。

在唐睿宗李旦当政的这几年，郭震是非常风光的，仕途也稳步上升。此后他还当过正三品的吏部尚书、刑部尚书、兵部尚书、金紫光禄大夫等要职。

郭震知恩图报，在太平公主图谋颠覆唐睿宗的皇位时，其他的宰相（唐朝有多名宰相）都暗中附和，只有郭震坚决反对。当睿宗的儿子李隆基擅自起兵诛杀太平公主一党时，宫中大乱，大臣们都吓得四处逃散，唯独郭震陪皇帝登楼观察情况。听说情况凶险，睿宗竟然吓得想跳楼自杀，郭震连忙劝住他，给他壮胆。

　　大事平定之后，郭震被封为代国公，这是位极人臣的一品勋阶了，唐太宗时的名将李靖就曾被加封过这个称号。另外又赐他实封四百户，意思就是有四百户人家的赋税都不用上交国库，直接由郭震来收。其他的俸禄还有不少，郭震就算不贪不占，也会有非常巨大的收入。此外还给他的儿子也升了五品官，这就是所谓的"封妻荫子"了。

　　人臣能混到这一步，已是达到事业的顶峰了。再往上爬，就是谋反篡位当皇帝了。正所谓"亢龙有悔"，烈日之后往往是暴雨倾盆，正当鲜花着锦、烈火烹油的兴旺之时，厄运也悄然来临，而且是来得如此之快。

　　几个月后，睿宗让位给自己的儿子李隆基，继位后是为唐玄宗。当了皇帝后，李隆基集合军兵，在骊山下举行阅兵仪式。以郭震的威望和头衔（他是兵部尚书）担任这一百多万兵士的总指挥是名正言顺的。但就在检阅军队的时候，唐玄宗突然借口军容不整而大发雷霆，喝令左右拿下郭震就要处斩。多亏张说等人跪倒求情，说郭震有大功于朝，不可杀。玄宗板着脸，好容易才饶了郭震的死罪，把他流放到新州（现在广东新兴县），并当场又杀了个替罪羊——一个叫唐绍的人，时任给事中。

　　其实很明显，这并非是郭震的过错，"军容不整"这件事纯粹是唐玄宗找碴，就算真正有军容不整的现象，也不至于把郭震的所有官职一撸到底，还差点杀了他。

死生随玉剑，辛苦向金微

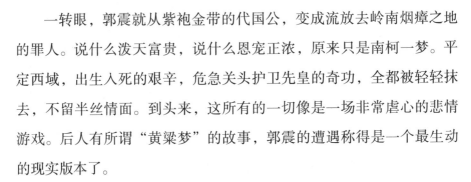

一转眼，郭震就从紫袍金带的代国公，变成流放去岭南烟瘴之地的罪人。说什么泼天富贵，说什么恩宠正浓，原来只是南柯一梦。平定西域，出生入死的艰辛，危急关头护卫先皇的奇功，全都被轻轻抹去，不留半丝情面。到头来，这所有的一切像是一场非常虐心的悲情游戏。后人有所谓"黄粱梦"的故事，郭震的遭遇称得是一个最生动的现实版本了。

旧历十月的寒风里，郭震老泪纵横地离开了京城，踏上南去的行程。路漫漫，心迷茫。他心情十分郁闷，越想越难过，竟然忧愤成疾，还没走到江西就病死了，寿数只有五十八岁。当时，他的父母还都健在，虽然不能称作是"白发人送黑发人"，也是相当悲惨。

郭震现在存诗不多，《全唐诗》中只有二十来首，除了那首《宝剑篇》外，他的这首《塞上》足以作为半生戎马的最好回忆。

微臣从此醉，还似梦钧天

——"苏模棱"是怎么炼成的

温液吐涓涓，跳波急应弦。簪裾承睿赏，花柳发韶年。

圣酒千钟洽，宸章七曜悬。微臣从此醉，还似梦钧天。

——苏味道《初春行宫侍宴应制（得天字）》

这首诗是典型的应制诗，全是颂圣的词，一点也不犯忌讳，可以说是最安全妥当的"金殿对策"诗。本诗的作者苏味道，写的好诗好文也不是太多，但却有两大贡献。

一是贡献了一首好诗，就是《正月十五夜》这首："火树银花合，星桥铁锁开。暗尘随马去，明月逐人来。游伎皆秾李，行歌尽落梅。金吾不禁夜，玉漏莫相催。"这首诗是写元宵节的经典诗词之一，每逢吃汤圆、放烟花的时候，我们就会想起老苏千年前留下的这些句子。其中的"火树银花"一词更是成为小学生都会用的成语。

此外，苏味道还贡献过另一个成语，不过说起来就不像"火树银花"那样有光彩了，这个词是"模棱两可"。《旧唐书·苏味道传》中说："（苏味道）尝谓人曰：'处事不欲决断明白，若有错误，必贻咎谴，但模棱以持两端可矣。'时人由是号为'苏模棱'。"意思是说，苏味道当宰相时曾经对人介绍过他的处世经验，就是什么事都含糊地表态，无

微臣从此醉，还似梦钧天

可无不可，以免犯了错误受到惩治。因为这样，人们给他起了个绰号，叫"苏模棱"。

南宋末年的文人徐钧写诗讽刺道："万事模棱持两端，脂韦自饰巧求全。如何身处周唐际，党武翻成徇一偏。"（《苏味道》）对其针砭入骨。

其实，如果我们了解武则天当年政治的黑暗残酷，就不会过于嘲笑苏味道这一套处世哲学了。在武周年间，一共用过七十五个宰相，平均每人的任期只有三个半月，百分之六十被贬杀，只有"两脚狐"杨再思、"唾面自干"的娄师德和苏模棱，能够当的时间又长又能够安全退位。

"两脚狐"杨再思，一听这名字就知道有多机灵谄媚了，他曾大夸张昌宗："莲花似六郎（张昌宗排行老六），非六郎似莲花。"娄师德的名言是，别人吐你一脸唾沫，不能发火，更不能当时就擦干净，要让它自己慢慢干，忍辱至此。

苏味道，有人可能觉得她的名字比较怪，这里的"味道"其实是品味道家真理的意思，证据是，他的弟弟叫苏味玄——后来也官至太子洗马（从五品上，也是太子的侍从属，品级不低，并非是给太子洗马、喂马的官员）。

苏味道比王勃还要大两岁，出生在贞观二十二年（648），他和前面说过的李峤是老乡，都属于河北赵州人，不过他的家在栾城那个地方，离现在的赵县十来公里左右。因为苏味道后来也做了大官，以文章出名，所以人们把他和李峤并称为"苏李"。其实这样说，并非是说苏味道要比李峤强，这是比照汉代的苏武、李陵来叫的。不然的话，李峤年龄比他大，叫"李苏"才恰当。

苏味道家世如何，现有的资料少有介绍，但他非常聪明，二十来岁就中了进士，时为乾封二年（667），当时王勃正在沛王李贤身边伴读，"燕许大手笔①"中的张说才呱呱落地。

我们已经知道，按规矩，中进士之后都是从九品的最低级官职做起，苏味道先是干了一段时间的咸阳县尉，吏部侍郎裴行俭比较喜欢他，于是带兵出征时让他随军处理文书——这一点和骆宾王、崔融、李峤等相类似。

跟着身为吏部侍郎（即组织部副部长）的裴行俭，苏味道"进步"很快。中间他还当了什么官，史书上记载不是很详尽。到了他四十六岁的时候，也就是杨炯死后的第二年（694），苏味道当上了宰相（凤阁鸾台平章事）。然而我们前面说过，武周时的宰相走马灯似的换，女皇手下那些周兴、来俊臣之类的小人不停施展阴损之伎。于是苏味道后来也被诬下狱——当时不少才子倒有一半蹲过监狱的，像王勃、卢照邻、骆宾王，现在又多了苏味道，"前有古人，后有来者"，后面还有陈子昂、刘长卿、李白……

这次冤狱，同时被关押的还有李峤的舅舅张锡。史载："证圣元年，与张锡俱坐法系司刑狱。锡虽下吏，气象自如，味道独席地饭蔬，为危惴可怜者。武后闻，放锡岭南，才降味道集州刺史。"

这段记载挺奇怪，张锡在牢里从容自若，苏味道却吓得惴惴不安，趴在地上吃牢饭，好似落水狗一样可怜。按理说，表现从容者，既有胆识风度，又似乎是没有什么罪责，心地磊落，应该从宽甚至赦免；

① 燕许大手笔：张说封燕国公，苏颋袭封许国公。《新唐书·苏珦颋传》载，苏颋"自景龙后，与张说以文章显，称望略等，故时号燕许大手笔"。

微臣从此醉，还似梦钓天

像苏味道这样的窝囊表现，才要判得重一些。但不知武则天怎么想的，她得知后，将张锡流放岭南，却让苏味道去集州当刺史。集州在四川南江县，刺史是地方一把手，正四品官职。这样的安排，也许是表明一种态度，谁屈膝服软，就会优待谁吧。

过了半年多，苏味道又被召回朝中，当了天官侍郎（正四品上，天官就是吏部，是武则天称帝后别出心裁改的名字），也就是原来裴行俭的那个位置。老苏这组织部副部长也没白当，提拔了像开元年间的名臣宋璟这样的人才，也算给大唐盛世做出了贡献。

又过了几年，苏味道重新当上了宰相。也许，正是因为经历过这种波折和起伏，他变得越来越谨小慎微了，所谓"多做多错、少做少错、不做不错"，"苏模棱"就是这样炼成的。

《大唐新语》中，曾记载苏味道入狱后的一段经历："周矩为殿中侍御史，大夫苏味道待之甚薄，屡言其不了事。矩深以为恨。后味道下狱，敕矩推之，矩谓味道曰：'尝责矩不了事，今日公了事也。好答辩！'"我们看，之前苏味道也不"模棱"，经常骂下属周矩不懂事，这人暗地里怨恨。然而下狱之后，审他的恰恰是周矩，此人得意扬扬地说："你不是常说我不懂事吗？你懂事，这回给我老实交代吧！"正是有过这样的经验，才有了后来含糊麻木的"苏模棱"。

长安元年（701）三月天降大雪，苏味道知道女皇喜欢祥瑞，就率百官入朝道贺。侍御史王求礼讥讽道："三月雪还叫瑞雪，那如果腊月里打雷，是不是叫瑞雷呢？""苏模棱"并不听，还是自顾自地行动。到了殿上，王求礼非但不道贺，还大吵大嚷说："现在是春天，草木生长的时候，下寒雪这是灾害啊，你们怎么当成祥瑞？这些道贺的大臣都是谄媚奉承之辈！"武则天听了，气得不得了，倒也没怎么为难王求礼，只是退朝作罢。

靠"模棱"功夫，苏味道当了六年多的宰相。到了长安四年（704），武则天病得昏昏沉沉，朝中倒武复唐的人们暗中行动。也许是觉得苏味道虽然模棱两可没立场，但毕竟站着个重要位置，又是武则天亲手提拔的，于是有人说他年前改葬其父时，以权谋私，侵占乡民墓田，并役使民夫过度。其实这种小事，对于堂堂宰相并不算大过，但政敌抓住把柄，将他降为坊州（现在的陕西省延安市黄陵县）刺史（正四品）。

没多久，"神龙宫变"发生，前朝这些重臣都遭到清算，苏味道也因阿附女皇男宠张易之、张昌宗，被贬到眉州当刺史。到了眉州没多久，五十七岁的苏味道就死了。虽然生前没给眉州百姓办过什么大事，但他留下的后代却让眉州很是扬眉吐气——那就是著名的"眉山三苏"，苏味道的嫡系传人。他有个二儿子叫苏份，留在眉山县娶妻

微臣从此醉，还似梦钧天

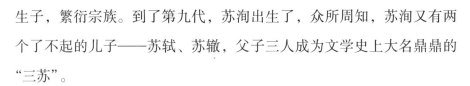

生子，繁衍宗族。到了第九代，苏洵出生了，众所周知，苏洵又有两个了不起的儿子——苏轼、苏辙，父子三人成为文学史上大名鼎鼎的"三苏"。

对于祖籍栾城，"三苏"一直念念不忘，他们在文章、诗词、书画上经常署名为"赵郡苏洵""赵郡苏轼"等；苏辙被朝廷授予"栾城县开国伯"，他的作品集叫《栾城集》；苏东坡的墓志铭上写着"苏自栾城，西宅于眉"。今天，在四川眉山三苏祠启贤堂内，还供奉着眉山苏氏始祖——唐凤阁鸾台平章事苏味道的画像。

不愁明月尽，自有夜珠来

——宋之问“获奖”之作

春豫灵池会，沧波帐殿开。舟凌石鲸①度，槎拂斗牛②回。

节晦蓂全落③，春迟柳暗催。象溟看浴景④，烧劫辨沉灰⑤。

镐饮周文乐⑥，汾歌汉武才⑦。不愁明月尽，自有夜珠来。

——宋之问《奉和晦日幸昆明池应制》

　　前文提过，宋之问虽然是个无耻之辈，但毕竟不是那种“踢寡妇门，刨绝户坟”的低级流氓，也算得上是流氓加才子型的人物。在当时皇帝亲自主持的“诗歌大奖赛”中，宋之问频频夺冠，也并非全靠

---

　　① 石鲸：昆明池雕有石刻的鲸鱼。杜甫有诗：“石鲸鳞甲动秋风。”

　　② 斗牛：昆明池东西各有牛郎织女的雕像，使昆明池仿佛天河一般。

　　③ 蓂全落：传唐尧时，有这样一株草，每月一日长一片荚来，一天一片，到月半共长十五荚。以后每日落去一荚，月大则荚都落尽，月小则留一荚，焦而不落。这一荚称为蓂。“蓂全落”，就是说三十日。

　　④ 象溟：溟，指北海。庄子《逍遥游》中说：“北溟有鱼。”浴景：指太阳落在水中的景色。

　　⑤ “烧劫”句：昆明池是汉武帝所开，凿池时在池底掘得黑灰。东方朔说：天地大劫将尽，就会发生大火，把一切东西都烧光，叫劫火。这是劫火后遗留下来的残灰。

　　⑥ “镐饮”句：周武王建镐京后大宴群臣的故事。

　　⑦ “汾歌”句：汉武帝曾和大臣泛游于汾水之上作《秋风辞》助兴。

献媚，这人做起应制诗来还是十分老到的。

早在武则天当皇帝的时候，宋之问就大出过一次风头。当时武则天和群臣同游洛阳龙门，照例宴乐赋诗。当时一个叫东方虬的先写完了，武则天看后称赞不已，就赐给他一身锦袍。东方虬刚披到身上，宋之问的诗也做好了，武则天一看，比东方虬的强好多（此诗见《全唐诗》卷51_39《龙门应制》），于是马上让东方虬脱下袍来，改为赐给宋之问。可想东方虬会是何等的尴尬。

从此事也可看出武则天的性格，假如是她老公李治或儿子李显等人，恐怕都不会这样做，肯定会另赐一件锦袍或其他物事给宋之问。但武则天却是一向以铁腕著称，别说夺个小小的锦袍，她想要谁的脑袋也会毫不客气。

宋之问另一次"力摘桂冠"的故事，就是靠本篇选的这首诗。这是在唐中宗年间的一次活动中，由上官婉儿主持的。这唐中宗，一方面是个老好人，有两个大臣互相揭发攻击，他居然不分对错，让双方和解罢休，人们讥笑他为"和事天子"。另一方面又是个大玩家，他十分喜欢宴乐，还经常别出心裁地组织一些君臣嫔妃齐上阵的"文体活动"，据《资治通鉴》中写：

二月，己丑，上幸玄武门，与近臣观宫女拔河……春，正月，丙寅夜，中宗与韦后微行观灯于市里，又纵宫女数千人出游，多不归者……庚戌，上御梨园毬场，命文武三品以上抛毬及分朋拔河。韦巨源、唐休璟衰老，随絙踣地，久之不能兴；上及皇后、妃、主临观，大笑。

亏他想得出，让老大臣们拔河，摔倒一堆老头后，惹得皇上皇后公主哈哈大笑。实在是"望之不似人君"！

这次到昆明池游玩的盛会，也是由唐中宗主持的。题目中的"晦日"，并非是晦气之日，而是每月的最后一天，如果不标月份，就是正月的"晦日"，即正月三十日。按唐朝制度，把正月晦日、上巳和重阳定为三大节日，中宗又是好玩喜热闹之人，当然就在这天去长安南面的昆明池游玩宴乐。

唐中宗玩得高兴，诗兴大发，就自己作了一首诗，又让与会的群臣也都赋诗作庆。皇帝有命，群臣们敢不争先？于是一时间，交稿的有一百多人。中宗命上官婉儿当评委，婉儿坐在高高的彩楼上，对这些诗篇进行海选，淘汰掉的就直接从楼上扔下来，诗稿如雪片般纷纷飘落，最后就剩下当时最有名的文坛大腕——宋之问和沈佺期，他两人号称"沈宋"，长时间不分高下。众人都紧张地等着这场"二进一"的决赛结果，这时沈佺期和宋之问私语说，咱俩一向不分高低，我看就以今日定高下，以后不必再争了，宋点头同意。

过了一会儿，又一张诗稿飘下，原来是沈佺期的，他被淘汰了。婉儿的评价是："二诗文笔相当，但沈诗结句'微臣雕朽质，差睹豫章才'辞气已竭，而宋诗结句'不愁明月尽，自有夜珠来'陡然健举，若飞鸟奋翼直上，气势犹在。"众人包括沈佺期在内都心服口服。

我们来看宋之问的这首诗，是标准的应制诗格调。宋之问是写应制诗的老手，比起孟浩然那样的高出不知多少。孟浩然不分好坏地献给玄宗皇帝一首"不才明主弃，多病故人疏"，导致求官的面试当场砸锅。对于应制诗来说，不怕铺陈空乏，什么天河仙宫、华日祥云一通胡诌，看来不是很着边，但也不会出大错。不出错，这是应制诗的最重要的一点，就像现在有的讲话稿一样，满篇废话不要紧，但不能有

不愁明月尽，自有夜珠来

政治错误。

再有，不能太张扬，写应制诗时不是个人抒发情怀的时候，不能发牢骚，说怪话。像王勃那样大说"嗟乎！时运不济，命运多舛。冯唐易老，李广难封"；"孟尝高洁，空怀报国之心；阮籍猖狂，岂效穷途之哭？"（《滕王阁序》）这也是不好的，皇帝或者上司看了肯定也不喜欢。另外多用典故，显得华丽高雅。当然，还有一点，就是多说吉利话，讨个口彩，用典故可以，一定不要用那些不祥的典故。

像《红楼梦》中元春娘娘让大观园众女儿们作诗时，林黛玉那首就有点问题，像"香融金谷酒，花媚玉堂人"这一联，虽然小巧精致，但"金谷"这个典故是说石崇的金谷园的，而在前文中我们提过，石崇后来被杀了，所以说这个典故用得就不太吉利，不好！而反观人家薛宝钗的诗，就老辣得很，中规中矩，一点毛病也没有。怪不得后来娘娘似乎比较喜欢宝钗。

好了，我们来看一下宋之问的诗。这是一首排律，除了头尾，中间几联都是对仗的，排律中脍炙人口的不多，除了杜甫的一些排律比较精彩外，其他人作的很容易呆板乏味。这是排律的形式决定的，中间的对仗句其实有那么两联就恰恰好，太多了不免有堆砌的感觉。

一般来说，排律的作者不得不找来一些对句，码墙一般码上去，非常无味。但对于应制诗来说，却正好起到"装点"盛世、歌功颂德的作用，显得庄严隆重。所以宋之问的这首诗，上来先说在春日中参加了昆明池上的宴会，池边设置了豪华的帐殿。所谓帐殿，就是当时为皇帝嫔妃等用绸缎专门搭起来的棚子，灵池、沧波这些词都是指昆明池。

接下来就开始码典故了，大家参看一下后面的注释，其实这一大堆典故装砌起来，也没有什么实质的描述。第二联其实也就是说在池中划划船，看看池边的石鲸、织女、牵牛的雕像之类。第三联用了一个典故，转了一大圈，无非就是说今天是"晦日"——正月三十日，春天虽然还没来，但杨柳却在暗中发芽，孕育着春机。第四联说了两个昆明池的典故，表明是在昆明池。第五联说了两个历史上君臣宴饮的典故，说明君臣宴饮的盛事。注意"镐饮周文乐"此句中，其实应该是周武王。但不能上联是"镐饮周武乐"，下联又是"汾歌汉武才"，两个"武"字碰头，这可是诗家大忌。反正周文王、周武王分得清楚的人也不大多，宋之问于是打了个马虎眼，就成了"镐饮周文乐"。

　　宋之问夺冠，靠的就是这最后一句出彩，"不愁明月尽，自有夜珠来"，确实很有开创未来的气势。而沈佺期却说"微臣雕朽质，差睹豫章才"，谦恭是谦恭，但不免让人觉得有垂头丧气的感觉，按照应制诗的特点，落榜是毫不冤枉的。

不愁明月尽，自有夜珠来

枕席临窗晓，帷屏向月空

——上官婉儿宠爱的男人崔湜的诗作

不分君恩断，新妆视镜中。容华尚春日，娇爱已秋风。

枕席临窗晓，帏屏向月空。年年后庭树，荣落在深宫。

——崔湜《相和歌辞·婕妤怨》

《婕妤怨》这个题材，是从汉代才女班婕妤的故事，她因不会取媚于汉成帝而受到冷落。从汉代以后，历代文人题咏不绝。旧时文人常以夫妇喻君臣，而德操高洁、才情灵秀的班婕妤因不会"狐媚惑主"沦落在寂寞的冷宫，无疑让后人更为同情。像三国的陆机、南北朝时的梁元帝等都写过这方面的诗。但此诗的意味恐怕和以上文人的泛泛而咏不尽相同，此诗为上官婉儿宠爱的男人崔湜所写。崔湜写此诗时，肯定也会想到，同样身处宫中的上官婉儿吧，或者此诗干脆就是特意因为上官婉儿所写的。

上官婉儿在宫中的职位是昭容，虽然比婕妤的品级还要高些，不过这宫中的寂寞是并无二致的。武则天时代的婉儿固然寂寞难耐，就算是到了中宗时代，中宗将后宫中的嫔妃包括婉儿这个昭容照单全收，后宫美女如云，中宗这时候也到了"五十松下"的时期了，哪里应付得过来。好在中宗是个大好人，对于韦后、婉儿等人都不怎么管，婉儿也乐得在外面寻快活。

以婉儿的眼光，找的男人肯定也不差。崔湜，出身名门贵族，是赫赫有名的博陵崔氏一族。他的弟弟崔液、崔涤都非常有文才，因此他们家开宴会时常自比东晋的王、谢二族。崔湜长得非常帅，年纪轻轻就中了进士。随后分配的工作为编辑《三教珠英》这本书。这本书集儒道释三教典籍于一身，类似于后世的《永乐大典》之类的书，该书的主编为张昌宗和张易之这俩男宠。因为武则天见他兄弟二人虽然是"男妃子"的角色，但却也不便正式将他们册封为"淑妃""德妃"什么的，这哥俩无职无功，大臣都瞧不起他们。于是下诏让他们主持修撰这个浩大的文化工程。

二人其实就是挂个名，真正干活的还是下面那些人。不过这些人可并非平庸之辈，全是大唐中的学术精英，像李峤、宋之问、沈佺期、张说等人都在这个工作中付出过劳动。

崔湜这人简直就是只男狐狸精。《旧唐书》载："时昭容上官氏屡出外宅，湜托附之。由是中宗遇湜甚厚，俄拜吏部侍郎，寻转中书侍郎、同中书门下平章事。"到了中宗统治的时代，崔湜很快就傍上了上官婉儿。

在唐代，像崔湜这样的男人们"有付出就有回报"。上官婉儿在中宗耳边一美言，于是崔湜的官就像火箭一样拔地升空，直接升到了相位。

崔湜当了官后，大肆贪污受贿，被人弹劾，中宗将他贬官出京。但老情人上官婉儿一活动，小崔又回来了。

崔湜在政治上见风使舵，哪派强他就依附哪派，在男女关系上也是朝三暮四，不久，他看着太平公主的势力更为雄厚，于是又钻到太

枕席临窗晓，帷屏向月空

83

平公主的裙下邀宠。看来《三教珠英》"编辑部"里没有白待，崔湜尽得二张真传，又把太平公主迷得晕晕乎乎的。崔湜不但自己"卖身"，而且全家总动员："妻美，并二女并进储闱（太子宫中）。"让自己的妻子和女儿也到宫中和太子勾搭。有人讥讽崔湜，说他是："托庸才于主第，进艳妇于春宫。"

当然说到才，崔湜并非无能之辈，他的诗文还是非常华美可观的。像"卷帘双燕入，披幌百花惊""烟霞肘后发，河塞掌中来""落叶惊衰鬓，清霜换旅衣"等都是好句。本篇所选的这首《婕妤怨》也写得细致入微，情景交融，相当不错。像中间两联"容华尚春日，娇爱已秋风。枕席临窗晓，帏屏向月空"，对仗工整，刻画出宫中寂寞的情怀，笔者想崔湜当年肯定拿了此诗给上官婉儿看过，婉儿一看，肯定也唏嘘感慨不已吧。

李隆基起兵杀掉韦后、安乐公主、婉儿等人时，由于崔湜和太平公主有一腿，因此暂时得以保全首领。然而躲得过初一，躲不过十五，等太平公主也垮了台后，崔湜也被流放到岭外，不久又有人告他阴谋鸩杀皇帝（这可能是墙倒众人推，未必有此事），一纸诏书赐他"归天"。崔湜只好在驿站里上吊自杀，时年仅四十三岁。

想当初，崔湜官职一路飙升时，牛气冲天，酒席宴间，满面红光的崔湜炫耀说："吾之一门及出身历官，未尝不为第一。丈夫当先据要路以制人，岂能默默受制于人也！"那时他是何等的威风。崔湜志得意满之时，曾出了宫门后在天津桥上骑马吟诗道："春游上林苑，花满洛阳城。"同事张说见了，羡慕不已，说："此句可效，此位可得，其年不可及也。"——这样的句子不是没有人能吟得出来，这样高的官位也不是没有可能做得到，但他（崔湜）这样年轻就拥有这些，却是别人无法企及的。

然而，正所谓"伏久者，飞必高；开先者，谢独早"，靠和公主、贵妇睡觉换来的功名利禄，来得快，去得更快。而人家张说，则是慢慢地一步一步地走，最后为相多年，封燕国公，成为唐代历史上很有影响的一代名臣。相比之下，高下立判。

正所谓："一团茅草乱蓬蓬，蓦地烧天蓦地空。争似满炉煨榾柮，漫腾腾地暖烘烘。"（无名氏《题壁》）一团茅草，烧起来气焰冲天，然而不一会儿就灰飞烟灭，而一炉红红的木炭，虽然不那么张扬，但却慢腾腾、暖烘烘，于平平淡淡间给人以长久的温暖。

枕席临窗晓，帷屏向月空

大明御宇临万方
——繁华背后的血腥

大明御宇临万方， ——李显

顾惭内政翊陶唐①。 ——皇后

鸾鸣凤舞向平阳， ——长宁公主

秦楼鲁馆②沐恩光。 ——安乐公主

无心为子辄求郎③， ——太平公主

雄才七步谢陈王④。 ——温王重茂

当熊让辇⑤愧前芳， ——上官昭容

---

① 翊：辅佐。陶唐：帝尧姓伊祁，名放勋，号陶唐氏，尧是他的谥号。

② 秦楼鲁馆：都是指公主的住处。秦楼，用秦国时弄玉在楼上吹箫的典故。鲁馆，参见"龙楼光曙景，鲁馆启朝扉"篇中注释。

③ 为子辄求郎：《后汉书》曰："馆陶公主为子求郎，明帝不许，而赐钱千万。谓群臣曰：'郎官上应列宿，出宰百里，有非其人，则民受其殃。是以难之。'"

④ 陈王：指三国时的曹植。

⑤ 当熊让辇：用的冯后当熊和班妃辞辇的典故。其一为汉元帝游虎圈，冯婕好、傅婕好相随。突然跑出一头熊，傅婕好惊走，而冯婕好用身体挡住熊。皇帝问她为什么不怕，她说："妾恐熊至御座，故以身当之。"由此得宠。另一典故为汉成帝在后宫游玩，有一次想和班婕好同乘一辆车，班婕好却一脸正气地拒绝了，说道："看古代留下的图画，圣贤之君，都有名臣在侧。夏、商、周三代的末主夏桀、商纣、周幽王，才有嬖幸的妃子在坐，最后竟然落到国亡毁身的境地，我如果和你同车出进，那就跟他们很相似了，能不令人凛然而惊吗？"这两位都是古代有贤德的嫔妃。

再司铨笔①恩可忘。——崔湜

文江学海思济航，——郑愔

万邦考绩臣所详。——武平一

著作不休出中肠，——阎朝隐

权豪屏迹肃严霜。——窦从一

铸鼎开岳造明堂，——宗晋卿

玉醴由来献寿觞。——明悉猎

——《景龙四年正月五日移仗蓬莱宫御大明殿会吐蕃骑马之戏因重为柏梁体联句》

　　相信喜欢诗词的朋友，有不少也是《红楼梦》的爱好者。《红楼梦》中众儿女们聚会联句赋诗的情节不少，而曹公的描写也确实超乎一般小说之上，一方面"按头制帽"，所拟诗句的风格和人物性格十分贴切，另外又"一声也而两歌，一手也而二牍"，让人从喜乐欢声中品味出背后的悲凉。这一点是历来为红学家所推许赞叹的。然而，《全唐诗》中也有这类的联句作品，而且出自真实的人、真实的历史。仔细品味一下，也着实令人回味无穷。

大明御宇临万方

　　这首联句诗作于景龙四年（710）正月五日，题目中写得很清楚。据《资治通鉴》说，这时吐蕃人来迎亲，唐中宗把金城公主嫁了过去。在招待吐蕃来人时，唐朝不但设有酒宴，还组织了一场马球友谊赛，这就是题目中的"骑马之戏"。据说当时吐蕃队开始气势很盛，比分遥遥领先，中宗感觉大失面子，非常着急，这时临淄王李隆基、驸马杨

----

① 铨笔：这里形容权力。

慎交（长宁公主的丈夫）、武延秀（安乐公主的丈夫）上场后，愣是把比分扳了回来，转败为胜。

中宗大喜，于是大摆宴席，酒酣耳热之余，就来联句作诗。所谓"柏梁体"，相传是汉武帝时，新筑了一座柏梁台，在台上大宴群臣，席间让食禄二千石以上的官每人作一句诗，合成一首诗。于是包括汉武帝在内的共二十六人写成一首《柏梁诗》。这种诗要求是七言，而且句句押韵，韵脚可以重复，是联句诗的首创。《柏梁体》这种形式，因为一句一韵，弄不好就会显得呆板，所以除了联句时用外，自主创作时很少采纳。当然也偶有佳作，比如杜甫的《饮中八仙歌》就是一首柏梁体的佳作。另外，金庸先生《倚天屠龙记》一书中的回目，组合起来也是一首柏梁体的诗。

"大明御宇临万方"，唐中宗李显先开口说了这样一句，倒也气象庄严。这种场合下，这样的起句应该能打个八九十分，就算换成"李杜元白"来写，也不见得就能强过中宗这句多少。中宗李显，治国方面非常糟糕，虽非暴君，但说他是昏君却也并不冤枉。不过中宗的诗才却比他治国的水平强得多，有的书上把中宗写成非常弱智的人，写的诗也是狗屁不通，这并非事实。纵观《全唐诗》中，中宗的几首诗还是说得过去的，像"泛桂迎尊满，吹花向酒浮"（《九月九日幸临渭亭登高得秋字》）"四郊秦汉国，八水帝王都"（《登骊山高顶寓目》）等句子，虽非超一流，但也卓为可观。

"顾惭内政翊陶唐"，这句是中宗的皇后韦后所说。意思是说很惭愧，我没有做好君王的贤内助。说实在的，韦后本人把持朝政，和男人私通淫乱，将后宫弄得乌烟瘴气一团糟，这里虽说自己是"顾惭内政"，但也是表面文章，客气话而已。中宗因为在武则天贬他去房州时，韦后曾与他同患难过，所以对她钟爱一生。不过这句诗，个人觉得并非真的就是韦后亲作，大家品味一下，这句"顾惭内政翊陶唐"和后面上官婉儿那句"当熊让辇愧前芳"口气非常相似，当为上官婉儿代韦后所作。

"鸾鸣凤舞向平阳"，这句诗是中宗和韦后所生的女儿长宁公主所说。这长宁公主，有的书上称她为"地产富婆"，她在长安城里广征土地，筑山浚池，营造府第，并且将原来败了事的魏王李泰的故宅都弄了过来。她的别墅造得非常豪华，文人名士纷纷写诗称赞。像《全唐诗》中就有不少诗描写长宁公主超豪华的庄园，如《侍宴长宁公主东庄应制》（作者为李峤、崔湜、郑愔等）、《游长宁公主流杯池》（作者为上官婉儿）等。夸她的府第是"仙女凤楼""何如鲁馆，即是仙都"。长宁公主的丈夫就是上面提到的参加马球赛的杨慎交，丈夫露了脸，长宁公主定然也十分高兴。唐时风气非常开放，所以说的诗句也是春意融融，什么"鸾鸣凤舞"之类。

"秦楼鲁馆沐恩光"——轮到安乐公主了，看来中宗还是偏爱两个女儿，唐中宗以下就是自己的老婆、女儿，而儿子李重茂（即下面的温王重茂）倒排在后面。说起来，安乐公主年纪最小，当时生她的时候，正是唐中宗的艰难岁月，连裹她的襁褓都找不到，中宗撕下自己的袍子来裹她，因此她的小名就叫"李裹儿"。也许是中宗觉得对她有亏欠，于是对她特别关爱。安乐公主也被惯得不像话，她曾收了贿赂，把中宗的眼蒙起来，让中宗在她提供的官员任命书上盖玉玺。安乐的个人生活也极其腐朽糜烂，她看姐姐长宁的宅子不错，就也经常侵占平民的居所，腾出地方来扩大自己的府第。更离谱的是，安乐公主又盯上长安城里的昆明池，要中宗给她。中宗这次倒没答应女儿的非分

要求。安乐公主大怒之下，强抢民宅民田，硬是在长安城里又开凿了一个"定昆池"，意思是定要超过昆明池。然后为了填充自己偌大的庭院池宅，安乐公主又纵使家奴外出，到处强抢百姓的儿女，作为自己的奴仆侍婢。有个叫赵履温的最为无耻，他媚附安乐公主，助纣为虐，拆老百姓房子时最为凶恶，对安乐公主则百般谄媚，曾把车缰绳套在自己脖子上，撩起官袍亲自给公主拉车。但安乐公主被杀后，这人马上跑到李隆基和其父李旦面前"舞蹈称万岁"，结果"声未绝，相王（李旦）令万骑斩之"。老百姓恨他入骨，"争割其肉，立尽"。

好了，就诗论诗，安乐公主这句"秦楼鲁馆沐恩光"说得还不错，也很符合实际，安乐公主确实"沐恩光"，而且沐得太过了，以至于最后横死。

"无心为子辄求郎"，太平公主这句用了一个典故，参看注释③中的解释。意思是说汉馆陶公主为自己的儿子向皇帝求官（这里郎当"官"来讲），皇帝说赏钱行，给官不行，因为当官关系到一方百姓的安乐。太平公主引用此典是说，我是公主，但不会像汉朝馆陶公主一样乱干预朝政，为自己儿子求官什么的。但我们知道，在中宗当政时，太平公主的权势也是相当大的，经常把持朝政，乱封官。这话只是个场面话而已。

"雄才七步谢陈王"，轮到唐中宗的小儿子温王李重茂了。李重茂当时已十六岁左右，在古时来说，基本也算成人了。这年轻人倒也意气轩昂，一句"雄才七步谢陈王"说来也颇有气势。但可惜，三国时的陈王曹植从继承皇位的候选人之一最后沦落成一生受气的藩王，李重茂此诗中和他相比，结果也是一语成谶，也落了个这样的下场。韦后毒杀中宗后，让他继位，想效法武则天那样临朝称制，掌握政权。

但当李隆基起兵杀掉韦后等人后，太平公主就一把将他从宝座上拎了下来，把皇位让给自己的弟弟李旦（李隆基的父亲）。李重茂的皇位只坐了一个多月，就被贬出长安，继续当他的温王。但这时候的"温王"和中宗韦后在世时大不一样了，凄凉之境恐怕比曹植有过之而无不及。

"当熊让辇愧前芳"，轮到上官婉儿了，上官昭容是诗坛评委，作这样一句诗自然不在话下。这里面用了两个典故，"当熊""让辇"，都是前朝嫔妃们贤淑有德的故事。婉儿这句是说自己很惭愧，不能和历史上那些大有贤德的嫔妃相比，很切合她作为昭容的身份。可见婉儿的八面玲珑。

"再司铨筦恩可忘"，接下来到了这些大臣们了。崔湜第一个说，看来他当年地位确实显赫，也算是位极人臣了。崔湜说，让我重新回来复职，这种恩德怎么敢忘。这句诗几乎相当于对婉儿当众致谢——崔湜因为受贿被人告发，因此被贬出京城，但经上官婉儿的活动，他又回来了。

"文江学海思济航"，此句为郑愔所说。郑愔倒不大谦虚，此句有自夸本人文才出众之意。郑愔也是个有文才但品行非常恶劣的人。他十七岁就中了进士，要说诗才，写得也并不是太差，《全唐诗》中收录了其诗一卷，共24首，其中不乏清丽可观之句。比如"风吹数蝶乱，露洗百花鲜"（《春怨》）"音书秋雁断，机杼夜蛩催"（《秋闺》）"曲断关山月，声悲雨雪阴"（《胡笳曲》）等，都算得上是好诗。但在政治思想上，郑愔却一生坚定不移地跟着奸臣走，开始是依附于杀人魔王、酷吏来俊臣；来俊臣死后，他又依附于男宠张易之；张易之死后，他又依附武三思和韦后；最后又和谯王李重福（也是中宗的儿子）起兵反对李隆基，结果兵败被杀。《资治通鉴》说："初，郑愔附来俊臣得

大明御宇临万方

进，俊臣诛，附张易之；易之诛，附韦氏；韦氏败，又附谯王重福，竟坐族诛。"

"万邦考绩臣所详"，此句为武平一所说。武平一是武后一族的人，但他在武则天当政的时候却隐居嵩山，学佛度日，武则天屡诏不应。唐中宗复位后，他才入朝当官，时任考功员外郎。纵观他的生平，此人倒不似奸邪之辈。考功员外郎是吏部的官员，主持进士科举考试，所以武平一称"万邦考绩臣所详"。从汉代的"柏梁体"开始，大臣们所咏的诗句简直就成了个人述职。武平一这里借诗句汇报自己的工作，也是惯例。

"著作不休出中肠"，阎朝隐也是当时著名的文人，和宋之问、崔湜、张说等同为《三教珠英》"编辑部"的成员，文采当然也相当不错，有人称"阎朝隐之文，如丽服靓妆燕歌赵舞，观者忘疲"。当然，阎朝隐和宋之问等人一样，也有不少媚附权贵的行为，当时他正任著作郎一职，故而说"著作不休出中肠"。

"权豪屏迹肃严霜"，窦从一时任御史大夫，三品官。御史的责任是统率监察官员，对所有政府机关及其官员的违法行为进行纠举弹劾。所以他说"权豪屏迹肃严霜"，在严厉措施下，权豪匿迹，如严霜般肃杀。

说起这窦从一，还有个笑话。中宗景龙二年（708）除夕，皇帝和大臣们饮宴，中宗突然对窦从一说："闻卿久无伉俪，朕甚忧之。今夕岁除，为卿成礼。"皇帝亲自关心自己的生活问题，窦从一大喜过望。不一会儿一群太监、宫女提着灯笼、步障、金缕罗扇出来了，扇后有一人穿着礼服、戴着花钗，中宗命她坐在窦从一对面。

唐朝时新娘是不兴顶盖头的，而是以扇遮面。窦从一以为这个女子不是公主也得是金枝玉叶的皇亲，不然为什么皇帝亲自主婚。中宗命窦从一咏"却扇诗"数首（唐代婚礼中，新郎要咏"催妆诗"和"却扇诗"，然后新娘才拿开扇子，露出芳容）。窦从一好歹也是科甲出身，这点事难不倒他，然而，千呼万唤始出来——当扇子拿开后，窦从一才发现，这个"新娘"居然是个六七十岁的老太婆。窦从一大惊之下，几乎晕倒。中宗、韦后等人却大笑。原来这老太婆是韦后的乳母，中宗当场封她为"莒国夫人"。

事已至此，窦从一也无法可想，坚持不要这个老婆不免有抗旨不遵之罪，只好捏着鼻子笑纳。窦从一后来也想明白了，坏事也能变好事，老婆子虽丑，但毕竟是韦后的乳母，对自己的政治前途还是有好处的。

"铸鼎开岳造明堂"，宗晋卿是当时权臣宗楚客的弟弟，当时的职位是"将作大匠"，负责工程方面的事情。在古代，"将作大匠"这个职位并不是太尊贵，初唐名臣虞世南的儿子没有才能和心术，后来就做了将作大匠，人们就感叹他沦落了。不过宗晋卿当时是韦后一党，气焰还是比较嚣张的，从联句吟诗中有他的份儿来看，他的地位就非同一般。

大明御宇临万方

"玉醴由来献寿觞"，明悉猎是吐蕃的使臣，久居汉地，不断学习汉文化，这句"玉醴由来献寿觞"，虽然并不是太过惊人之句，但这话由明悉猎说出来，诗意也是善祝善颂，作为这首联句诗的收尾，倒也非常圆满。所以唐中宗听到这句后也是大喜，这场联句赋诗的盛会就此在一片欢声颂语中结束。

然而，当时与会的人谁又能想到，短短几个月后，大唐政坛风雷激荡，在此赋诗饮酒、意气风发的人不少都成了无头之鬼。几年内，除了长宁公主、阎朝隐、武平一还有吐蕃人明悉猎没有死外，写这首联句诗的所有人都入了鬼冥之界。这里简单介绍一下他们的下场：

唐中宗李显：史载，于半年后被韦后和安乐公主在汤饼中下毒毒死。

韦后：中宗死后，她立温王李重茂为帝，意图仿照武则天把持朝政。结果李隆基起兵，杀掉她所任命的羽林军的韦家将，她慌忙之中逃到飞骑营想躲避，结果被军兵一刀杀死，首级被割下来，挂在长安东市示众，并追贬为庶人。

安乐公主：头脑简单的安乐公主，在李隆基兵变时毫无准备，还正对着镜子描眉画眼，结果也被军兵一刀砍了头，她的人头和母亲韦后的一起挂在长安东市示众。丈夫武延秀也被杀。

长宁公主：长宁公主因为在政治上介入的并不深，所以她的下场还不算太惨。韦后死后，她的丈夫、驸马杨慎交被贬为绛州（山西省的新绛县）别驾，长宁公主也离开了京城到了那里去住。到了开元十六年（728），杨慎交死，长宁公主又嫁了一个叫苏彦伯的男人。史书所载到此为止，想必长宁公主是善终。

太平公主：真实的太平公主权欲熏天，是个非常厉害的女人。她后来见弟弟李旦优柔寡断，但其子李隆基神武过人，不利于她独揽朝政。因此，百般挑拨他们间的父子关系，并将李隆基的心腹贬退，并且散布天上有彗星扫过，是皇太子想提前当太子的征兆。哪知她的这个计谋如果用在别人身上倒还罢了，李旦天性仁厚过人，他本来对做皇帝就没多大兴趣，于是决定提前传位给李隆基。但当时朝中全是太平公主的势力，李隆基的处境相当危险。张说等人竭力劝说李隆基先下手为强，于是李隆基先发制人，一举粉碎了太平公主集团的势力，太平公主逃到山寺躲了几天，但终无容身之地，终于被迫自缢而死。时为开元元年（713），距本篇中的吟诗之时才三年多。

温王李重茂：韦后被除后，他被废，名号还是温王。一年多后，又改封号为襄王，并有五百多名甲兵名为守卫，实为软禁。此时李重茂已是砧板上的肉了。不久，又将他迁到房州，没有过几年就不明不白地死掉了。唐室也低调处理，谥他为"殇帝"。

婉儿和崔湜的下场前面几篇中说过，这里不再赘述。

郑愔：郑愔在韦后一党被除后，被贬为江州司马。但他并不死心，于是到唐中宗的第二子李重福那里撺掇。结果李重福带兵想杀入洛阳，抢夺皇位。但是他的军事能力太差，没有成功。朝廷兵马云集，李重福仓皇逃入山中，投入溪水自杀身死。郑愔则让人无法理解，本来就长得"貌丑而多须"，听说事败，却穿上一身女子的衣服想逃跑。结果还没跑到城门口，就被士兵捉住，被当场斩于洛阳闹市，并灭三族。

武平一和阎朝隐为人都比较谨慎，没有什么太出格的事情，所以

大明御宇临万方

两人也只是官职上略有贬迁，最后都是太太平平地善终于家。

窦从一听说韦后一党被除后，当即挥刀将自己家里那个老太婆的人头砍了下来，献给李隆基，以表示自己的忠心。窦从一的行为有点不怎么高尚，李隆基却并没有过于严惩他，只是贬官了事。不过，这个窦从一后来改名为"窦怀贞"，别看名字叫得挺好，但依旧"贼性"不改，媚附于太平公主，继续搞些阴谋诡计。李隆基诛灭太平公主一党时，这人逃入宫边的御沟里躲藏，弄得像落汤鸡一样。他自思难逃一死，于是解下裤带上吊自杀。

宗晋卿兄弟因和韦后关系太近，都难逃一死。他的哥哥宗楚客还骑了个小驴想逃跑，结果被认了出来，抓起来杀掉。宗晋卿也被杀头。

欢宴之后，数载之间，当时志得意满的人转眼就人头落地，不禁让人感叹荣华易败，世事无常。正所谓："狐眠败砌，兔走荒台，尽是当年歌舞之地；露冷黄花，烟迷衰草，悉属旧时争战之场。盛衰何常，强弱安在，念此令人心灰。"（洪应明《菜根谭》）

历史就是这样残酷，历史就是这样无情，历史就是这样发人深思。

龙蛇开阵法，貔虎振军威

——开元盛世的赫赫武功

> 边服胡尘起，长安汉将飞。龙蛇开阵法，貔[1]虎振军威。
>
> 诈虏脑涂地，征夫血染衣。今朝书奏入，明日凯歌归。
>
> ——李隆基《旋师喜捷》

这首诗为唐玄宗李隆基所作。唐玄宗在唐朝皇帝中的知名度恐怕仅次于唐太宗。说来也是，唐玄宗在位四十四年，他是掌握大唐帝国最高权力时间最长的人，比唐太宗执政二十三年差不多要长一倍的时间。唐玄宗也是唐朝皇帝中寿命最长的，但这是好事也是坏事，如果唐玄宗也像大多数唐朝皇帝一样五十来岁就死了，那肯定是一代明君，为万世所颂扬，他留给人们的记忆肯定只有那辉煌无比的开元盛世，那是大唐光辉的极致。

但如今唐玄宗却是毁誉参半的帝王，之所以谥之为"玄宗"，有人这样解释：天上有星，叫作玄星，又叫金星，也叫参星、长庚星、太白星、启明星。初上来的时候，东方还不亮；天色将晓，那座星才渐渐地暗下来。先明后暗，所以叫作"玄"。

龙蛇开阵法，貔虎振军威

---

① 貔：传说中的一种猛兽，这里比喻勇猛的军士。

愿做长安一片月

——全唐诗精读精析

唐玄宗是典型的"半世明君，半世昏君"，前后判若两人。开元初年，唐玄宗励精图治，任用姚崇、宋璟、张九龄等为相，纳谏如流。有人传言，新皇帝即位，将大选民间女子入宫，一时间人心惶惶，但

唐玄宗听到了，却将后宫中部分宫女用牛车载了送回家去，任其婚配。众人一看这样，谣言不攻自破。早期的玄宗不崇玩乐，放掉珍禽异鸟、焚烧珠玉锦绣等宝物，勒令地方官吏不得扰民献宝，大有太宗贞观之年的作风。

开元期间，并非全是风调雨顺的时光，经常有蝗灾出现，当时有些迂腐透底的人说，蝗乃天灾，只能设祭求蝗神爷爷饶恕，不能捕杀。名相姚崇坚决主张捕杀蝗虫，并说有什么报应都报应在他一人身上，于是臣民奋力捕蝗，终于保住了收成。开元时期，也成为唐代最为富庶的时代，米价只有三五钱，杜甫的诗大家都知道："忆昔开元全盛日，小邑犹藏万家室。稻米流脂粟米白，公私仓廪俱丰实。"（《忆昔二首》）

开元之时，唐玄宗不但文治

井井有条，武功也是非常显赫。大唐的疆域最广的时候是在唐高宗的永徽年间。在此之前的武则天时期，契丹首领李尽忠、孙万荣起兵反叛，当时武则天任人唯亲，派出武三思、武懿宗、武攸宜三人迎战，结果都打了大败仗，气得武则天把李尽忠的名字改叫"李尽灭"，孙万荣改名为"孙万斩"。这种把戏只能出口恶气，并无实际作用。后来契丹未平，突厥又起，默啜可汗忽降忽叛，一会儿要把女儿嫁给大唐皇族结亲，一会儿又翻脸作乱，不断蚕食大唐疆域，给唐朝北方造成极大的困扰。

面对严峻的边境局势，李隆基听从张说的建议，实行募兵制，大大提高了军队的战斗力，这段时间，唐朝边疆上的战事也是捷报频传。大将高仙芝远征西域，翻过葱岭（今帕米尔高原），攻破吐蕃军事要塞连云堡（今阿富汗境内），以千余人大破小勃律，活捉小勃律国王及吐蕃公主，并灭掉了现在塔什干地区的"石国"，大掳金银财宝无数。幽州长史张守珪，也用计将契丹头目屈刺、可突干等杀死，契丹势力一蹶不振。大将王忠嗣、哥舒翰等与唐朝最凶恶的敌人吐蕃大战，也是胜多败少。所谓"大漠风尘日色昏，红旗半卷出辕门。前军夜战洮河北，已报生擒吐谷浑"（王昌龄《从军行》），正是对当时大唐雄师的生动写照。

这时的大唐帝国，军威四达，战功赫赫，这首诗大概是唐玄宗收到边疆的战地捷报后，欣然命笔的（今朝书奏入，明日凯歌归）。说实在的，诗写得比较一般，也就是"龙蛇开阵法，貔虎振军威"一联倒还有点气势，似乎还不如明朝嘉靖皇帝写的那首《送毛伯温》（大将南征胆气豪，腰横秋水雁翎刀。风吹鼍鼓山河动，电闪旌旗日月高。天上麒麟原有种，穴中蝼蚁岂能逃？太平待诏归来日，朕与先生解战

龙蛇开阵法，貔虎振军威

袍）。然而诗作得好，不如国家治理得好。嘉靖的诗虽然比李隆基这首作得好一些，但他的文治武功却差远了，尤其是和唐玄宗的前半生相比。

玄宗的这首诗虽然并不十分出色，但它代表了开元之时的显赫武功，代表了那个如日中天的帝国所辐射出来的威力和光芒。这光芒此后就逐渐暗淡下去，被屈辱的乌云遮住，再也难得一见。

正所谓，"亢龙有悔"！

朝日上团团，照见先生盘

——皇帝老师也哭穷

> 朝日上团团，照见先生盘。盘中何所有，苜蓿长阑干。
>
> 饭涩匙难绾，羹稀箸易宽。只可谋朝夕，何由保岁寒。
>
> ——薛令之《自悼》

品味此诗，大家恐怕觉得，这无非是教书先生埋怨东家招待的伙食太差，诗中写圆团团的太阳升起来，照见先生那干巴巴的空盘子，盘子里即使有点东西，也是一些苜蓿之类的野菜，而且饭涩汤稀。最后发牢骚说：这里只可以糊弄一时罢了，哪里是长久待的地方。

然而，说出来恐怕难以置信，此诗的作者是唐代开元时的薛令之，并非古代的乡下老学究、穷教书匠，而是堂堂的右补阙兼侍读，做的是陪太子读书的工作，而且陪的是后来当上皇帝的唐肃宗李亨。有人可能大跌眼镜——薛令之好歹也是朝廷命官，在宫廷里当差，何至于此？

原来，唐玄宗开元之时，吏治相对比较清廉。那时虽然仓廪殷实、物阜年丰，但唐玄宗大力制止铺张浪费的行为。有一次唐玄宗偶尔闲走时，看到几个卫士们把吃不了的东西乱扔在垃圾里就大怒，决意要杖杀这些人。左右见唐玄宗正在盛怒之下都不敢劝，还是他的大哥宁王李宪说："陛下，你因为这些人糟蹋粮食而发怒，正是因为民以食为天，粮食是养活人性命的宝贵物品。解约粮食是为了养活更多的人，现在因为一些吃剩的食物就杀人，不是很没有道理吗？"唐玄宗听了，这才作罢。

由此可以看出玄宗执政之严。对于贪赃的官员，更是毫不容情。裴景仙是唐朝开国功臣裴寂的后代，因受贿五千匹布绢，玄宗就大怒，要将他斩首。众臣苦劝，才饶他不死。但活罪难免，杖打一百，流配到了岭南远恶之处。

所以在这样的环境下，一些并无家园田产的低职官员，生活还是相当清苦的。我们从薛令之的这篇小诗中就可以看出来。薛令之是福建人，于唐神龙二年（706）中了进士，当时福建还从没有过中进士的人。这薛令之少小贫穷，却极喜读书。当地因为从前没有出过考取过功名的人，加之地僻人蛮，乡里的村民都笑话他，根本不相信他也能金榜题名，登上天子堂。薛令之不服气，自己写下《草堂吟》一首明志：

草堂栖在灵山谷，勤苦诗书向灯烛。

柴门半掩寂无人，惟有白云相伴宿。

春日溪头垂钓归，花笑莺啼芳草绿。

猿鹤寥寥愁转深，携琴独理仙家曲。

曲中哀怨谁知妙？子期能说宫商调。

鱼未成龙剑未飞，家贫耽学人争笑。

君不见苏秦与韩信，独步谁知是英俊？

一朝得遇圣明君，腰间各佩黄金印。

男儿立志须稽古，莫厌灯前读书苦。

自古公侯未遇时，萧条长闭山中户。

诗中薛令之不厌"灯前读书苦"，决心也腰间配印，博取公侯。但是在当时权贵士族们相互勾连的情况下，薛令之一个来自福建并无亲故的毛头小伙子，恐怕很难有晋升的机会。所以他只当了个右补阙（正七品或从七品），按唐朝的制度，大概就是一年给七十石米这样的待遇，确实不高。

但是，依笔者猜想，他们的伙食也不会真差到"饭涩匙难绾，羹稀箸易宽"的程度，薛令之十有八九主要还是对自己的官职一直没有提升不是太满意，当然也可能偶尔有顿饭确实不怎么好吃，于是他的文人之癖就上来了，提笔在墙上写了这样一首诗。

然而这墙上题诗，看起来风雅，事实上也是有风险的，宋江墙上写了首反诗，就被大刑伺候，打得血肉模糊，还差点丢了脑袋。薛令之的这首诗，虽然没让他丢脑袋，但是却丢了饭碗。

事情也巧，此诗墨迹未干，唐玄宗就来东宫了，一眼就看到了这首诗。他倒也没有大发雷霆，而是让人拿过笔墨来，在墙上续了这样一首：

续薛令之题壁

啄木觜距长，凤凰羽毛短。

若嫌松桂寒，任逐桑榆暖。

朝日上团团，照见先生盘

前两句意思是说，你的嘴和啄木鸟一样尖利，但是你的才华却并不高，比起"凤凰"来像羽毛短的鸡。顺便说一下，啄木鸟在古代人眼中不是好鸟。《博物志》云："此鸟能以嘴画字，令虫自出，今闽广人巫家收其符字以收惊疗疮毒。"又说它会在地上以爪画符印，树穴自开。小偷就模仿它所画的符印去偷启人家的锁钥。这些传说其实是无中生有，但却反映了当时的人对啄木鸟是有误解的。

玄宗后两句是说，你要是嫌这里不好，那就爱上哪儿上哪儿去吧！看来唐玄宗性格有点暴烈，容不得别人说不中听的话。孟浩然说"南山归敝庐"之类，也当场令他生厌，也照样一边凉快去了。可想而知，如果前文的李义府那句"上林如许树，不借一枝栖"是对唐玄宗说的，指不定会是什么结果。

薛令之一看这情景，宫廷里是没法待下去了，就辞了官，据说是徒步走回了老家，看来真是没有什么钱。大家也很快就忘了这位薛先生了，直到几十年后太子李亨继位，是为唐肃宗。唐肃宗还不错，不忘师恩，于是又想起这位薛老师来了，但是等宫中的人拿着诏书去薛令之家里召他时，却得知他已经死去很久了。

不过，这虽然是薛令之个人的悲哀，却不得不说是当时玄宗执政清明的结果。要是在"三家清知府，十万雪花银"的时代，薛令之的悲剧或许不会上演，但这却并非万民之福。

见君无口，知伊少人
——开元名相苏颋的离奇身世

丑虽有足，甲不全身。

见君无口，知伊少人。

——苏颋《咏尹字》

苏颋，和张说并称为"燕许大手笔"。其实他们俩流转千古的文章倒没有多少，这个"大手笔"主要是指朝廷的各种重要文件，都是他们起草并颁布的。像睿宗禅让帝位、玄宗封禅泰山时的诸多文字，都是苏颋起草的。作为诗人，苏颋的诗其实也相当不错，《唐诗鉴赏词典》里面选有《奉和春日幸望春宫应制》和《汾上惊秋》这两首，但是笔者觉得还并不能完全代表苏颋清丽婉转、端雅秀美的诗风。

如果我们能穿越到唐高宗和武则天"二圣临朝"的时代，到宰相苏瑰府中逛逛的话，你会发现，在相府的马厩中有一个小孩，在冬夜里，仔细吹旺残存的炭火，然后借着火光聚精会神地把卷而读。你可能会说，这是某位仆人家的小孩吧，这样有志气，实在了不得！

然而，这个坐在脏兮兮的马棚里读书的小孩，居然是宰相苏瑰的亲儿子，排行老五的苏颋。有些人会不禁大为吃惊："相府公子，为什

么要屈居于马棚里读书？"

有关此事，史书中也没详说，只是说苏颋"少不得父意"。据笔者猜想，大概是宰相苏瑰整天像《红楼梦》里的贾政一样板着严肃面孔，看到少年活泼的苏颋就训斥吧。这确实能找到佐证：《明皇杂录》一书中说："苏颋聪悟过人，日诵数千言，虽记览如神，而父瑰训励至严，常令衣青布襦伏于床下，出其颈受榎楚。"对孩子这样狠，都读书倒背如流了，还要挨打，苏瑰确实有些严厉得过了。

从本篇所选的这首诗背后的故事中，可以看出苏颋可能确实比较聪明淘气：

有一天，长安城的"市长"，也就是京兆尹来宰相家做客。当时苏颋只是个活蹦乱跳的小孩，苏宰相一时没过来，这个京兆尹就逗苏颋来玩。他在纸上写了个"尹"字，问："认得这个吗？"小苏颋就笑着咏了一首短诗：

> 丑虽有足，甲不全身。
> 见君无口，知伊少人。

当时这个京兆尹吃惊不小，连夸苏颋聪明，但是从这首诗的意思看，句句都是骂人的话，也不知道为什么苏颋要暗骂这个京兆尹"叔叔"。苏瑰见了，虽然惊叹苏颋聪明，但想必也会责怪他口无阻拦，无端得罪同僚吧。

然而，也有一则故事里，苏颋看起来非常懂事。据说他年仅五岁时，裴谈来拜访苏瑰，也是闲着没事，让苏颋背一下庾信的《枯树赋》。古人讲避讳，苏颋就故意不说跟"谈"有关的这个音。我们知道原文是："昔年种柳，依依汉南。今看摇落，凄怆江潭。树犹如此，人何以堪！"苏颋改为："昔年移柳，依依汉阴。今看摇落，凄怆江浔。树犹如此，人何以任！"够机灵吧？

还有一则来自《太平广记》的故事，初读觉得和前一则故事类似，细读却觉得内容背后似乎隐藏着什么诡异的事情：

苏瑰初未知颋，常处颋于马厩中，与佣保杂作。一日，有客诣瑰，候厅事，颋拥彗趋庭，遗堕文书。客取视之，乃咏昆仑奴诗也。其词云："指头十颋墨，耳朵两张匙。"客心异之。久而瑰出，与客淹留。客笑语之余，因咏其诗，并言形貌，问瑰何人，非足下宗族庶孽邪？瑰备言其事，客惊贺之，请瑰加礼收举，必苏氏之令子也。瑰自是稍亲之。

苏颋在马棚读书这事前面交代过。客人来，看到苏颋写"昆仑奴"（唐朝时贩来当奴隶的人）的诗，无非是说他聪明，这也不稀奇，但接下来就令人奇怪了——从"请瑰加礼收举"之类的话看，苏颋不仅不受父亲喜欢，苏瑰好像根本没正式承认他这个儿子似的。这样聪明伶俐的小孩为什么不认呢？这事实在是有些怪。

笔者猜测，这其中可能隐瞒了些重要信息：一是苏颋的母亲很可能只是个身份低微的婢女，还深受正妻妒忌，连带着苏颋也受歧视，文中的"庶孽"（非正妻生）两字似乎就有所隐喻；再一个可能，苏颋是苏瑰的"服中之子"——也就是说守孝时生下的儿子。古代守孝期很长，要三年，这期间生下的儿子，虽然确认是亲生，但却讳与相认。

见君无口，知伊少人

107

前朝有这样的例子，如应劭写的《风俗通》一书中说："元服，父字伯楚，为光禄勋，于服中生此子。时年长矣，不孝莫大於无后，故收举之。"意思是说，这个叫元服的人，是他父亲守孝期生的孩子，但由于没有其他的儿子继承家业，所以后来就"收举"之——正式承认了他。我们注意，有关苏颋，也用了"收举"二字，似乎在暗示这回事。

至于这事为什么没有详细记载，大概是因为说出来对于堂堂的两代"许国公"都不怎么光彩，苏家自然讳言这段故事，慢慢地也就不为人知。苏颋的生母身世，也难以考证了。

之后又有一次，有人献给苏瑰猎来的兔子，就挂在厅堂的檐下，于是苏瑰就随口让儿子吟首诗，结果尚是小小孩的苏颋，张口就说："兔子死兰弹，持来挂竹竿。试将明镜照，何异月中看。"（兰弹：疲软委顿貌）苏宰相一听，这样小就知道用月中玉兔的典故了，而且想象奇特，实在是好多大人也写不出来的，于是对苏颋更加刮目相看。

说了这么多，算是把苏颋在家里的一些经历说了一遍，所以大家不要以为苏颋是宰相之子，从小就含着金汤匙。

苏颋诗文清丽，传统选本中的《汾上惊秋》之类都是按帝王、官家们的口味选的，后人不复细察，就沿袭下来。笔者在这里摘出一些端雅秀美的诗句，供大家品味：

馆将花雨映，潭与竹声清。(《题寿安王主簿池馆》)

别时花欲尽，归处酒应春。聚散同行客，悲欢属故人。(《春晚送瑕丘田少府还任，因寄洛中镜上人》)

池傍坐客穿丛筱，树下游人扫落花。(《景龙观送裴士曹》)

见君无口，知伊少人

109

受天命，报天成

——封禅泰山的趣事

把^①泰坛，紫泰清。受天命，报天成。

竦皇心，荐乐声。志上达，歌下迎。

亿上帝，临下庭。骑日月，陪列星。

嘉视信，大糦馨^②。澹神心，醉皇灵。

……（下略）

——张说《唐封泰山乐章·豫和六首》

这首诗的作者是有"燕许大手笔"之称的张说。张说是唐玄宗开
元时的一代名臣，文笔也是非常出众。后人有"开元文物彬彬，说居
力多"之誉。张说的这首诗虽然就诗论诗，只是一些套话空话，远不
如他集子中诸如"戏问芭蕉叶，何愁心不开"（《戏草树》）"去岁荆南
梅似雪，今年蓟北雪如梅"（《幽州新岁作》）"心对炉灰死，颜随庭树
残"（《闻雨》）之类的诗句更有意味；《千家诗》中选他的那首《幽州
夜饮》，从艺术性上来说也比这首要强点；但这里选此篇，主要是想谈

---

① 把：同"揖"，作揖。

② 糦：熟食、酒食。

一下关于此诗前前后后的一些小故事。

唐玄宗开元十三年（725），当时海晏河清，天下太平，一派盛世的景象。于是早在前一年十一月份就有大臣们上表（据说是张说首先发起的），请求封禅泰山。

泰山封禅是古代帝王在泰山举行的祭祀天神地祇的仪式。其仪式包括"封"和"禅"两部分。所谓"封"，就是在泰山之顶聚土筑圆台以祭天帝，增泰山之高以表功归于天；所谓"禅"，就是在泰山之下的小山丘上积土筑方坛以祭地神，增大地之厚以报福广恩厚。帝王一定是受命于天，且国泰民安才有资格封禅泰山。所以，封禅泰山是一种非常光彩的事情，而且还要有一定资格，仿佛上天对帝王的一个"颁奖典礼"。

后世的宋真宗因签了"澶渊之盟"这样的条约觉得很不光彩，于是想办件漂亮事冲一下这一头一脸的灰，于是他决定封禅泰山。但自知"资格"差，心虚得很，于是提前派人到宰相王旦家送了一个酒壶，里面装的全是珍珠玛瑙等。皇帝给大臣送礼，千古罕闻，但真宗是怕王旦反对，那封禅之事就不好提了。可见封禅泰山并非小事。

唐玄宗让张说全面主持这方面的工作，商量了半天，定于开元十三年（725）十一月十日到泰山封禅。当时也有些大臣反对，并和张说闹了意见。但唐玄宗也愿意去封禅泰山，于是主意已定。

皇帝出巡，实非小事，当时张说事先草拟了"封禅计划书"，并担心北方突厥等蛮族趁皇帝东巡入侵中原，提议陈重兵于边疆，防范蛮族入寇。这时兵部郎中裴光庭出了个好主意，让张说邀请突厥等蛮族的酋长们一起去参加泰山封禅。四夷蛮酋毕竟头脑简单，听说唐朝邀请，无不大喜，纷纷前来。

受天命，报天成

111

玄宗一行到了十月份就开始动身，百官、贵戚、四夷酋长们随行，队伍浩浩荡荡，绵延数十里。到了登泰山时，也不是谁都有资格上。只有一部分官员，有随驾登山的待遇。

唐玄宗在登山路上问贺知章："前朝皇帝的告天的文书，为什么秘而不传？"贺知章说："他们或许有什么私密的事情求告上天，所以不想公布吧！"玄宗说："我一片公心，'为苍生祈福耳'。"于是命将告天的玉牒向群臣公布。玄宗祭"昊天上帝"于泰山极顶，山下群臣祭"五帝百神"于山下之坛，并封泰山神为天齐王，级别比其他四岳要高一等。

张说的这首诗正是在封禅泰山时留下的。此诗味道平平，没有多少艺术价值，但歌功颂德的场合却正需要这样的口味。此诗虽不传名天下，但张说却传下了另一个典故，那就是一直到现在都流行的词——称老丈人为"泰山"。原来张说全面主持封禅工作，就趁机把自己的女婿郑镒也带去封禅。玄宗封禅完后，按照惯例，凡是随皇帝参加了封禅的、丞相以下的官员都可以升一级。郑镒本来是九品，张说利用这次机会，把郑镒连提四级，升为五品。

在唐朝时，不同品级官员的官服颜色都不一样。玄宗偶然间看到郑镒的官服似乎变了颜色，大为奇怪，就当面问他。郑镒面红耳赤，支支吾吾。这时，有一个性格滑稽，类似东方朔的乐师黄幡绰说："此泰山之力也！"玄宗也没有深究。于是后人就传下来，将岳父称作"泰山"。

说起张说的为人，一直颇有争议。我们知道，张说早年也是《三教珠英》"编辑部"中的成员，身上也沾惹了擅于阿谀奉承的习气。唐玄宗身边有两个贴身奴仆，一个是王毛仲，另一个大家更熟悉点，是高力士。在开元年间，王毛仲的权势要比高力士大得多，张说经常贿赂王毛

仲，并在当众举行的宴会中，趴在王毛仲的脚边"嗅其靴鼻"。（出自张《朝野金载》卷五）

但张说同时也是个出将入相、功劳赫赫的人物。他在外任幽州都督时，指挥大军，击贼御寇，有勇能谋。他曾率轻骑二十人，深入到蛮族部落劝服这些人。有人怕出危险，劝谏他不要去。张说却说：我的肉不是羊肉，不怕他们吃，血也不是马血，不怕他们喝，就算是他们会杀我，也正是我以死报国的时候。"结果张说的无畏气概征服了那些蛮族，于是"九姓感义，其心乃安"。

所以，人是很复杂的。一般认为，张说虽小节有亏，但总体来说，还是一代名臣，功绩甚伟。

《旧唐书·高适传》中说："而有唐已来，诗人之达者，唯适而已"——诗人中最为飞黄腾达的，就是高适了。但是高适最高的官职，也不过是从三品官，只是"银青光禄大夫"及"渤海县侯"。而张说是"开府仪同三司"，就是说他的仪仗和司空、司马、司徒这一级相同。我们先看这个官衔都给过什么人。首先，大名鼎鼎的尉迟敬德做过这个，再者，一举踏平高丽的名将李 当过，权倾一时的国舅爷长孙无忌也当过，从诗人中找，还真没有第二个能达到此等荣耀的。

另外，张说还被封为"燕国公"，死后又赠太师头衔，达到了臣子中的最高品级——正一品。"位极人臣"这四个字加在他的身上，那绝对是名副其实。

封禅泰山之时，唐帝国的势力确实正处于最高峰，然而，高峰之后，就是那长长的下坡路了。有道是"亢龙有悔"，出自古老《易经》中的这四个字，古今中外，却都逃不了这个宿命。想来让人也不胜感慨。

受天命，报天成

玄元九仙主，道冠三气初
——唐代的道教文化

玄元九仙主①，道冠三气初。应物方佐命，栖真亦归居。

贻篇训终古②，驾景还太虚。孔父叹犹龙③，谁能知所如。

——吴筠《高士咏·混元皇帝》

此诗为盛唐时著名的道家高人吴筠所作。

唐朝是我国历史上道教盛行的时代，因为道家始祖是老子，老子姓李名耳。于是李唐就自认是老子的后代，大大地提升了道家和道教的地位。贞观十一年（637），唐太宗颁《道士女冠在僧尼之上诏》："自今以后，斋供行立，至於称谓，其道士女冠，可在僧尼之前。"明确规定了男女道士们的地位高于僧尼。开元二十一年（733），玄宗亲注《道德真经》，并列入科举中的必考书目。

---

① 玄元：指老子。九仙：道家以上仙、高仙、大仙、玄仙、天仙、真仙、神仙、灵仙、至仙为九仙。

② 贻篇训终古：指老子留下《道德经》教化世人。

③ 孔父叹犹龙：孔子曾专门去拜访过老子。学生们问对老子的印象，孔子说："鸟，吾知其能飞；鱼，吾知其能游；兽，吾知其能走。走者可以为罔，游者可以为纶，飞者可以为矰。至于龙，吾不能知，其乘风云而上天。吾今日见老子，其犹龙邪！"意思是说，老子的学识像传说中的龙一样神秘，深不可测。

科举必考，普天下学子谁敢不学？所以唐代读书人没有几人不把《道德经》读得滚瓜烂熟的。所以有唐一代，出了不少道家高人，除吴筠外，还有诸如孙思邈、吕洞宾、张果老、何仙姑、韩湘子、蓝采和、谭峭、杜光庭等人。

吴筠其人，本来是山东的一个儒生，从小就喜欢读书，文才也非常好，但却在科举中名落孙山。他"品性高洁，不奈流俗"，于是愤然学道。说来这因科举不第，学道者不少。像吕岩（吕洞宾）也是如此。

吴筠走进嵩山，拜潘师正为师，全心钻研道术，尽得所传，不久就大道初成。

中国的道教，一开始混杂了很多民间的宗教，画符捉鬼，炼丹服药。早期道教的炼丹一派，害人不浅。

像葛洪就笃信服食"金丹"可以成仙，他的理论是这样的："大五谷犹能活人，人得之则生，绝之则死，又况于上品之神药，其益人岂不万倍于五谷耶？"（《抱朴子·金丹篇》）意思是说，人们吃五谷杂粮就能长高长大而活命，不吃饭就要死掉——这是一般食品的功效，那么如果吃"上品"的神药，滋养的效果比五谷杂粮强上万倍，不就能让人长生不老了吗？

那什么是神药呢？葛洪这样认为，"朱砂为金，服之升仙者，上士也"，也就是说吃朱砂炼的丹药才是真的高人。但事实上我们知道，朱砂是对人体有毒的东西。《红楼梦》中的贾敬和历史上的许多帝王都是吃了"金丹"后死的。

而吴筠摒弃了这些荒诞不经之法，他从道家始祖老子那里体会道家的真义。道家的老庄典籍中，其实并没有烧丹炼汞之类的内容，而是以修身养性为宗。吴筠发扬了这一点，他写有《神仙可学论》一书，

玄元九仙主，道冠三气初

认为"远于仙道"有七，"近于仙道"也有七。"以轩冕为得意，功名为不朽，悦色耽声，丰衣厚味""强盛之时为情爱所役，斑白之后，有希生之心""闻大丹可以羽化，服食可以延龄，遂汲汲于炉火，孜孜于草木"，这些都是吴筠重点批判的行为，是远于仙道的。而"性耽玄虚，情寡嗜好。不知荣华之可贵，非强力以自高；不见淫僻之可欲，非闲邪以自正"，这样的行为则是近于仙道的。

由此可见，吴筠对于那些又想骄奢淫逸地享受，又想吃个"仙丹"就上天的做法是嗤之以鼻的。一些实质上是骗子的人，借口炼仙丹，骗钱害命，正是吴筠反对的。吴筠讲究身内有仙丹，不用身外求。人有三宝精、气、神，而修炼精、气、神的前提是"止嗜欲，戒荒淫，则百骸理，则万化安"。其实吴筠已经具备了道家内丹派的基本思想，后来钟吕（汉钟离和吕洞宾）继承了这一派，到全真派王重阳更加发扬光大，使得道教面目一新。

吴筠文采不错，他在吴越之地常与文人交往，其中包括李白这样的。吴筠所写的诗文，很快传于京师之中。《新唐书》说："玄宗闻其名，遣使征之。"所以吴筠面见玄宗比李白要早。有人可能奇怪，怎么玄宗先召见吴筠，难道他的诗比李白还要好吗？吴筠的诗当然不如李白，玄宗对吴筠优先感兴趣，应该不是针对他的诗文，而是他的道术。

自古都是"做了皇帝想登仙"，当了皇帝，似乎是要什么有什么，但却留不住时间，在死亡面前，天子小民一律平等。因此，每个皇帝对长生不老都是感兴趣的。唐玄宗见了吴筠，也是忙不迭地先问道法。吴筠回答说："道法之精，无如五千言，其诸枝词蔓说，徒费纸札耳！"意思是说，道家真义，一本《道德经》就说全了，其余的都是白白浪费纸！

玄宗问道法只是个幌子，他最关心的还是长生不老这件事。当玄宗问及如何成仙之事，吴筠一口回绝说："此野人之事，当以岁月功行求之，非人主之所宜适意。"意思是说，修仙这样的事，是山野之人做的，需要穷年累月地练功不辍才行，不是皇帝能做得来的。说来也是，如果皇帝专门修道，不理政事，岂不弄得天下大乱？吴筠这样的回答，后来成了道家人物面见皇帝时必说的"标准辞令"。像五代时陈抟面见周世宗时也说："陛下为四海之主，当以致治为念，奈何留意黄白之事乎？"

吴筠曾被玄宗委以待诏翰林之职，和群臣一起上朝，参与政事。后来吴筠见玄宗越来越发昏，就预感到天下将大乱。吴筠对于《道德经》中所说的"盖闻善摄生者，陆行不遇兕虎，入军不被甲兵。兕无所投其角，虎无所措其爪，兵无所容其刃。夫何故？以其无死地"的道理烂熟于心，于是提前辞职回山，逍遥于吴越的泉石之间。最后于唐代宗大历十三年（778）逝世。

《新唐书》夸奖吴筠："词理宏通，文彩焕发，每制一篇，人皆传写。虽李白之放荡，杜甫之壮丽，能兼之者，其唯筠乎！"但我们看吴筠本篇这首诗，写得并不是太出色，说的是道家始祖老子，唐高宗追封老子为玄元皇帝。诗中全是仙家术语堆砌，香烟缭绕，了无生气。虽然不是应制诗，但却也具备应制诗那种单调乏味的特点，比起李杜，远远不如。当然，《吴筠集》中也有比这首好一点的诗，比如下面这首：

玄元九仙主，道冠三气初

题缙云岭永望馆

人惊此路险，我爱山前深。

犹恐佳趣尽，欲行且沉吟。

　　不过，吴筠本人以道家高人闻名，还是《高士咏》更能代表他的本色。吴筠的《高士咏》乃是一组诗，共有五十首，分别写了老子、庄子、列子、广成子、尹喜、荣启期、许由、陶潜等道家人物。大家有暇，不妨一读，对道家人物当有更深的了解。

　　附：全唐诗卷 853 中第 105 首有一篇《胡无人行》收在吴筠的名下，此诗慷慨激烈，非常不错。但此诗并非吴筠所作，而是梁代吴均写的，这里不妨一读：

　　剑头利如芒，恒持照眼光。铁骑追骁虏，金羁讨黠羌。

　　高秋八九月，胡地早风霜。男儿不惜死，破胆与君尝。

百岁老翁不种田，惟知曝背乐残年
——盛唐画卷背景中的百岁老翁

百岁老翁不种田，惟知曝背乐残年。

有时扪虱独搔首，目送归鸿篱下眠。

——李颀《野老曝背》

李颀这个人，在唐朝诗人中并不是太知名，其实《唐诗三百首》里倒有好多他的诗，有《古意》《送陈章甫》《琴歌》《听董大弹胡笳声兼寄语弄房给事》《听安万善吹觱篥歌》等，《唐诗鉴赏词典》选的大体也是这些，他那首《送魏万之京》中的"鸿雁不堪愁里听，云山况是客中过"，是为人传诵的名句。

李颀虽然在开元十三年（725）中过进士，但他一生只做过新乡县尉这样一个芝麻小官。李颀想必也是不会做官的人，人家都是"三年清知府，十万雪花银"，而李颀当了一回新乡的县尉，却弄成这等尴尬境地："数年作吏家屡空，谁道黑头成老翁。男儿在世无产业，行子出门如转蓬。"（《欲之新乡答崔颢綦毋潜》）所以后来他索性辞官，又过起隐士的生活——"罢吏今何适，辞家方独行"（《奉送漪叔游颍川兼谒淮阳太守》）。

《野老曝背》这首诗素来不大有人提及，但却别具一格，读来饶有趣味。诗中写一个百岁老人，年岁大了，也不用耕田使力了，每天在暖乎乎的阳光下晒晒背，坐在地上捉捉虱子，有时困了，就干脆倒在篱笆下面睡一觉。读罢此诗，脑海中显现出的是老顽童周伯通的那种形象——虽已是年高岁老，白发白须，但却有孩童一般的天真烂漫。

其中细细品味，会发觉此诗意味深长，透着满满的盛世气息，并不像字面上那样浅易。其实想想，这个老人也挺不容易，年及百岁才得以放下田里的活，说明他是像老耕牛一样出了一辈子力，种了一辈子田，直到晚年才得以喘息一下。然而，这样他就觉得很满足了，正像他在太阳底下晒晒背就觉得很满足一样。

《列子·杨朱》里讲过这样一个故事：

从前宋国有个农夫，经常没有棉衣穿，冬天冻得不轻。终于盼到开春了，这个农夫在暖暖的阳光下一晒，那个舒坦劲就别提了。他跑到家里和老婆说："晒太阳这样舒服的事，人们都不知道，我要把这事告诉国王，肯定会得重赏。"——他根本不知道人家国王住的是广厦深宫，穿的是狐裘锦袍。

这个典故一般都被当作笑话来听，但是转念想想，也没有什么可笑的。宋国国王虽然偎红依翠、锦衣玉食，但他也没有了体会到春日煦暖阳光的乐趣，它只属于一个冬日里忍冻过来的农夫。历代的帝王，平均寿命只有三十多岁，昏昏然于声色犬马中的帝王，震怒于文武百官前的帝王，有时候却始终不会享受到平民百姓最容易得到的快乐。

所以，世上多有百岁的村夫，却罕有百岁的皇帝。诗中的这个老人，已活了百岁，应该是从隋末一直活到开元年间，这百年来，什么风风雨雨没有见过？一百年，在历史上虽然说起来很短，但其中的沧桑变故也是惊人的。一百年，就算是一张桌子，一把椅子，也会因岁月的磨蚀变得泛黄，就算是一株树，也会渐渐枯空，正所谓"树犹如此，人何以堪"。到了这个时候，人生的片尾，名利财货似乎也不那么重要了，正如《菜根谭》所说："发落齿疏，任幻形之凋谢，鸟吟花开，识自性之真如。"从诗中看，这个老人面对生命的最后时光，也是万事不再萦怀，一切谈笑任之，所以他才目送飞鸿，篱下酣眠，这是一种几近于道的境界。也许正因为老人素来有此胸怀，才得享百岁遐龄吧！

这首诗里，透着盛唐时安乐祥和的气氛。中唐之时的窦巩有一首《代邻叟》："年来七十罢耕桑，就暖支羸强下床。满眼儿孙身外事，闲梳白发对残阳。"其中就多有衰败之气，远不如此篇雄健。到了晚唐离乱之时，韦庄的《秦妇吟》中的老翁更是沦落到这等形象："明朝又过新安东，路上乞浆逢一翁。苍苍面带苔藓色，隐隐身藏蓬荻中。"《笑傲江湖》一书中，祖千秋和令狐冲"论杯"，说"饮这绍兴状元红须用古瓷杯，最好是北宋瓷杯，南宋瓷杯勉强可用，但已有衰败气象"。确实，不同的时代，人的精神面貌也随之不同，诗句的意境也不同，岂独瓷杯邪？

百岁老翁不种田，惟知曝背乐残年

121

公子调冰水，佳人雪藕丝

——杜甫的应景之作

落日放船好，轻风生浪迟。竹深留客处，荷净纳凉时。

公子调冰水，佳人雪藕丝。片云头上黑，应是雨催诗。

雨来沾席上，风急打船头。越女红裙湿，燕姬翠黛愁。

缆侵堤柳系，幔宛浪花浮。归路翻萧飒，陂塘五月秋。

——杜甫《陪诸贵公子丈八沟携妓纳凉，晚际遇雨》二首

　　老杜这两首诗，倒不是十分生僻的作品。因为风行天下的普及性读物《千家诗》中就选有这两首。说起这《千家诗》，笔者小时候还不觉得怎么样，后来越来越觉得此选本实在一般。据说里面的五言诗是明朝王相所选，这王相实在是无法理解，老杜的五律，佳作比比皆是，有"气象雄盖宇宙，法律细入毫芒，自是千秋鼻祖"（《诗薮》）之称。就算是闭上眼瞎摸，找出来的也比这两首强。

　　《千家诗》所选的其他几首老杜的五律也惨不忍睹，都是老杜作得很差劲的作品，像什么《登兖州城楼》《春宿左省》等，虽不能说都是老杜集中的败笔之作，但也是二流水平。王相的鉴赏水平实在糟之极矣！

杜甫比李白、王维、孟浩然等小十多岁，可老杜当年和他们比起来，名气差得不是一点半点。人家李白形象好，会炒作，写诗也是随性挥洒，妙笔生花。而老杜长得既不像李白那样潇洒出尘，也不像王维那样温柔如玉，经常因为营养不良面黄肌瘦。而且杜甫是苦吟一派，是"为求一字稳，拈断数根须"那一类型的。而太白则不然，李白是激情型的，酒酣耳热之余，提笔就写，如有神助，确是天生之奇才！

打个比喻来说，李白手中好比使的是"独孤九剑"，非天分极高、聪明过人者难以领悟，但一旦领悟，威力无比，临敌之际，随性挥洒，却妙入毫颠。这一路功夫，不拘常理，正如郑板桥所说："掀天揭地之文，震电惊雷之字，呵神骂鬼之谈，无古无今之画，原不在寻常眼孔中也。未画之前，不立一格，既画以后，不留一格。"此语也可借来当作太白诗风的生动写照。

而老杜却是用功型的诗人，他的诗是日积月累，耗费多年苦功锤炼而成。功底扎实，格律精严。如果用武侠人物来形容老杜，笔者觉得他的"武功"似乎像全真派，早期进境极慢，但随着功力的不断增厚，会越来越强。"右军书法晚乃善，庾信文章老更成"，老杜晚年，各种诗体实已达到随心所欲、炉火纯青的程度，较之李白，实在不落下风。

如果用围棋界的例子来比喻，个人觉得李白就是范西屏那样的，时人说范西屏："布局投子，初似草草，绝不经意，及一着落枰中，瓦砾虫沙尽变为风云雷电，而全局遂获大胜。"这正是天才型人物的特点。而和他抗衡的施襄夏风格却似老杜："大海巨浸，含蓄深远，邃密精严，如老骥驰骋，不失步骤。"施襄夏凭借他扎实厚重的功力和范西屏旗鼓相当，两人在当湖大战十局，传为佳话。

公子调冰水，佳人雪藕丝

可惜的是李杜生前却没有对垒的机会，李白有生之年，老杜没有什么名气。虽然有不少书鼓吹李白与杜甫的"伟大友谊"，但据现存的诗作看，杜甫对李白是百分百的佩服，但李白对杜甫却不怎么瞧得起。虽然李白的诗集中也有两首是写给杜甫的，但是李白这人，喜欢热闹，应酬多多。

你如果翻开李白的全集，会发现标有"赠××""送××""酬××"之类的诗作几乎要有一半还多。李白还写有这样一首诗嘲笑杜甫：

戏赠杜甫

饭颗山头逢杜甫，顶戴笠子日卓午。

借问别来太瘦生，总为从前作诗苦。

很多人讳言此诗，并声称此诗乃是伪作，并非太白所写。其实也不尽然，以太白"敏捷诗千首"般的才思，自然瞧不上杜甫这等脑筋迟钝的苦吟派。李白曾有诗云："丑女来效颦，还家惊四邻。寿陵失本步，笑杀邯郸人。一曲斐然子，雕虫丧天真。棘刺造沐猴，三年费精神。"何况当时李白早已成名。杜甫和王维、李白等人比起来，当时只是小弟弟，所以杜甫对李白钦佩不已，李白却不会把杜甫看得太高，这也很正常。

很多人都希望能让李白见到晚年的杜甫，那个写出《秋兴八首》的老杜，写出《三吏三别》的老杜，让李白也见识一下那"气象雄盖宇宙，法律细入毫芒"、千锤百炼一般的杜诗七律，那又当是何等动人的诗人兴会啊！

这件事，明代文人仇兆鳌早就感叹过："杜年愈多而诗学愈精，惜太白未之见耳。若使再有赠答，其推服少陵，不知当如何倾倒耶！"是啊，杜甫最好的诗篇，李白却没有看到，这是何等的遗憾！可以说是：李白行过许多地方的桥，看过许多次数的云，喝过许多种类的酒，却没有遇上正当"最好年龄的"杜甫。

杜甫早年的诗，说实话，写得确实不是多好。老杜当时在京城时，曾在汝阳王李琎（宁王的儿子，小名花奴）府中混饭吃。他写过一首名叫《赠特进汝阳王二十韵》的长诗献给李琎，什么"特进群公表，天人凤德升……"下面还有好多字，不录了，感兴趣的朋友可以自己找来看一下。此作读起来确实味同嚼蜡，殊无诗意。写诗一定要有真挚的感情，没有真情的流露则写不出动人的诗句来，词句再华丽，用典再铺陈，也只是一个木偶美人，毫无生气。

正是此理，本篇所说的这两首诗，虽然是老杜的手笔，但也写得别别扭扭，大失水准。老杜当年，其貌不扬，只是二流诗人，用他自己的话说就是"骑驴

公子调冰水，佳人雪藕丝

125

十三载，旅食京华春。朝扣富儿门，暮随肥马尘。残杯与冷炙，到处潜悲辛"，这两首"陪诸贵公子……"正是老杜追逐在长安贵公子们的肥马屁股后面，顺便写首诗蹭顿饭的产物。

可以想象，人家诸贵公子们到长安城外丈八沟这样的旅游胜地散心避暑、携妓乘凉，倚红偎翠之余推杯换盏，兴致勃勃。老杜却缩在一边，当那种"人家吃他看着，人家坐他站着"的角色。然后贵公子里酒酣耳热，怀里抱着美女，听完一曲歌后，再命老杜："给公子爷写首诗来助助兴！"

你想，这种的情境下，这诗能写好吗？所以，老杜这两首诗，遣词造句虽也不能说差，对当时的情景描绘得也挺细致的，但却只能说是应景之作。诗中一点感染人的东西也没有——也不可能有。如果老杜集中的水准全都跟这两首诗一样的话，老杜绝对只是二三流的诗人。

有的本子选讲《千家诗》的时候，对这两首诗赞不绝口，并将"晚凉遇雨"的过程拉扯上政治风云，说是老杜用晚凉后突然下雨暗喻政治风云的变幻，这未免有点太过牵强。大概是索隐派的癖病不改。我们看，老杜的这首诗被放在流传极广的《千家诗》里，影响面是极大的。但有多少人对老杜的这首诗耳熟能详？多少人会经常引用这首诗中的句子？人们说起老杜，还是首先会想起什么"感时花溅泪，恨别鸟惊心"（《春望》）"露从今夜白，月是故乡明"（《月夜忆舍弟》）之类的佳句。这也说明了本篇这两首诗绝非好诗。

但一个围棋国手，也有可能下出业余级的败招，老杜也未必篇篇绝妙。当然这也无损于"诗圣"的一世英名，老鹰有时比鸡飞得还要低，这也不稀罕。然而就诗论诗，我们也不必强为夸饰，胡乱吹捧，那样对普通爱好者是一种误导。

何必珍珠慰寂寥

——冷宫中梅妃的哀怨

桂叶双眉久不描，残妆和泪污红绡。

长门尽日无梳洗，何必珍珠慰寂寥。

——江采萍《谢赐珍珠》

这首诗是唐玄宗一度十分宠幸的“梅妃”江采萍所作。要完全了解这首诗，还要从唐玄宗的后宫生活说起。这唐玄宗前一半开元年间，总体“工作成绩”相当不错，也把大唐推上了盛世的高峰。但随着太平日久，玄宗精神上也不免懈怠起来，开始追求声色享乐。玄宗宫中嫔妃众多，据说曾经流行过“投金钱赌侍帝寝”的做法。

然而，这宫中妃子们开赌，彩头是陪皇帝睡觉的做法也没有流行多长时间。唐玄宗前后曾有两个妃子最受宠爱，一个是武惠妃，再就是大家熟知的杨贵妃了。这两人都曾得到过专宠的待遇。这武惠妃是武则天一族的人，父亲武攸止，和武延秀他们是一个辈分。这武惠妃很有几分武则天的遗传基因——说来也奇了，这李唐家可能上辈子欠了武家似的，一个个都被武家人迷得晕晕乎乎的。

更奇的是，李隆基一开始的原配正妻，后来成为皇后的那位也姓王。这个王皇后一样倒霉，肚子不争气，生不出儿子来。情急之下，

找僧道求来雷劈过的焦黑木头，写上"天地"二字及"李隆基"三字带在身边。据僧道说，这样不但能生儿子，而且以后还可以像武则天一样风光。王皇后也傻，武则天干掉的就是姓王的皇后，还用雷劈的木头，怎么看也不吉利。

此事在宫中是犯禁之举，很快被人揭发，李隆基无情地将她废为庶人，"移别室安置"。说来这王皇后在李隆基兵变诛杀韦后等人时曾竭力参与协助，也是有恩义的。但男人的心一旦变了，就特别冷酷。可怜王皇后精神完全崩溃，不到三个月就死于无人过问的冷宫里。

武惠妃得宠日盛，玄宗想把她立为皇后。大臣们纷纷反对——唐朝大臣就是敢说——御史潘好礼上疏曰：

> 父母仇，不共天……子不复仇，不子也。陛下欲以武氏为后，何以见天下士！妃再从叔三思也，从父延秀也，皆干纪乱常，天下共疾。夫恶木垂荫，志士不息；盗泉飞溢，廉夫不饮。匹夫匹妇尚相择，况天子乎？

说来也是，李隆基的生母为武则天所害，现在又把武氏女子宠得像宝一样，确实有点于理不合。大臣们一顿抢白，李隆基脸红脖子粗。无奈之下，立后之事，只好作罢。但武惠妃在宫中的待遇和皇后有过之而无不及。武惠妃的儿子就是寿王李瑁，即一开始娶杨玉环的那个。李瑁前面有不少哥哥，按资格当不了太子。

武惠妃阴毒颇似武则天，想搞掉太子李瑛，于是诬告太子结党。李隆基要废太子，大臣张九龄力谏不可。武惠妃暗地里派小太监去游说张九龄，许以好处，让他里应外合，害掉太子，但张九龄怒叱其非，并将此事汇报给皇帝。

然而奸相李林甫趁机充当了武惠妃的走狗，排挤走了张九龄。唐玄宗耳软心活，下旨废掉太子李瑛，并将他和鄂王李瑶、光王李琚一起赐死，这几个带玉字旁的兄弟全部"玉碎"。说来在唐代当太子实在是再凶险不过的职业，纵观唐史，太子"谋反"（有真谋反，也有被冤枉的）几成惯例。太子非正常死亡的极多。然而，武惠妃的心理素质远不如武则天，害了这几个太子后，经常梦见三人的冤魂来索命。《初刻拍案惊奇》中有篇"武惠妃崇禅斗异法"，上面说得武惠妃挺神通广大的，其实武惠妃是活活被自己的噩梦吓死的，人们都说是三个皇子索了她的魂。

李隆基一时冲动杀了自己的三个儿子后，心中也有愧疚，大臣们也都反对立寿王李瑁为太子。结果武惠妃"一场辛苦为谁忙"，倒将忠王李亨送上了太子的宝座。这就是后来的唐肃宗。

却说武惠妃死后，五十二岁的玄宗终日郁郁不乐。太监高力士想排解一下玄宗的烦忧，于是到江南寻访美女。在福建的莆田县发现了一个兰心蕙质的女孩，她就是江采萍。据传为唐末曹邺所作的《梅妃传》说，江采萍的父亲名叫江仲逊，世代为医，小采萍年方九岁就能诵诗。高力士派人大选秀女时，她才刚刚及笄（古时女子十五岁为及笄之年，可以出嫁了）。唐玄宗一见，极为喜欢，从此专宠她一人，将后宫中其他妃子都"视如尘土"。

江采萍性情孤高自许，目无下尘，知书通文，常以东晋时的著名才女谢道韫自比，在穿衣打扮上也是喜欢淡妆素服。她最喜品性高洁的梅花，所以她住的宫苑中种了不少，每逢花开之时，常在梅花间苦吟徘徊良久，甚至直到半夜也不忍回室——活脱脱一个"唐代林妹

何必珍珠慰寂寥

妹"。唐玄宗因此戏称她为"梅妃"。据说她写有《萧》《兰》《梨园》《梅花》《凤笛》《玻杯》《剪刀》《绚窗》八篇文赋，但现在都散佚了。

梅妃江采萍是江南美女，性子敏感而孤高，有时候耍小脾气。有一次，玄宗和大哥宁王等诸兄弟饮酒欢宴。席间，玄宗让梅妃剥橘子让诸王吃——当时橘子之类的也是稀罕水果。当梅妃让到宁王面前时，宁王不知是有意还是无意，用脚在梅妃鞋上轻轻地勾了一下。其实就算是有意，也是比较轻微的"性骚扰"。

唐代风气开放得很，杨贵妃能把安禄山光着屁股用锦被包起来在宫里抬着玩，玄宗都不介意，梅妃这点事恐怕玄宗知道了也不会觉得算什么。梅妃却当场一甩脸，扭头就走了。皇帝命高力士去唤，梅妃不回来，高力士当着诸王面不好直说，就说梅妃的鞋坏了，换了就来。但过了许久梅妃也没来，皇帝亲自去唤她，梅妃还是不应，推说胸腹疼痛，坚决不再去应酬了。由此可见，梅妃孤高倔强的性格。

玄宗开始是非常宠梅妃的，梅妃恃宠而骄，他也不会过于深责。但"花无千日红，人无百日好"，时间一久，玄宗对梅妃就渐渐疏远了。尤其杨玉环进宫以后，"三千宠爱在一身"，风头正盛，而梅妃正是她的眼中钉。于是在杨贵妃的挑唆下，梅妃江采萍被赶到冷清寥落的上阳东宫里居住。有一次，她听着外面有驿马驰来，便问可是送梅花来的？梅妃得宠时，各地往往进献梅花。但如今哪里还有人给她送梅花，都是快马加鞭给杨贵妃送荔枝的。梅妃不禁泪湿罗巾。她想起汉朝陈阿娇千金买赋的故事，于是拿出千金来给高力士，想请他找人写赋献于皇上。高力士油滑得很，借口无人写赋，加以推诿。于是江采萍自己写了一篇《楼东赋》给唐玄宗看，文赋如下：

玉鉴尘生，凤奁香珍。懒蝉鬓之巧梳，闲缕衣之轻练。苦寂寞于蕙宫，但凝思乎兰殿。信标落之梅花，隔长门而不见。况乃花心飏恨，柳眼弄愁。暖风习习，春鸟啾啾。楼上黄昏兮，听风吹而回首；碧云日暮兮，对素月而凝眸。温泉不到，忆拾翠之旧游；长门深闭，嗟青鸾之信修。忆昔太液清波，水光荡浮，笙歌赏宴，陪从宸旒。奏舞鸾之妙曲，乘画鹢之仙舟。君情缱绻，深叙绸缪。誓山海而常在，似日月而亡休。奈何嫉色庸庸，妒气冲冲。夺我之爱幸，斥我乎幽宫。思旧欢之莫得，想梦著乎朦胧。度花朝与月夕，羞懒对乎春风。欲相如之奏赋，奈世才之不工。属愁吟之未尽，已响动乎疏钟。空长叹而掩袂，踟蹰步于楼东。

何必珍珠慰寂寥

　　从赋中可见，江采萍的文才是相当高的，比陈阿娇花重金请司马相如写的一点都不差。但是，男人的心一旦变了，再动人的文辞也挽

131

不回来。当然玄宗看了这篇赋后，还是略微有些触动的。但杨贵妃也不是好惹的，脾气一上来也会跑到娘家不理玄宗。玄宗和杨贵妃正在热乎劲上，于是不敢再理梅妃，只是派人封了珍珠一斛，还不敢让杨贵妃知道，悄悄赏给梅妃。梅妃见了大为失望，于是写了本篇中的这首诗，和珍珠一起送还给玄宗。

"桂叶双眉久不描"，唐妇女盛行阔眉，也称桂叶眉，用黛色淡散晕染，把眉毛画得又短又阔，略呈八字形。从近年来发掘的宁王李宪墓壁画仕女图中，可以看到这种眉的形状，有的地方不知此意，随手改为"柳叶双眉"，这是错误的。

梅妃诗中说，在寂寞的冷宫里，她满怀愁绪，无心打扮。是啊，自古以来就是"女为悦己者容"——她打扮给谁看呢？她要的不是珍珠宝贝，就是再多的珍宝也无法安慰她寂寞伤感的心。那她要的是什么？诗中没有说，但却比直接说出来更有力。说起来梅妃的这首诗还是写得挺好的。但玄宗虽然知道她的心思，却无法给她想要的，只是叹息了几声，随后就继续和杨玉环看他的霓裳羽衣舞去了。

"渔阳鼙鼓动地来，惊破霓裳羽衣曲。"安史之乱中，玄宗也顾不上带上失宠的梅妃。但是被他带着的杨玉环也因马嵬兵变被迫缢死，而梅妃，有人说她是被安禄山的乱兵杀死，也有人说她投井自尽了。垂垂老矣的唐玄宗，对着梅妃的画像，往事一幕幕又在他眼前浮过，满怀伤痛地写下这样一首诗：

题梅妃画真

忆昔娇妃在紫宸，铅华不御得天真。

霜绡虽似当时态，争奈娇波不顾人。

拥有时不珍惜，失去时才怀念。梅妃被他抛弃后死去，辉煌一时的大唐盛世也在他的手中结束。暮年的李隆基，在悔恨和思念中度过，他思念当时被他贬斥的贤相张九龄，思念灵秀过人的梅妃江采萍，思念妩媚如牡丹的杨玉环，更思念那曾经光芒四射的开元盛世。然而，这一切都仿佛是昨天的一场梦。

　　"行宫见月伤心色，夜雨闻铃肠断声"（白居易《长恨歌》），这是他自酿的苦酒，但并非他一人在品尝，随他品尝的还有千千万万的大唐百姓。

何必珍珠慰寂寥

一射百马倒，再射万夫开

——裴将军的神威

大君①制六合，猛将清九垓②。战马若龙虎，腾凌何壮哉。

将军临八荒，炟赫耀英材。剑舞若游电，随风萦且回。

登高望天山，白云正崔巍③。入阵破骄虏，威名雄震雷。

一射百马倒，再射万夫开。匈奴不敢敌，相呼归去来。

功成报天子，可以画麟台④。

——颜真卿《赠裴将军》

此诗为颜真卿所写。颜真卿的名字在书法界提起来那可是如雷贯耳，但好多人不知道他的诗也是相当不错的。大家可能会觉得有点眼熟——这首诗在金庸先生的《笑傲江湖》一书中提过，上面说秃笔翁有一套从书法中变化出来的武功，正是来自此诗。

秃笔翁这样说："我这一套笔法，叫作《裴将军诗》，是从颜真卿所书诗帖中变化出来的，一共二十三字，每字三招至十六招不等，你

---

① 大君：指皇帝。《周易》语："大君有命，开国承家。"

② 九垓：即九州的意思。

③ 崔巍：高耸的样子。

④ 麟台：即麒麟台，汉朝时所建，画诸功臣像于其上。

听好了："裴将军！大君制六合，猛将清九垓。战马若龙虎，腾凌何壮哉！'"实际上，我们看这首诗远不止二十三字，不算题目也要有九十字之多。不知为何秃笔翁只选了前四句。

这个《裴将军帖》至今我们还能看得到。颜鲁公一生刚直，这个帖子上无论是诗还是字，都写得大气磅礴、神威凛凛。诗中所写的裴将军，乃是指盛唐之时的一位绝顶高手，他叫裴旻。唐代《独异志》描述说他舞剑时："走马如飞，左旋右抽，掷剑入云，高数十丈，若电光下射，旻引手执鞘承之，剑透空而下，观者数千人，无不悚栗。"（李冗《独异志》）这一手掷剑上天，然后用鞘承接的技巧，说来也确实非常难办到，如果一不小心，让剑碰着自己，也是很危险。

金庸小说《碧血剑》中说有个邪派高手叫玉真子的，可以做到"顺手向后一挥，眼珠也没转上一转，便已将长剑插入了背上的剑鞘"，金大侠说"单是这手功夫，便已说得上惊世骇俗"。这玉真子在书中虽非一流高手，但排个前十名基本上没有问题。由此可见，这裴旻剑上的功夫虽然不一定能达到"剑魔"独孤求败一般的境界，但起码也是一流好手。

有人说"裴旻的剑舞只是融合杂技、舞蹈和武术动作的表演，不具有实战的功能"，这话就很值得商榷了，他们大概以为古人的武功像现在的武术表演一样，全是花架子。但是，公孙大娘的剑舞有没有实战功效不得而知，但裴旻的剑舞绝对不仅仅是"艺术体操"。

我们来看《朝野佥载》中的记载："裴旻与幽州都督孙佺北征，被奚贼所围。旻马上立走，轮刀雷发，箭若星流，应刀而断。贼不敢取，蓬飞而去"；《新唐书》也这样说："裴将军曾随幽州都督孙佺北伐奚人，为奚人所围，裴将军乃舞刀立马上，飞矢四集，迎刃而断。奚人

一射百马倒，再射万夫开

135

大惊，遂解围而去。"有道是"大将军不怕千军，只怕寸铁"，任你多勇悍的猛将，强弓硬弩雨点般一阵猛射，也得变成个大刺猬。张郃是三国时的猛将，和张飞大战百合，不也被射死在剑门道上？宋时杨再兴英勇无敌，却因马陷小商河，被射死。而人家裴旻居然能镇定自若，将一柄长刀舞得风雨不透，敌人的箭雨被他纷纷削掉，落于马前，所以敌人才吓得胆战心惊，远远逃走。这一手比起令狐冲"独孤九剑"中的"破箭式"也不见逊色吧！

《笑傲江湖》中这样写过："独孤九剑'破箭式'一招击打千百件暗器，千点万点，本有先后之别，但出剑实在太快，便如同时发出一般。这路剑招须得每刺皆中，只稍疏漏了一刺，敌人的暗器便射中了自己。令狐冲这一式本未练熟，但刺人缓缓移近的眼珠，毕竟远较击打纷纷攒落的暗器为易，刺出三十剑，三十剑便刺中了三十只眼睛。"令狐冲没有练熟这一招时，就可以轻松刺瞎江湖上十多位好手的眼睛，人家裴旻能打落胡人强弓射出的密密麻麻的利箭，也已经非常了得了。

所以唐文宗年间，曾下诏正式将李白的诗歌、张旭的书法和裴旻的剑术称为"三绝"。可惜裴旻的剑术我们现在已无法看到了，但从李白的诗、张旭的字这二绝推想，裴旻的剑术自然也是妙绝通神。

裴将军不但拨打雕翎非常娴熟，他本人也是赛似李广的神射手。裴旻曾镇守北平，当时那里还有好多老虎，而据说他曾经在一天之内射死过三十一只老虎。所以颜真卿的诗中诸如"一射百马倒，再射万夫开。匈奴不敢敌，相呼归去来"的句子绝非曲意逢迎，胡乱恭维。

裴旻当时就是很有名的人物，李白曾向他学过剑，王维也曾赠诗给他："腰间宝剑七星文，臂上雕弓百战勋。见说云中擒黠虏，始知天上有将军。"（《赠裴将军》）王维这首诗的风格，有点飘逸潇洒的意味，似乎尚不及本篇颜真卿的这首诗。颜真卿此诗，和他年老之后成熟期的颜体风格一致，都是大巧似拙，朴实苍劲中颇见功力。

颜真卿的五世祖是颜之推，就是写有《颜氏家训》的那个大儒。《颜氏家训》大家肯定熟悉，"一粥一饭，当思来之不易"这样的名句就是里面的。说起这颜家乃是一门忠烈，确实有儒者之风。安史之乱时，颜真卿和他的叔伯哥哥颜杲卿都不畏安禄山贼势浩天，毅然以区区数县小地、数万残兵抗敌救国。当时，唐玄宗听说安禄山造反后河北一带的官吏纷纷投降，叹息不已，却突然得到颜真卿派来的使者，奏称集合了七千多人防城抗贼，玄宗大喜，说："朕不认识颜真卿长得什么样儿，居然如此忠心！"（颜真卿一直外放为官，未得皇帝亲近）

而颜杲卿更是在安禄山的老巢范阳附近展开了"敌后抗战"，给安禄山贼兵造成极大威胁，后被贼兵所擒，被活生生地碎割而死。颜杲卿的儿子颜季明也被敌人杀害。颜真卿流传后世的《祭侄文稿》一帖，就是为此事而作。此帖颜真卿奋笔疾书，于血泪交迸、情难自禁中留下了这篇被誉为"天下第二行书"的绝佳书作。颜真卿在安史之乱中力战不屈，终于等到了安禄山、史思明等魔头覆灭的那一天。

然而，唐朝当时依然是天下大乱，藩镇猖狂。奸臣卢杞嫉恨颜真卿，故意派他去说服叛贼李希烈，其实就是让他去送死。颜真卿当时已七十多岁，他毅然前往。李希烈想让颜真卿投降，并许诺封其为宰相，且挖了个大土坑，威胁要活埋他。颜真卿坦然不惧。李希烈软硬兼施，不能奏效，于是将颜老英雄缢死。

有道是"颜筋柳骨"，颜真卿的字如老柏之虬枝雄迈苍劲，颜真卿的这首诗也写得虎虎生威，非常有生气。他的诗，他的字，他的人，都是一般地刚直忠烈，令人肃然起敬。

一射百马倒，再射万夫开

可怜王孙泣路隅

——安史之乱后的落魄王孙

长安城头多白乌，夜飞延秋门[①]上呼。

又向人家啄大屋，屋底达官走避胡。

金鞭断折九马死，骨肉不待同驰驱。

腰下宝玦青珊瑚，可怜王孙泣路隅。

问之不肯道姓名，但道困苦乞为奴。

已经百日窜荆棘，身上无有完肌肤。

高帝子孙尽隆准[②]，龙种自与常人殊。

豺狼在邑龙在野。王孙善保千金躯。

不敢长语临交衢[③]，且为王孙立斯须。

昨夜东风吹血腥，东来骆驼满旧都。

朔方健儿好身手，昔何勇锐今何愚。

窃闻天子已传位，圣德北服南单于。

---

① 延秋门：唐宫苑西门。

② 隆准：旧时形容帝王相貌。《史记·高祖本纪》记载：刘邦"隆准而龙颜"。

③ 交衢：即十字路口。

花门剺面^①请雪耻，慎勿出口他人狙^②。

哀哉王孙慎勿疏，五陵佳气^③无时无。

——杜甫《哀王孙》

这首诗是杜甫作于安史之乱后。却说唐玄宗李隆基晚年逐渐昏聩，内有李林甫、杨国忠等奸臣当道，外有安禄山这样的狼子野心之辈横行，终于酿成了安史之乱这场大劫。前面说过，如果李隆基也和太宗、高宗一样活到五十来岁就去世，肯定也能算得上历史上少有的一代明君，这下倒好，玄宗开元时兢兢业业地忙活了大半辈子的功绩虽不能说完全抹杀，但也是光彩失掉不少。

安禄山本来的打算是等到李隆基死后再起兵叛乱。但没想到李隆基还真能活，越活越精神，一点也没有想归天的意思。而且杨国忠虽然也是奸臣，但和安禄山却不一路，杨国忠屡次向玄宗进言，说安禄山要反。玄宗不信，杨国忠于是就想法激安禄山造反。安禄山于是等不及了，起幽燕之地的强兵悍卒，以讨伐杨国忠为名，杀向长安。

当时数州军情告急，李隆基居然还不信，以为是有人诬告安禄山，可见昏到何等程度。也难怪，李隆基当时已是接近七十岁的老人了。杨国忠眼见证明了他的判断正确，却扬扬自得，他以为安禄山造反可以指日而平。也是，以前像什么徐敬业之类的起兵，都是朝廷大军到

可怜王孙泣路隅

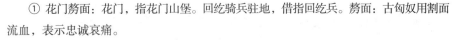

① 花门剺面：花门，指花门山堡。回纥骑兵驻地，借指回纥兵。剺面：古匈奴用割面流血，表示忠诚哀痛。

② 狙：本指猕猴。因这种动物善于伺伏攫食，所以这里用来比喻有歹人暗中侦视。钱谦益云："当时降贼之臣必有为贼耳目，搜捕皇孙妃主以献奉者。"

③ 五陵佳气：五陵，指皇家陵墓，古人迷信，相信坟地风水之类，意思是说有帝王之灵保佑。

处，一鼓而平。

但安禄山的军队是和北方狼族们百战厮杀过的精锐铁骑，大唐腹地的兵马却太平日子过惯了，结果让安禄山的大军像北方的寒潮一样，很快就席卷中原。曾纵横西北的名将封常清（诗人岑参曾做过他的幕僚）、高仙芝归来指挥也不是对手。玄宗一怒，将他俩统统斩首。又调来猛将哥舒翰守潼关，可惜哥舒翰在监军太监的催促下出关作战，中了安禄山叛军的埋伏，唐军掉进黄河里，淹死无数。杜甫在《潼关吏》中写过"哀哉桃林战，百万化为鱼"，就是说的这回事。本篇这首诗中的那句"朔方健儿好身手，昔何勇锐今何愚"，就是在感叹哥舒翰等将领昔日何等骁勇，却居然落败于叛军。

哥舒翰兵败被部将出卖，投降了安禄山。潼关失守，玄宗夜间没有见到平安烽火（当时晚上，每隔十几里有烽火台燃火报军情），这才真正慌了神。于黎明之时，唐玄宗只带了杨贵妃姐妹、直系的太子、皇孙、公主、杨国忠等近臣及大将陈玄礼等仓皇出逃，像什么太子妃之类的好多都没有带。台湾电视连续剧《珍珠传奇》中的沈珍珠，就是皇孙广平王李豫（唐代宗）的妃子，而且生有皇太孙李适（后来的唐德宗），但即便如此，也没有带走，她留在长安，被叛军捉到洛阳，后不知所踪。可见唐玄宗出逃时狼狈之极。

李隆基这一行人逃出长安，沿路上各县的县官因战乱都逃得干干净净。这天一直到了中午，玄宗还没有吃上一口饭，杨国忠好不容易买了个"胡饼"（类似烧饼）献给玄宗皇帝吃，而一般的皇子王孙、大臣将军之辈，只有粗米饭夹以麦豆，旷野中哪里找筷子什么的，饿红了眼的皇孙大臣们也顾不得斯文，争先恐后地拿手捧着吃，一会儿就把饭吃光了，还觉得不饱。

然而，跑出来的皇子皇孙们虽然看起来惨得很，但比起留在长安没能跑得掉的强多了。安禄山贼兵攻进长安后，在长安城的崇仁坊这个地方（这个位置在皇宫的东侧，如果按北京的紫禁城的方位来说的话，大概就相当于王府井的位置，想必当时也是繁华的街市），贼兵把玄宗的姐姐霍国长公主，还有其他的王妃、驸马、宗室等开膛挖心，十分残酷地杀死。并将杨国忠、高力士等人的亲党八十三人用铁器砸开脑盖杀死，后来又杀皇孙及皇室郡主县主二十多人。还将宫中年轻貌美的妃子、宫女等掠到洛阳供安禄山和贼将们淫乐。老杜诗中的"昨夜东风吹血腥，东来骆驼满旧都"，正是描写胡人横行京城，疯狂杀戮，血流成河的恐怖气氛。

"长安城头多白乌……屋底达官走避胡"，这几句是说当时的长安城中的豪门大户为了避乱，大都或逃或亡，乌啼空堂，分外凄凉。"金鞭断折九马死，骨肉不待同驰驱"，是说玄宗仓皇逃命，累死了九匹马，骨肉至亲也没有来得及带上。然后，老杜就遇见了一个落魄王孙。这个皇家子孙腰里虽然还挂着"宝玦青珊瑚"，衣裳却被荆棘挂得一条条的，神情狼狈地缩在路边哭泣。老杜问他，他也不肯说姓名，只是想给人当奴仆来混口饭吃。

而老杜也是吃不起饭的人，根本无力收留他，但是见他这样凄惨，不禁心生怜悯。于是老杜劝他说，你一看就是帝王之胄，面貌堂堂，现在豺狼当道，龙困于野，皇孙你可要多加小心哪！老杜感慨地说，京城里贼兵猖狂，腥血满街，可恨哥舒翰等朔方好汉怎么就对付不了这些叛贼呢？

然后，老杜又悄悄地告诉这个落魄皇孙一个"好消息"，听说天子已传位于太子（太子李亨没有随玄宗入四川，而是北上到灵武登基，

可怜王孙泣路隅

是为唐肃宗）。太子已经联络了回纥人来攻打叛贼，"花门劗面请雪耻"这句就是说回纥人都纷纷表示效忠于唐室，起兵来和安禄山作战。讲完这个，老杜又警惕地看了看四周，嘱咐这个皇孙千万别四处乱说，这城里不知有多少叛贼的奸细和同党在暗中盯梢。临别之际，老杜再三感叹，勉励这位皇孙，有李唐家列祖列宗的神灵保佑，这场灾难一定会挺过去的。

因怕被贼兵发现，老杜和这个落魄皇孙也不敢多说话，于是，二人洒泪而别。但这个皇孙最后下落如何，却不得而知了。但凡王孙贵族、富家子弟落难后，自身生存能力都极差，在这样的危险环境下实在是凶多吉少。看这位皇孙都沦落成这个样子了，还将"宝玦青珊瑚"等贵重物品放在衣裳外面，也不怕小偷强盗来抢。所以，他能不能度过安史之乱实在难说。

沦落于贼手的长安是怎么样的景象？腥风满街的长安，骆驼上胡人的狂嗥，空旷冷清的豪宅，落魄的王孙，栖栖遑遑的老杜，构成了一幅生动细致的乱中长安图景，这是正史中看不到的，老杜之诗实在无愧于"诗史"之称。

凝碧池头奏管弦

——逆贼猖狂的洛阳

万户伤心生野烟，百僚何日更朝天。

秋槐叶落空宫里，凝碧池头奏管弦。

——王维《凝碧池》

（原题为：菩提寺禁裴迪来相看，说逆贼等凝碧池上作音乐，供奉人等举声便一时泪下，私成口号，诵示裴迪。）

王维这首诗写于陷落后的洛阳。唐肃宗至德元年（756），安禄山在洛阳登基称帝，国号大燕，自称雄武皇帝。安贼称帝时当然也要做做样子，事先也有所谓的"父老百姓联名劝进"。

据说在安禄山未起兵前，民间就有童谣传云："燕燕飞上天，天上女儿铺白毡，毡上一贯钱。"后人解释，这"燕"字是说安禄山的伪国号，后面又来一个"燕"字，也不是小儿口吃，那是说史思明做伪天子时也用"燕"做国号；"天上女"是说"安"字；"铺白毡"一句预言，安禄山入洛阳当皇帝时，天降大雪满地；"毡上一贯钱"，一贯钱也就一千个铜钱，暗示安、史两人的皇帝梦只能持续一千天左右。

凝碧池头奏管弦

然而当时，安禄山得意扬扬，指着遍地的白雪说："才入洛阳，瑞雪盈尺。"中国历史上向来不缺马屁精，有个叫卢言的小人，赶快不失时机地献上一首诗，此诗《全唐诗》中也有（《上安禄山》）："象曰云雷屯，大君理经纶。马上取天下，雪中朝海神。"安禄山乐得胖脸上满是红光，大模大样地当了皇帝。

等贼军攻破了长安城后，安禄山的兵卒将长安宫内的金银珠宝、珍奇古玩、后宫美女、图书典籍等都抢到了洛阳。唐玄宗爱好音乐，宫苑中有乐工无数，安禄山的兵也把他们都押上车，解往洛阳。另外，长安城内有番邦外国供奉的各种珍奇动物，有会摇摇摆摆做跳舞状的犀牛、大象、宝马等，贼兵也强迫驯养它们的人牵了这些动物到洛阳去进献安禄山。

当时像犀牛、大象等动物，中原本无，人们都非常稀罕。安禄山揣摸着幽燕戎王、蕃胡酋长这些土包子肯定没有见过这些稀罕东西（安禄山多次入长安，得玄宗亲切召见赐宴，大概见过），于是就先胡吹一气，说："自从我得了天下，犀牛和大象都从南海跑了过来，见我都朝拜舞蹈。你看连畜生都能顺从我的天威，这不是天意吗？四海九州日后必然是我的天下！"

不料想，犀牛和大象想必一路上又挨打又受累，或者是驯养它们的人忠于唐室，有意让安禄山出丑，反正当安禄山命人牵来时，这些大家伙们不但不像朝见玄宗时那样舞蹈参拜，反而对着安禄山"瞪目忿怒"。本来有头大象会卷起酒碗进献，但在安禄山面前，大象却把酒碗全摔了。安禄山这下脸可丢大了，于是恼羞成怒，命人挖了大土坑，将犀牛和大象推进去，投入柴火烧，又用长矛刀剑往下投掷，将这些珍贵动物全部杀死，唐宫中的旧人无不掩面哭泣。

安禄山折腾完这些动物，当然也不会放过那些乐工们。唐玄宗酷爱音乐，所谓"梨园子弟"，就是由玄宗当朝时得名。唐初禁苑中的梨园，只是和枣园、桃园一样的果木园，没有什么特殊的地方。而喜欢音乐、舞蹈等艺术的玄宗，在这个地方广纳乐工、优伶等数百人，像李龟年、雷海青、黄幡绰、公孙大娘、李仙鹤等都是当时知名的"艺术家"，梨园才成为戏剧音乐等艺术圣地的代称。

玄宗本人的音乐素养也极高，《新唐书·礼乐志》载："玄宗既知音律，又酷爱法曲，选坐部伎子弟三百，教于梨园，声有误者，帝必觉而正之。"还有一次，玄宗上朝时，手指在腹部不住地颤动，高力士在旁注意到了，等玄宗一宣布退朝，他就问："皇上你是不是身体不舒服，有没有肚子疼啊？"玄宗笑答，我刚想到一曲笛子，怕忘了，因此一边听朝，一边虚拟着吹奏时的指法。此外，据说玄宗还喜欢演戏，并且喜欢扮丑角，直到现在戏剧界还是以唐玄宗为祖师。

安禄山聚群贼大宴于凝碧池畔，下令唤来这些被掠的乐师，让他们吹奏弹唱，为他们助兴。不少梨园子弟相视泪下，贼人恼怒，拔出钢刀相威胁。有个叫雷海青的乐工再也忍不住了，他将手中的乐器扔在地上摔得粉碎，扑在地上西向大哭（当时玄宗西逃入蜀）。贼人大怒，下令将他绑了吊在台子上，碎割肢解而死。

当时的王维，被安禄山的贼兵拘禁在菩提寺中。说来安禄山和后来的日寇、汪伪政权之类差不多，也要拉拢一批文化名人做点缀。于是当时像王维、吴道子、张璪（画家）、杜甫等人都被看押，然后逼他们出任伪职。老杜名气当时远不及前面诸人，所以对他的防范极松，他就趁机溜了出来，逃到了唐肃宗那里。但王维却没有办法溜掉，他性格优柔，也没有勇气像颜真卿、颜杲卿一样刚烈赴死，他的反抗是

凝碧池头奏管弦

消极的——服药下痢，让自己变得病怏怏的。他以为贼人就会因此饶过他，但是贼人可不讲那些"人道主义"，还是强迫他就任伪职。

闻一多先生说过，李白"在乱中的行为却有做汉奸的嫌疑"，杜甫"表现他爱君的热忱，如流亡孩子回家见了娘"，至于王维却似他诗歌中曾写的息夫人，是"反抗无力而被迫受辱的弱女子"。却说王维被拘禁在寺中，好友裴迪冒着危险来看望他。这个裴迪后来和王维一起隐居辋川别业，一起畅游山水，是王维平生的铁哥们儿。王维听裴迪说了凝碧池畔的惨剧后，感慨悲泣良久，口占（不用纸笔，随口吟出）了这首诗。

从诗中也可以看出王维的性格，这里面并没有金刚怒目般的痛斥，有的只是像小女人一样的哀怨。也难怪，王维本来就是一个温润如玉的才子，并不是那种披肝沥胆、刚烈忠直的侠士。王维只是息夫人一般消极地反抗，在某些人看来未免有点儿于节行有亏。但是在当时的情况下，主动向安禄山伪朝投怀送抱的也不在少数。像张说的两个儿子张均和张垍，玄宗对他们恩宠非常，张垍还是当朝驸马，娶玄宗的女儿宁亲公主为妻，玄宗特许他在后宫内置别院，赏赐珍宝无数。但这俩人事到临头，却主动投降了安禄山。安禄山封他们为宰相，这哥俩恬不知耻，得意扬扬地当了伪职。后来洛阳收复后，玄宗气得非要杀掉他俩，但唐肃宗念在张说的面子上，饶其不死，流放远处。

王维原来在大唐当的是给事中一职，安禄山照样封了他这个职位。官职虽然没有变，但心情却天差地别。这些日子里，王维肯定是强颜欢笑，低调处事。收复洛阳后，凡是"陷于贼"的官员都定了罪，有的斩首，有的绞刑，有的杖打，但王维却因有人证明他吟过本篇这首诗，再加上他弟弟王缙请求削爵赎其罪，所以朝廷特意宽赦了他。大概王维平日里温厚待人，性格和善，所以大家也都不忍为难于他。

　　然而，这却成了王维一生中的污点，王维自己也上表悔罪说："臣闻食君之禄，死君之难，当逆胡干纪，上皇出宫，臣进不得从行，退不能自杀，情虽可察，罪不容诛……仰厕群臣，亦复何施其面。跼天内省，无地自容……"（《谢除太子中允表》）所以王维后来更加看淡世事，诵经奉佛，在山水田园中了却残生。

　　"疾风知劲草，板荡知忠臣"，安史之乱正像一场狂风，让形形色色的人物都现出了原形，也让头脑发昏的玄宗认清了好多人的真实面目，可惜，他知道得太晚了！

凝碧池头奏管弦

一半与怀王，一半与周至

——大魔头史思明的歪诗

樱桃子，半赤半已黄。

一半与怀王，一半与周至。

——史思明《樱桃子诗》

　　史思明，看名字似乎是个汉人，其实他是营州突厥人，原姓阿史那，名崒干。据说相貌是这样的：瘦高个，半秃少须，耸肩驼背，凹眼睛歪鼻梁。听起来这模样活像唐代版的座山雕。他性情急躁，小不如意就要杀人。

　　史思明和安禄山是发小，他们年岁上只差一天——史思明是大年三十生的，安禄山则是大年初一。他们两人都通晓六蕃语言，在唐朝的燕云边境做些投机买卖。

　　史思明胆大敢干，脑袋瓜也好使。有一次他挪用了唐朝部队里的钱款，一时还不上，就跑到了唐朝的对头——奚族的地域去。结果奚族人见到他这个偷越国境的可疑分子，捉起来就要杀掉。

　　史思明口才很好，很有些韦小宝把前来报仇的桑结活佛说得拜了把子的本领，哄骗奚族人说："我是大唐派来的使者，路上遇到了变故，随从和东西都丢掉了，但是如果我被你们杀掉，消息传开后，你们的部族必然遭到唐朝大军的报复，到时候首领难免会怪罪你，还是领我去见你们的首领吧！"士兵们见史思明气度不凡，信以为真，就带他去见了奚族头领。一番花言巧语之后，奚族头领也被唬住，好酒好肉地招待了一番。

既然是"使者"，也不能久居此地，是要回去"复命"的。怎么办呢？史思明眼球一转，又生一计——他知道奚族中有个最出名的猛将叫琐高，要能赚得此人被唐朝擒获，实在是大功一件。于是他胡吹一气，随口许诺下很多事实上唐朝根本不可能答应和兑现的优厚条件，撒谎说，唐朝有意和奚族联手，要谈很多重要军机大事，所以有必要请琐高将军前去一趟。奚人首领也想借唐朝之力对付突厥和契丹，听史思明满嘴跑火车，以为天下掉下大馅饼，不疑有他，于是派了琐高跟同史思明前去。

两面三刀的史思明又暗中和唐朝边关将领通消息说，奚族的大将琐高前来偷袭我军阵营，被我侦破，现在正和我奔向唐朝边境的路上，一定要做好迎敌准备。结果琐高一行人刚踏进唐境，就被埋伏好的精兵猛将杀了个措手不及，琐高也被活捉。有了这件奇功，不但吞没公款的事不再追究，史思明反而升了官，当了折冲将军。

后来史思明一路升官，四十多岁时，还曾经得到唐玄宗的亲切召见，皇帝抚着他的背说"卿贵在后，当大器晚成"，升他为大将军、北平太守。但史思明不念皇恩，转脸就当了白眼狼，和安禄山一起兴兵叛乱。

前面说过，安禄山定国号为大燕，后来他被儿子捅得肚肠满地死掉后，史思明于乾元二年（759）僭称大圣燕王，不久就自称为大燕皇

一半与怀王，一半与周至

帝，改年号叫顺天。

这首文墨不通的歪诗，就是当了皇帝的史思明所写。史思明本来是个粗鲁武夫，也附庸风雅，写下这首"御赐"樱桃诗。其中的怀王，是他的儿子史朝义，而周至（有地方作周挚）是他手下最得力的亲信大将。当时这两个人在一块儿，史思明派人赐去樱桃，意思是给两人均分。

当时有不少大臣猛拍马屁，但也有个小臣战战兢兢地提出修改意见，说陛下这首诗真是妙极了，只不过似乎把后两句颠倒一下，改为"一半给周至，一半给怀王"，就更押韵了。哪知史思明听后勃然大怒道："我儿岂可居于周至之下！"也是，这大臣政治敏感度太低，只顾押韵，忘记了亲疏先后，在"政治正确"之下，韵脚算个什么！

回头看看，不如改前面一句"半赤半已黄"为"半黄半已赤"，倒是能满足这个文盲皇帝的要求了。

虽说"书生铸剑，将军作文，老僧酿酒，名妓谈经"称得上是风雅趣事，但类似史思明这种粗鄙武夫，留下的只能是笑柄了。不过千百年来，类似的笑话还有不少，近代"狗肉将军"张宗昌的一些诗，完全可以在九泉之下和史思明去"切磋"一下：

笑刘邦

听说项羽力拔山，吓得刘邦就要窜。

不是俺家小张良，奶奶早已回沛县。

大风歌

大炮开兮轰他娘，威加海内兮回家乡。

数英雄兮张宗昌，安得巨鲸兮吞扶桑。

咏闪电

忽见天上一火镰，疑是玉皇要抽烟。

如果玉皇不抽烟，为何又是一火镰？

顺便说一下，虽然史思明连一首诗中的位置也不肯委屈了儿子，但他的性命却最终断送到了这个儿子手中。安史之乱中的两个叛贼头目，最后都是死在自己儿子手里，对于这两个叛臣，下场也足够讽刺。

试借君王玉马鞭
——政治上乱出风头的李白

试借君王玉马鞭，指挥戎虏坐琼筵。

南风一扫胡尘静，西入长安到日边。

——李白《永王东巡歌十一首》（第十一首）

安史之乱中，李白这位"诗仙"又在做什么呢？说来太白的性格，确实浪漫的成分太多了一些。对于安史之乱，李白的诗中虽然也有"流血涂野草，豺狼尽冠缨"（《古风》）这样的句子，但总体来说，李白的诗中悲天悯人的同情心不是太多，反而倒有一种技痒难忍，终于可以一展身手的兴奋。

安禄山贼兵肆虐中原时，诗仙太白已经续娶了夫人宗氏。说来李白和宗氏还真有点浪漫爱情故事的意味，李白醉游梁园（汉朝时梁王刘武的庄园）时，一时兴起，挥毫在一堵粉墙上写下了那首有名的《梁园吟》，此诗《唐诗鉴赏词典》等书上都有，写得确实不错，这里不再复录。写完之后，太白扔下笔就走了。可巧，宗楚客（就是中宗一朝中的权臣，曾当过宰相，但名声不好，是奸臣之类）的孙女宗氏也来游园，一下子就被李白的诗句吸引住了，马上就成了忠诚的"白粉"。

唐代在粉墙题诗的习惯，大概就像我们现在网上发帖一样，大家随便写，当然良莠不齐，好的坏的都有。为了方便别人再题，"墙主"是要定期用白石灰将旧题之诗擦掉的。宗氏正看得入神，这边跑过来个小伙计拿着石灰刷子就要刷，宗氏连忙喝住他。但小伙计不买账，说这墙又不是你的，凭什么不让我们"刷新"，宗氏一赌气，就拿出"千金"来买下了这堵墙。当然，这里的"千金"恐怕是虚指，不过宗氏掏了不少钱当为事实，于是留下"千金买壁"这一雅事。太白当时都五十岁了，原来的妻子已经去世，听说有佳人欣赏自己，当即不失时机地去上门提亲。宗氏的岁数不详，可能也未必是初婚，她也是喜欢道教神仙的人，两人志同道合，一拍即合。

安禄山的贼兵攻来时，李白和宗氏一起南下避难，逃到安徽的当涂，后来到了江西庐山隐居。太白曾写过一首诗曰："庐山东南五老峰，青天削出金芙蓉。九江秀色可揽结，吾将此地巢云松。"（《登庐山五老峰》）话是这样说，但本来打算"巢云松"的太白，一听说永王李璘来召他出山，立即乐得蹦高，宗氏夫人拽都拽不住。李白还非常牛气地对宗氏夫人说："出门妻子强牵衣，问我西行几日归。归时倘佩黄金印，莫学苏秦不下机。"（《别内赴征三首》）意思是说，我李白这一去，如果封侯拜相，拿着斗大的黄金印回来了，你还会不会像苏秦的老婆一样不下织布机（苏秦第一次去求功名失败，狼狈而归，苏秦的老婆不搭理他）？其实人家宗氏夫人的主张是对的，李白这次行动，黄金印没有，手铐脚镣倒是沉甸甸地戴上了。

这永王李璘，据说小时候几岁就死了母亲，他哥哥肃宗对他很亲切，经常抱着他一起睡觉。开元十三年（725）三月，被封为永王。唐玄宗跑到四川去时，确实有过诏书，让李璘任江南一带的"四道节度

试借君王玉马鞭

采访使、江陵郡大都督"等职。但李璘来到江南一带，乘机招兵买马、聚草屯粮，壮大自己的势力。当时江淮一带物产丰富，李璘就萌发了割据江东之心。后来唐玄宗将皇位传给唐肃宗后，曾下诏让李璘回四川朝见。但李璘这时候根本不听，擅自引兵沿江而下，甚至杀掉了不听他指挥的丹徒太守，充分暴露出他想割据一方、分裂唐室的野心。

而这时候李白却应他的招募，投入其帐下，不免有点不分是非。当时，玄宗尚在，肃宗本来就是太子，名正言顺，大唐国土满地狼烟，像张巡等忠臣烈士正苦苦地以残兵病卒死守着那绝地孤城。永王兵精粮足，不北上抗贼，反而打内战，搞摩擦，实在不能算是正义之为。

后人对李白的这个行为也颇多非议。苏辙曾不无讽刺地说，"永王将窃江淮，白起而从之不疑"；朱熹说得更直接，说"李白见永王璘反，便�怂恿之，诗人没有头脑至于此"。但苏轼曾为他辩白，在《李太白碑阴记》中说："太白之从永王璘，当由迫胁。不然璘之狂肆寝陋，虽庸人知其必败也。太白识郭子仪之为人杰而不能知璘之无成，此理之必不然者也。吾不可以不辨。"就笔者来看，苏轼的辩白无理无据，不能成立。

从本篇引的这首诗和李白的"永王东巡歌"的其他诗句，明显能看到李白并非被"胁迫"。比如"龙蟠虎踞帝王州，帝子金陵访古丘"。这"龙蟠虎踞帝王州"之类的话正是大谈金陵的帝王之气，李白很明显就是把李璘当皇帝来吹捧，大有怂恿之意。《韵语阳秋》中也说李白这些诗是："若非赞其逆谋，则必无斯语矣。"李白一贯地头脑冲动，碰上了李璘，以为能给他提供大展宏图的机会，看本篇这首诗，写得确实很浪漫潇洒，什么"指挥戎虏坐琼筵"，把打仗当成请客吃饭。"南风一扫胡尘静"？说醉话呢吧？李璘先被高适等率领的朝廷大军扫干净了，李白也成了阶下囚。被捉进浔阳狱中听候处理的李白，这时低声下气地写诗给高适，大夸"高公镇淮海，谈笑却妖氛。采尔幕中画，戡难光殊勋"（《送张秀才谒高中丞》），求他帮帮忙。但高适根本没有加以理睬，这成为历来诗坛上对高适颇有微词的一件事。

历来附逆之罪，都是难以饶赦的大罪。李白被关在浔阳狱中听候处理，这时立马改了口气，给御史中丞宋若思的书信中称："属逆胡暴乱，避地庐山，遇永王东巡，胁行，中道奔走，却至彭泽。"（《为宋中丞自荐表》）把投奔李璘的行为说成是被"强迫"的。

当时宗氏夫人听了，也连忙四处奔走，托关系营救。对此李白非常感激自己的夫人，他写过一首《在浔阳非所寄内》，所谓"非所"，其实就是牢狱，只不过说得好听点罢了，诗中有一句是"多君同蔡琰，流泪请曹公"。意思是说，好老婆你像当年的蔡文姬一样，为了自己的丈夫求请赎罪（文姬归汉后再嫁董祀，董祀犯了罪，曹操欲杀他，文姬亲自求请，方才得免）。李白又写了《狱中上崔相涣》，求当时的宰相崔涣，诗中低三下四吹捧"贤相燮元气，再欣海县康"。

宋若思对李白还是不错的，并没有为难他，还将他放出来当自己的幕僚。李白自然非常感激，写了篇名为《中丞宋公以吴兵三千赴河南，军次寻阳，脱余之囚参谋幕府，因赠之》一诗。话说宋若思是宋之悌的儿子，宋之悌和宋之问是兄弟，当年曾因罪流放，李白为人喜爱交友，曾结交过并写有《江夏别宋之悌》一诗，所以宋若思知恩图报，对李白还可以。

但朝廷终没有饶恕李白。至德二年（757）的冬天，朝廷又"秋后算账"，发落这些"从逆"之人，宋若思也回护不了，于是李白被判了个长流夜郎。实话说这也不算重判，我们看有些结党的大臣，并没有

明显的"反迹",还动不动就流放岭南、越南。这夜郎在贵州省,当时非常荒僻,且多瘴气,但毕竟比越南什么的要近。

一路上,五十多岁的李白磨磨蹭蹭,完全没按唐律中犯人流放的行程走(想必李白和宋江一样,也是使钱打点了公差吧),春天从浔阳(今江西九江)出发,沿长江一路西行,夏天才到西塞驿(今武昌县东),秋天才到江陵,冬天走到三峡,边走边玩。李白第二年春天的三月份才到达白帝城(今重庆市奉节县东),可巧,到了这个地方,恰逢皇帝改元,大赦天下。太白高兴极了,写下了我们小时候就背诵过的《早发白帝城》,顺江而下,一路撒欢,回到了江陵(现在的荆州市)。

此后,太白并未就此一蹶不振,还屡屡求人荐引,但太白有此"前科",没有人敢用他。太白失意之中,漫游洞庭湖等地,最终病死在当涂。

从太白晚年这手政治方面非常失败的"棋"来看,不能不承认,太白在搞政治方面的"段位"还是相当低的。永王李璘,名不正、言不顺,也没有多大的实力,太白却头脑发热,以为遇到了"明主",可以实现自己当三国时的诸葛亮、东晋时的谢安一样的人物的理想,实在天真得可以!

后世的唐伯虎,虽然一开始投靠了宁王朱宸濠,但当他发觉宁王有谋反的异志后,就装疯卖傻,甚至佯醉"露点"裸奔。宁王无奈,打发他走开。不久,宁王就因造反被杀,唐伯虎却因慧眼远祸,得保平安。反观李白,永王李璘反相已露,李白却不分青红皂白,飞蛾扑火一般的去蹚这个浑水,没丢脑袋其实就够幸运的了。

看来诗仙太白,实在不是搞政治的料。也是,诗人的浪漫能力和政治能力融合得非常好的,历史上只有寥寥数人,太白实在还算不上!

夷夏虽有殊，气味终不改

——一生忠心的高力士

两京①作斤卖，五溪②无人采。

夷夏③虽有殊，气味终不改。

——高力士《感巫州荠菜》

（原题注：力士谪黔中，道至巫州，地多荠而人不食，因感之，作诗寄意。）

这首小诗的作者，是唐朝有名的大太监（严格地说，唐代没有太监这一称呼，应该称宦官）高力士。唐玄宗以前，并没有知名度很高的太监，高公公在大唐太监中应该算出名年代最早的了。当然，到了中唐、晚唐时，权势熏天，甚至挟持、暗害皇帝的太监如仇士良等人，就多得很。但这些太监虽然比高公公更牛，但借助唐玄宗、杨贵妃这些大牌人物，民间知道高公公的要多得多。

---

① 两京：指长安和洛阳。

② 五溪：北魏郦道元《水经注》云："武陵有五溪，谓雄溪、樠溪、西溪、溪、辰溪，悉是蛮夷所居，故谓五溪蛮。"在现在的湖南西部，当时是荒僻之地。

③ 夷夏：古代中原称夏，少数民族所在的边远地区称夷。

夷夏虽有殊，气味终不改

157

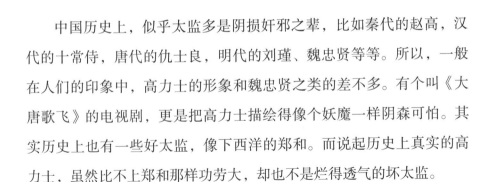

愿做长安一片月
——全唐诗精读精析

中国历史上，似乎太监多是阴损奸邪之辈，比如秦代的赵高，汉代的十常侍，唐代的仇士良，明代的刘瑾、魏忠贤等等。所以，一般在人们的印象中，高力士的形象和魏忠贤之类的差不多。有个叫《大唐歌飞》的电视剧，更是把高力士描绘得像个妖魔一样阴森可怕。其实历史上也有一些好太监，像下西洋的郑和。而说起历史上真实的高力士，虽然比不上郑和那样功劳大，却也不是烂得透气的坏太监。

高力士本姓冯，据说因家族获罪，成年男子都被杀，高力士当时还是未成年人，于是被阉后送入宫中。说来这唐朝制度也很奇怪，罪人的家属（尤其是女人）一般都"没入掖庭"——送到宫中干粗活，像上官婉儿也是这样进宫的。不过，后宫弄这么多罪人家属、女流氓（有妇人犯奸罪也没入掖庭）在里面，也不怕她们报仇？或者把公主、后妃们教坏了？不过说来也奇怪，唐朝宫中却一次也没发生过这种事情。

高力士和唐玄宗差不多的年纪，从小两人就在一块儿玩，类似于《鹿鼎记》上康熙和韦小宝的关系。在玄宗诛杀韦后、太平公主等历次凶险又关键的大事件中，高力士都是坚决站在玄宗这边，忠心不二。所以，在铲除了太平公主的势力后，高力士因有功被封为右监门将军。但是这也让玄宗首开了宦官当权的坏例子，以后流毒无穷。自玄宗以后，太监当政成为像脑栓塞一样的顽症，将大唐弄得半死不活。然而，高力士本人一生中，还并不算那种祸国殃民的大奸大恶。相反，高力士却对玄宗颇多有讽谏。

天宝三载（744），唐玄宗"潜行"于当时道号太真的杨玉环的住所，"春宵苦短日高起，从此君王不早朝"（白居易《长恨歌》）。近六十岁的玄宗精力不济，加之天下太平很久，玄宗于是厌倦了朝政，对高力士说："我十多年不出长安城了，现在天下太平无事，我想把政事都交给李林甫处理好了，怎么样？"高力士远比玄宗清醒得多，说："天子到地方四处巡视，是古制，而且君王的大权不可以给别人（天下大柄，不可假人），如果权力都给了李林甫，他的羽翼威势一成，谁还能再动他！"高力士的这句话说得很在理，但心思全在丰肌玉肤的杨玉环身上的李隆基却怒容满面。高力士一看，玄宗很生气，后果很严重，于是又自称："臣狂疾，发妄言，罪当死。"可见，安史之乱的责任全在玄宗身上，什么杨贵妃红颜祸水，什么高力士奸邪乱国，都是替罪羊而已。

当然，高力士在玄宗一朝权势极大，对于朝中大臣们送来的奏章，如果是小事，高力士就自行处理，玄宗夸奖他说："力士当上，我寝则稳。"——有高力士值班，我就能睡踏实了。所以当时巴结高公公的相当多，诸王公主都称高力士为"阿翁"。据说高力士信佛，在宝寿寺铸了一口大钟，朝中大臣纷纷前去祝贺。当时击一下钟，就要交十万钱，名义上是布施斋佛，但实际却成了高力士的收入。结果朝中大臣争先恐后，谁也不敢吝啬，少的也要敲十多下，多的甚至二十多下。

然而，一朝天子一朝臣，一朝天子一朝太监。马嵬之变，实际上就是太子李亨导演的一出夺权大戏。自此唐玄宗不但失去了如花似玉的杨贵妃，也失去了作为唐朝天子的大权。玄宗不得不让李亨在灵武继位，自己称太上皇。然而在唐肃宗李亨的身边，也有自己亲信的太监——李辅国。李辅国撺掇唐肃宗，将自己的父亲玄宗迁到别宫中，变相地软禁起来。

说来唐朝宫廷之中，不要说兄弟之间，纵是父子、母子之间的斗争也是异常残酷，比之电影《黄金甲》中的情节尚有过之。高力士作为玄宗的亲信，也被流放黔中。高力士被贬途中，见到巫州荠菜非常

夷夏虽有殊，气味终不改

愿做长安一片月
——全唐诗精读精析

多，但却没有人吃——这荠菜是一种野菜，京城中的人大鱼大肉吃得腻了，才有胃口吃它，但山野百姓，除了饥荒年，没有人吃这个。高力士见了，联系到自己的沧桑荣辱，不禁吟了这样一首诗。

我们细看一下高公公的这首诗，倒也相当不错。虽然字句浅白，并无高深的典故，像是不通文墨的老粗所写的大白话，但高公公毕竟是给诗仙脱过靴子的人，这首诗决非一般的打油诗可比。正像《红楼梦》中自称不懂诗的凤姐随口说的那句"一夜北风紧"，也决非刘姥姥等辈能为。高公公的这首诗以荠菜作比喻，说明自己虽然荣枯之境有变，但忠心之情不改，正像荠菜一样，在京城论斤卖钱也好，在山边没有人采也好，气味都是一样的，不会变的。说来高公公此诗，"赋比兴"的手法全用上了，而且运用得还相当不错。

后来，唐代宗继位时天下大赦。高力士北上还京，路上听说唐玄宗已经病死了，他痛哭呕血道："我没能亲手替皇上扶棺，就是死了也有余恨啊！"高力士当时也是七十九岁的老人了，这样痛哭不已，不饮不食，很快也死了。他死后，陪葬在玄宗的墓旁。据说玄宗遗诏中唯一想让陪葬在他身边的人，就是这位高公公。

所以，从高力士的这首诗及其一生中的事迹来看，他倒也并非十足的恶人。历史上的忠奸善恶有时候模糊，有时候颠倒，很难完全看个清清楚楚、明明白白、真真切切。

裹疮犹出阵，饮血更登陴
——惨烈的睢阳之战

接战春来苦，孤城日渐危。合围侔月晕①，分守若鱼丽②。
屡厌黄尘③起，时将白羽④挥。裹疮犹出阵，饮血更登陴⑤。
忠信应难敌，坚贞谅不移。无人报天子，心计欲何施。

——张巡《守睢阳作》

　　金庸小说中写大侠郭靖苦守襄阳，以一城之地力抗强虏多年，读者无不为其"为国为民，侠之大者"的气概所折服。不过，此为小说家言，毕竟是虚构的。而在真实的历史上，还真有这样一个英雄以残兵病卒，独抗数十倍于己的悍敌，直至几乎全部战死。他就是这首诗的作者张巡。在安史之乱中，张巡尽忠报国、义薄云天，堪称千古忠烈。民族英雄文天祥在他的《正气歌》里曾写"为张睢阳齿"，指的正是张巡咬碎牙齿，力拒叛贼的烈烈英风。

---

　　① 侔：如同。此句是说敌军围城，像月晕围着月亮一样。

　　② 鱼丽：是春秋时郑庄公创造的一种新型阵法。所谓"鱼丽"就是像网捕鱼似的捕捉对方。

　　③ 黄尘：指兵马荡起的尘土。

　　④ 白羽：白羽扇，表明张巡的儒将风范。

　　⑤ 陴：指城上的女墙。

提起张巡，很多人都以为他是一名武将，其实他是进士出身。他是开元末年中的进士，当时是第三名。天宝年间，张巡出任清河（今河北清河）县令，因不肯阿附杨国忠等权贵，所以虽然他政绩卓著，却并未升迁——在清河任职期满后，被调到真源（今河南鹿邑），还是当一个小县令。张巡为官清正，虽为小小县令，也尽自己所能，秉公执法，除暴安良。例如当时有个叫华南金的土豪，鱼肉乡里，无恶不作。张巡一上任就拿了他，依律杀之。老百姓都拍手称快。

安史之乱发生后，因贼势浩大，有不少唐朝官吏纷纷降贼。而张巡却在形势非常危急的时候挺身而出，以数千兵卒力拒叛贼令狐潮的数万大军。张巡昼夜苦战，大小战斗共四百多次，杀敌上万人，给令狐潮的贼军以沉重打击。至德二载（757），安禄山被其子安庆绪杀死。安庆绪为了夺得江南富庶之地，派贼将尹子奇率同罗、突厥、奚等蛮族精锐之兵，共十几万人，气势汹汹地杀来。张巡迫于形势，只好退至睢阳与那里的太守许远合兵一处，共守睢阳这个军事要地。

唐朝时的睢阳城，即现在的河南商丘。河南、江苏交界处的中原地区，历来是兵家必争之地。"九里山前古战场，牧童拾得旧刀枪"，楚汉鏖兵，就是在这一带决的胜负。说来此处正是江南门户，此地一失，江南半壁终究难保。张巡和尹子奇当然都知道此地的战略地位，尹子奇的十几万猛悍贼兵拼命攻打睢阳城，太守许远虽是奸臣许敬宗的曾孙，然而他却不同于乃祖，十分忠义，他自认为军事能力相形之下力有不逮，毅然将兵权让给了张巡。

而张巡之为人，高风亮节，赤诚待人，故而很多人对他都心服口服。从后面的事情来看，如果不是张巡有极高的威信，睢阳城中的军民绝不会有那么强的凝聚力。那样艰苦的环境，放在别的城，早有人开城投降了。就算守城将领不同意，也会有叛兵捆了他去献功。正是因为张巡的个人魅力，才使得一大批人聚集在他身边。像大将南霁云，本来是另一个名叫尚衡的手下部将，但他见了张巡后，说什么也要投靠在张巡麾下。原来的"老板"用金银财宝挽留，南霁云则坚决谢绝。

南霁云神勇善射，贼兵只要敢近他百步之内，无不应弦而倒。而贼军头目尹子奇十分狡猾，一直藏在众多贼兵中间，神箭手南霁云想一箭结果这个贼头，却不知道谁是。于是张巡想出一个计策——这次贼兵又来攻城时，他让弓箭手射出草棍做成的箭。有贼兵中"箭"后，以为城内箭已经射完了，就乐呵呵地拿了这支"箭"向贼头尹子奇汇报。在这个当口，大将南霁云弓开如满月，射去似流星，一箭射中尹子奇左眼，贼兵因此暂时退去。

可惜此贼并未被射死，只是变成了独眼龙而已。贼兵弄来了新式武器——钩车、木马等攻城工具，结果被张巡用火攻法将敌人的攻城车统统烧毁。张巡巧计百出，贼军损兵折将，气为之沮。最后贼人无奈，仗着人多，层层围困，意图困死睢阳城中的将士。张巡正是在这种非常危急的情况下写下这首诗的。

"接战春来苦，孤城日渐危"，眼看着将士们一个个倒下，城中的粮草已绝，士卒们一天只能吃一勺米，掺着纸张、树皮，压一压那难忍的饥饿。这城还能守多久？张巡怎么能不愁上心头？而在敌军重重围城的时候，张巡和众将士"裹疮犹出阵，饮血更登陴"，浴血奋战，殊死抗敌。他们坚信忠信之师是不可战胜的，报国的坚贞之情也是不可改变的。从"忠信应难敌，坚贞谅不移"这句，我们仿佛能看见张巡将军振臂大呼，激励将士们奋勇杀敌的情形。然而诗的最后，张巡也发出一声叹息："无人报天子，心计欲何施。"当时，张巡周围有不

裹疮犹出阵，饮血更登陴

少的朝廷兵马，但这些家伙们各自心怀鬼胎，或欲保存实力，或畏敌不前。大将南霁云曾杀出城去，向贺兰进明等人求救，但这些人却都不发兵。

张巡城内粮绝，不但马匹被杀掉，连弓弩铠甲的皮子也被煮来吃了，又掘鼠窝捉老鼠、罗麻雀来吃。但这终究也无法改变城中越来越多的士卒饿死的景况。这时候张巡杀掉自己的爱妾、许远杀掉自己的僮仆给士卒们吃。这样又坚守了三个月，士卒们终于再也没有力气作战了，张巡见这城即将失守，于是向西边皇帝所在的方向跪拜说："臣不能再生报陛下，死后也当为厉鬼杀贼！"张巡写下一篇《谢金吾表》，其中说："臣被围四十七日，凡一千八百馀战。当臣效命之时，是贼灭亡之日……"千载之下，读之仍令人热血如沸。

睢阳城陷落后，张巡和许远及众将士都被俘。众将士见到张巡，都挣扎着站起身来，向张巡痛哭流涕。张巡却一副坦然自若的样子，他缓缓地从一个个将士的脸上看过去，这都是陪他一起浴血奋战的好兄弟。在生命的最后时刻，张巡要再看他们一眼。张巡平静地对他们说："不要怕，死乃命也！"张巡此刻的心中，可能真的像湖水一样平静。因为张巡尽了最后一分力气，将士们也拼了最后一滴热血来报效国家。五百年后的文天祥，临刑前也是从容地说："孔曰成仁，孟曰取义，惟其义尽，所以仁至。读圣贤书，所学何事，而今而后，庶几无愧。"

贼头独眼龙尹子奇狞笑着对张巡说："听说你督战时，大声呼喊，把嘴角都弄裂了，甚至嚼碎口中之牙，真能这样？"张巡怒叱此贼道："我欲气吞逆贼，只可惜没有力气了！"尹子奇大怒，命人用刀豁开张巡的嘴，果然见口中只剩了三四颗牙。尹子奇以下贼将也不得不打心眼里佩服这是个好汉。尹子奇等抽刀威逼，想招降张巡，张巡不予理睬，只是昂首待死。贼将又招降南霁云，这时南霁云踌躇不语。张巡呼道："南八（唐人习惯称人排行以示亲热），男儿死尔，不可为不义屈！"南霁云笑着说："我是想留下这条命再干点大事——'欲将有为也'（意思是想假投降后，再找机会诛杀叛贼），既然您如此说，我哪里敢不慷慨就死！"于是张巡、南霁云等人同时遇害，张巡年仅四十九岁。

当时朝廷也知道睢阳一带军情紧急，宰相张镐当时兼河南节度使，下令浙东、浙西、淮南、北海四镇节度使及谯郡太守闾丘晓火速发兵救援。闾丘晓这人一向自高自大，他不听命令，拒不发兵。说来就他离张巡所守的睢阳最近，若是他早点出兵救援，可能睢阳城不致被陷落。

当张镐亲自率大军来到睢阳时，睢阳才刚刚陷落三日。张镐打跑贼军后，看到睢阳城内的惨状，听到张巡和众将士可歌可泣的事迹，感动之余不禁对拒不发兵的闾丘晓怒火万丈。他下令将这厮乱杖打死，这厮全没有了以前的骄横气焰，趴在地上求饶，说什么家中有老母在堂之类的话，和假李逵一样的腔调。张镐冷笑说："王昌龄之亲，欲与谁养？"（《旧唐书·卷一百一十一·张镐传》）张镐说，你当时杀害诗人王昌龄时，怎么没想到王昌龄家中还有亲人呢？闾丘晓这厮无话可说，只好乖乖地受死——诗人王昌龄回乡时，被闾丘晓害死了。张镐也算替王昌龄报了仇。

张巡苦守睢阳，虽最终城破身死，但他却死死扼住了叛军的喉咙，保住了江南半壁富庶之地，给郭子仪等人的大军收复两京，最终击败叛军打下了坚实基础。当然也有人对张巡当时杀人而食的做法颇有非

裹疮犹出阵，饮血更登陴

义，但张巡等众将表现出来的凛然大义、誓死不屈的气节是永远值得我们尊敬的。

附：此文中见死不救的两个家伙——贺兰进明和闾丘晓也会写诗。兹录二首如下：

行路难五首·其一

贺兰进明

君不见岩下井，百尺不及泉。

君不见山上苗，数寸凌云烟。

人生赋命亦如此，何苦太息自忧煎。

但愿亲友长含笑，相逢不乏杖头钱。

寒夜邀欢须秉烛，岂得常思花柳年。

夜渡江

闾丘晓

舟人自相报，落日下芳潭。夜火连淮市，春风满客帆。

水穷沧海畔，路尽小山南。且喜乡园近，言荣意未甘。

平心而论，这两人的诗写得还不算太差，但人品却是非常卑下，为万世唾骂。

方如行义，圆如用智

——亦隐亦仕的高人李泌

> 方如行义，圆如用智。
>
> 动如逞才，静如遂意。
>
> ——李泌《咏方圆动静》

这首并不太像诗的"小诗"，是唐代一位奇人所作，他当时只是一个年仅七岁的小小孩童。此人就是有"白衣丞相"之称的李泌。

千古闻名的诗仙李太白，一生中最大的愿望就是能像谢安一样半隐半仕，玩票似的搞一把政治，就"为君谈笑静胡沙"，强胡逆虏一扫光，然后在万丈荣光中潇潇洒洒地一甩袖子，回白云深处的山里，继续修道求仙，正所谓"功成拂衣去，归入武陵源"（《登金陵冶城西北谢安墩》）。然而，李白却一直没有实现他的"理想"，而且他是性情中人，喜欢冲动，这是搞政治最忌讳的。所以如果真让太白当帝王之师或者宰相的话，指不定要出什么乱子呢。

历史上名声并不显著的李泌，却正好做了李白想做而没有做成的事情。李泌一生身经四朝，于安史之乱等危难之时，他鼎力相助，以

方如行义，圆如用智

167

大智慧定策平贼，居功甚伟。四朝皇帝都对他恩宠有加，奉为师友，亲密之极，是名副其实的"帝王之师"。李泌如果想要一般人梦里也想的高官厚禄，那简直是唾手可得。但他却身在朝堂，心在山川，天下稍有安定，就退步抽身，远走隐退。正所谓"大隐隐于朝"，实在是深得道家精髓的绝世高人。

关于李泌，虽然他不是帝王，但由于他的事迹太过神奇，所以他出生时也有"异象"——据说他在母腹中待了三年才出生，生出来就前发齐眉，后发遮肩盖颈，活脱脱一个小哪吒般的形象。但李泌却不像哪吒那般招灾惹祸，据说母亲生他时一点也不痛苦和困倦，所以给他起小名叫"顺"，意思是生得顺利。

李泌聪明过人，书看一遍就能背诵。开元十六年（728），唐玄宗亲自登楼大宴天下文士，并让儒、道、释三教开坛辩论。当时李泌姑姑家的孩子名叫俶，才九岁，请他妈给他做了一身儒生的衣服穿了起来，小大人似的也坐在台上高谈阔论，唐玄宗大奇，把他叫到楼里问他姓名。结果俶说："我舅舅家的顺弟弟（李泌小名顺）比我小两岁，但他比我聪明多了！"玄宗于是马上派了几个太监把李泌抱入宫来。

太监抱着李泌来了，当时玄宗正和张说下围棋。唐玄宗一看，就非常喜欢地说"仪状真国器也"，意思是说他长得好，又命张说出题考考他。张说于是对着棋盘说："方如棋局，圆如棋子，动如棋生，静如棋死。"张说是当时的文坛权威，说了这四句后，他让小李泌也以"方圆动静"四字为题。他看李泌年小，还特意启发一下说，最好是说棋而不提棋字，这样才更高明。

小李泌说，这太容易了，张口就道："方如行义，圆如用智，动如逞才，静如遂意。"就是本篇说的这首。行义时方正，用智时圆通，在宁静中适意，但却在必要时如龙飞九天，逞才报国，扬名天下。这正是深得道家真义后才能悟出来的至理，有些人糊糊涂涂地活上大半辈子还明白不了，而小李泌如此七岁小童居然能说出这话，着实令人惊奇。相比之下，堂堂"燕许大手笔"张说的那四句倒像是小儿所说。

唐玄宗当时就大喜，将小李泌搂过来，让他坐在自己怀里，亲切地抚着他的头，并让太监们赶快拿宫中的御制糕点、珍奇水果来给他吃。张说也在一旁向玄宗道贺说："有这样的神童，实在是国家的祥瑞。"张说虽然是《三教珠英》"编辑部"的，给皇帝拍马屁是拿手功夫，但此话倒也没有说错。李泌后来给唐室出力极多，虽不能说唐室完全赖他才能保全，但李泌起到的作用还是无与伦比的。

普天下的父母，都喜欢自己的孩子和聪明的小孩多接触，现在也有好多父母为了让自己的孩子和学习好的学生当同桌，而向班主任请客送礼的。唐玄宗因为小李泌非常聪明，所以就安排他和太子李亨一块儿玩。因此，后来成为唐肃宗的李亨和李泌关系非常好。唐肃宗初登大宝之时，其实非常仓皇狼狈，当时安禄山在洛阳称帝，长安和洛阳都陷落于贼手，唐玄宗远避四川，唐肃宗跑到宁夏灵武这样的偏僻小城当了皇帝。当时半壁江山都在安禄山手里，而且贼焰正炽。究竟这个皇位能坐多久，肃宗实在心里没有底。

这时候肃宗想到了李泌，要封他做宰相，但李泌坚决推辞。虽然如此，肃宗但凡国家大事都先咨询李泌，对他的恩宠也是无以复加。肃宗和他"寝则对榻，出则联镳"——睡觉时在一个屋里，外出时并马而行。而当肃宗皇帝乘车外出时，也让李泌坐在身边。因李泌当时没有官职，只穿一身白衣（唐代无官职的只可着白衣），故而有"白衣山人"之称。

方如行义，圆如用智

皇家宴会上，因李泌不吃荤腥，唐肃宗亲自烧梨给他吃，皇帝的弟弟颖王等也联句献诗曰："先生年几许，颜色似童儿"（颖王）；"夜抱九仙骨，朝披一品衣"（信王）；"不食千钟粟，唯餐两颗梨"（益王）；最后肃宗亲自结句说："天生此间气，助我化无为。"臣子做到这个份上，实在是荣宠已极，比起太白借酒撒疯让力士脱靴不知强了多少倍。

李泌绝不像李白那样只会胡吹海侃，空谈"南风一扫胡尘静"，他实实在在地提出了剿灭安禄山等贼寇的计划。他的意见是：因安禄山"定都"洛阳，但老家却是在范阳（今北京附近），山西等地此时都在唐朝军队手中。所以安禄山所控制的地域有个特点就是南北狭长，活像一条长蛇。李泌根据这种形势，劝唐肃宗不要急于收复洛阳，而要在运动中调动敌人，歼灭敌人。

李泌的意思是，一会儿猛攻贼人的范阳老窝，让贼军主力火速北上增援此处，一会儿又佯攻洛阳，贼军必然又要回救。贼军顾头难顾尾，在这之间长途奔袭，必然疲于奔命，唐军再找机会，必操胜券。正所谓"彼救首则击其尾，救尾则击其首，使贼往来数千里，疲于奔命，我常以逸待劳，贼至则避其锋，去则乘其弊……"肃宗听了大喜。

说来安史之乱，唐王朝没有迅速崩溃，一方面多亏了郭子仪、李光弼等大将的浴血奋战、殊死报唐，另一方面也多亏了李泌这条"山人妙计"。

安史之乱初平后，宦官李辅国和权臣元载嫉恨李泌，开始在肃宗面前说坏话。李泌一看风头不对，就自请隐退。其实李泌一直生有仙骨慧根，俗人们眼中的什么高官显位，在李泌眼中都是粪土一般。正像庄子说的那样："不知腐鼠成滋味，猜忌鹓雏竟未休。（李商隐《安定城楼》诗句）"元载、李辅国他们拿着相位正像夜猫子看死耗子一样，人家李泌是凤凰一样的人，哪里稀罕这个！

相传李泌小时候就身轻如燕，能在屏风、灯笼上行走，有道士说，他将来必然会飞升上天。但李泌的父母舍不得，只怕神仙从天上下来接了孩子走，于是准备好狗血、大蒜、韭菜等神仙厌恶的东西（迷信观念）。为了增加效果，大蒜、韭菜还得捣出汁来，一听到天上有音乐声，或者闻到有香气弥漫，李泌家的人就纷纷破口大骂，并派人带狗血、捣烂的蒜韭向天上泼。

李泌虽然没有"上"成天，但求仙向道之心不变，一直不娶妻室，不食荤腥，静心修炼。他不当官了，就隐居衡山。据说李泌后来练得"引指使气，吹烛可灭"，看来已达到能内气外放的境界了。这也非常难得，大家看电视剧《射雕英雄传》上，只有南帝等武功好手，才能一点指就可以打灭蜡烛。

元载和李辅国等人死后，唐代宗和唐德宗两代皇帝又想起李泌来，强迫他出任宰相。当时唐德宗急于削藩，弄得天下大乱，朱泚等叛贼攻入了长安。唐德宗被叛军围城，叛军的箭射到离皇帝的御座三步之内，情况危急万分，多亏大将李晟、马燧等人忠心报国，才又渡过这一劫。但这时候却又有人开始说他们的坏话。李泌奉劝唐德宗切勿因谗言杀害功臣，他说："陛下万一害之，则宿卫之士，方镇之臣，无不愤怒反厌，恐中外之变复生也。陛下诚不以二臣功大而忌之，二臣不以位高而自疑，则天下永无事矣。"唐德宗听了，深以为然。李晟等功臣也感激不尽。

唐朝皇室中，历来争斗不休，父子兄弟相残者屡见不鲜。唐德宗受奸人调唆后，疑心太子不轨，竟又动了杀心。李泌十分恳切地劝谏德宗，列举唐朝历代皇帝中父子、母子相煎的悲剧，并吟诵李贤的

方如行义，
圆如用智

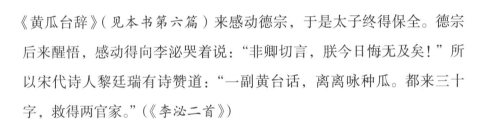

《黄瓜台辞》（见本书第六篇）来感动德宗，于是太子终得保全。德宗后来醒悟，感动得向李泌哭着说："非卿切言，朕今日悔无及矣！"所以宋代诗人黎廷瑞有诗赞道："一副黄台话，离离咏种瓜。都来三十字，救得两官家。"（《李泌二首》）

　　说来肃宗、代宗、德宗三代皇帝，甚至包括德宗的太子——后来的唐顺宗，都要感谢李泌。唐德宗虽然名号里有个"德"字，实际上却是"小人头子"，重用卢杞等一干奸臣。唐德宗曾问李泌："人们都说卢杞是奸人，怎么我觉得他这人挺好的？"李泌说："天下皆知其奸邪，独陛下不知，所以为奸邪也。"这句话说得真是一针见血。但凡奸邪之官，都是欺下瞒上，马屁功练到最高级，专门按上司的心思做事，而不是为了国家和百姓，这正是奸臣的表现。

　　李泌后来请求辞职归山。唐德宗坚决不许，并强迫他娶妻吃肉，给他修了个豪宅，让他娶了名门贵族卢氏女为妻。但后来过了没有多久，李泌就死了。然而，后来有人说又见到了李泌，他单骑常服，有时会和人聊起身历四朝的往事。难道是李泌诈死隐退？也未可知。

纵观李泌一生，正切合了他七岁时所咏的"方如行义，圆如用智。动如逞才，静如遂意"的要旨。这真是道家思想的真义所在。李泌一生行义用智，游刃有余，逞才于危世，静意于山川，实在令人钦服不已。

附：

李泌幼年有《长歌行》云：

天覆吾，地载吾，天地生吾有意无。不然绝粒升天衢，不然鸣珂游帝都。焉能不贵复不去，空作昂藏一丈夫。一丈夫兮一丈夫，平生志气是良图。请君看取百年事，业就扁舟泛五湖。

此诗狂放桀骜，大有太白之风。但当时的丞相张九龄见了，告诫他说："早得美名，必有所折。宜自韬晦，斯尽善矣。藏器于身，古人所重，况童子耶！但当为诗以赏风景，咏古贤，勿自扬己为妙。"李泌听了，流泪相谢，就此不再出此狂言。本书也因《咏方圆动静》更能体现李泌一生的作为，而未选此诗详解。

方如行义，圆如用智

173

篱外黄花菊对谁

——杜甫的朋友严武的好诗

卧向巴山落月时，两乡千里梦相思。

可但步兵^①偏爱酒，也知光禄^②最能诗。

江头赤叶枫愁客，篱外黄花菊对谁。

跂马^③望君非一度，冷猿秋雁不胜悲。

——严武《巴岭答杜二见忆》

此诗是杜甫后半生所依赖的朋友严武为思念他所写，题目中的"杜二"正是指老杜。严武此人，很多朋友对其名颇为熟悉，但对他的生平事迹却不详。还有不少文章，因严武是老杜的朋友，爱屋及乌，因此只叙说严武的"英雄"事迹，而对他身上的一些瑕疵却避之不谈。其实严武是个毁誉参半的人物。

严武是严挺之的儿子，严挺之曾官至尚书左丞。《新唐书》中记

---

① 步兵：指晋代阮籍。因他听说当时步兵营的厨房里有很多好酒，厨房还有一个厨师，善于造酒，就请求为步兵校尉。后世称其为"阮步兵"。

② 光禄：指诗人谢庄，字希逸，南朝宋文学家，有《谢光禄集》。这里都是用来比喻老杜的为人。

③ 跂马：跂，古通"企"，踮起，如"吾尝跂而望矣"。此处是说，遥望怀念老杜。

载，严武字季鹰，小时候就豪气过人。父亲严挺之因他的母亲年老色衰，心生厌烦，而偏心宠爱一个名字叫"英"的小妾。他母亲心中难过，却也不敢怎么样。严武当时才八岁，看到他妈妈不停地淌眼抹泪，就问为什么。他母亲正在气头上，不免痛骂了这个狐狸精一番，哪知道小严武却记在了心里。他二话不说，悄悄抄起一把大铁锤，趁这个叫"英"的小妾正在睡觉，猛地一锤，将她打得脑浆迸裂，一命呜呼。

家里的仆人想为他打掩护，等严挺之上朝回来时禀报说："小公子玩闹时，不小心失手杀了英姨太。"小严武却昂然说："哪有当大臣的厚待自己小老婆而亏待自己的正妻的，儿子我就是想杀她，不是闹着玩。"结果他父亲严挺之却像华盛顿他爹不怪罪儿子砍了樱桃树一样，并未深责他，反夸他有胆略，说："真像我严挺之的儿子！"按照现在的法律，八岁的小严武杀人也不够负刑事责任的年龄。而在唐代时，家中的姬妾更是像牛马宠物一样的地位，因而此事也就这样不了了之。不过可见严武生来就是个凶悍异常的小子。

而《太平广记》中还记载，严武少年时诱奸了邻家一个女孩，并将其带上船远走。这个女孩的父亲是军官，发现此事后告到官府，一时官兵四处巡查。严武是重点嫌疑对象，当官兵围住他的船时，心黑手辣的严武眼见就要露馅，竟然用琵琶弦将该女子勒死，将尸体丢在水流湍急的江水中。官兵搜遍严武的船，却始终发现不了什么证据，虽然怀疑是他，但也只好作罢。日后此女子冤魂来索命，严武请道士来降也无济于事，于是四十来岁就暴卒于家。

冤魂索命云云自然不是真的，但严武四十来岁就暴卒却是真的。严武生性暴戾也是不假。严武镇守四川时，梓州刺史章彝因为很小的事惹怒了他，他竟然用大棍子将其活活打死。严武的母亲屡次劝他，

篱外黄花菊对谁

175

他也不听。等到严武死了，他的母亲才长出一口气说："我现在才不担心会沦为官婢了。"——唐代律令，罪犯的家属没入宫中或沦为官婢干粗活。严武的母亲觉得以严武的暴戾脾气迟早要出事，所以有此担心。

不过严武也是个"能人"，诗人高适虽然能将李白投靠的永王李璘打得一败涂地，但是他在四川时，吐蕃却屡屡进犯，高适一筹莫展，有的文章说高适"内战内行，外战外行"，也有几分道理。但猛悍的严武对付强悍的吐蕃，倒是铜帚铁扫，硬碰硬。广德二年（764）秋天，严武带兵击败吐蕃军七万多人，收复了不少失地。吐蕃也吓得一度不敢再犯唐。严武有一首《军城早秋》，写得也颇有气势：

昨夜秋风入汉关，朔云边月满西山。
更催飞将追骄虏，莫遣沙场匹马还。

《唐诗鉴赏词典》中选有该诗，严武写得相当不错。老杜有诗《奉和严大夫军城早秋》："秋风褭褭动高旌，玉帐分弓射虏营。已收滴博云间戍，更夺蓬婆雪外城。"正是因此诗而作。平心而论，老杜这诗比较平淡，不及严武之诗有气势。

严武对于杜甫一向非常欣赏，像本篇所选此诗中所写，就显得非常情深意切。而且此诗严武确实也写得不错，用典精到，对仗工整，像"江头赤叶枫愁客，篱外黄花菊对谁"还颇有几分名句的风味。杜甫也称赞过严武"诗清立意新"。

杜甫比严武大十四岁左右，但是老杜一直混得不行，要靠人家严武施舍点米，介绍个工作，俗话说："拿人手软，吃人嘴短。"于是老杜写诗时，一般都是恭恭敬敬地称严武为"严公""严郑公""严中丞"

等。而严武仅有一篇称老杜为"杜拾遗"，其余的都是毫不客气地称其为"杜二"（唐人称排行并非蔑视，有亲热的意思，但也绝不像称"公"和官衔那样有敬重之意）。

严武脾气暴躁，杜甫在他手下讨生活也过得战战兢兢。老杜诗中有"厚禄故人书断绝，恒饥稚子色凄凉"（《狂夫》）之句，看来严武的接济也是有一茬没一茬的。老杜曾被严武招到节度使府做幕府中的参谋，而老杜的草堂离城很远，也不敢迟到早退，于是只好住在办公场所。老杜独自留在办公机关中，一个人栖栖惶惶，写下了《宿府》这样一首诗："清秋幕府井梧寒，独宿江城蜡炬残。永夜角声悲自语，中天月色好谁看？风尘荏苒音书绝，关塞萧条行路难。已忍伶俜十年事，强移栖息一枝安。"诗中充满了彷徨不安之意。

据说有一次老杜喝醉了酒，惹恼了严武，差一点就要了老杜的命——严武八岁就敢杀自己的小妈，杀老杜也没什么不敢的。对于此事有三种说法：

第一，《旧唐书·杜甫传》："（甫）尝凭醉登武之床，瞪视武曰：'严挺之乃有此儿！'武虽急暴，

篱外黄花菊对谁

不以为忤。"

第二，《唐摭言》卷十二："杜工部在蜀，醉后登严武之床，厉声问武曰：'公是严挺之子否？'武色变。甫复曰：'仆乃杜审言儿。'于是少解。"

第三，《新唐书·杜甫传》："（甫）尝醉登武床，瞪视曰：'严挺之乃有此儿！'武亦暴猛，外若不为忤，中衔之。一日欲杀甫及梓州刺史章彝，集吏于门，武将出，冠钩于帘三。左右白其母，奔救得止，独杀彝。"

从上述史料看，虽然严武的反应不一样，有的说没有动怒（"不以为忤"），有的说杜甫紧接着给了严武个台阶下（"仆乃杜审言儿"），还有一种说法是严武的母亲救了老杜一条命。总而言之，老杜在严武手下讨生活的日子也过得非常不顺当，老杜和严武之间的"友谊"也复杂得很，并非想象中那样好。

握笔题诗易，荷戈征戍难

——乱世书生寄内诗

握笔题诗易，荷戈征戍难。惯从鸳被暖，怯向雁门寒。

瘦尽宽衣带，啼多渍枕檀①。试留青黛②著，回日画眉③看。

——河北士人《寄内诗》

这首诗的作者，没有留下名字，《全唐诗》中只称他是"河北士人"，即河北之地的一个书生。当时，他被征到藩镇朱滔的军中，是朱滔命他作的此诗。

这朱滔本来是安禄山旗下的将佐，安禄山叛乱时，他也随从作乱。安贼死后，安史余贼大败，朱滔等见形势崩溃，就又降唐。但是朱滔这等拥兵一方之人，根本就不服从唐廷的指挥。在税收、军政等方面都是"高度自治"——全由藩镇头目（节度使）一人说了算。当然说起唐时的藩镇割据，也不能不说和唐廷当时昏聩无能、朝纲混乱有关。

唐朝初期，唐太宗、唐高宗时，赏罚还算比较得体，武则天时就开始枉杀程务挺、黑齿常之等大将，而唐玄宗也是不分青红皂白就杀

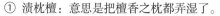

① 渍枕檀：意思是把檀香之枕都弄湿了。

② 青黛：一种黑色矿物质，用来画眉的。

③ 画眉：用汉代张敞为妻画眉的典故，常以此比喻夫妻情深。

了高仙芝、封常清两人。威震一方的大将看到这些不免都有些寒心。后来的唐廷更加昏聩无能，凡事由太监掌权。所以这些大将拥兵自守，保全自身也是没有办法的。

当然，朱滔还是个比较特殊的人，作为一个忽降忽叛的藩镇头子，当然要大举扩充军队。这些军阀们才不管什么国家条例，男子十五岁以上的都抓到自己的队伍里来，甚至弄得整个城都空了。朱滔将捉来的不少平民一律编入自己的军队。

一次，朱滔骑上高头大马来校场上检阅这些士兵。忽然，他瞧见一人，长得白白净净、仪表儒雅，但却身形单薄，抱着一根长戟在风中哆嗦。朱滔一看他就是个白面书生，就把他叫出来问道："你是做什么的啊？"此人答道："读书人。"朱滔又问："家里有老婆吗？"这书生答道："有。"朱滔说既然你说是读书人，必然会作诗，写一首诗给你老婆，让我看看！于是该书生要过纸墨，伏在地上写了本篇中这首诗。

这首诗头两句说自己是个惯摇笔杆子的书生，现在让拿枪杆子实在是太难为我了。而"惯从鸳被暖，怯向雁门寒"，这句其实和前一句差不多，并且就笔者来看，这句非但有重复之嫌，还弄不好有犯嫌之虞——"我习惯了鸳鸯被中的温柔乡，现在让我去雁门边塞这样的苦寒之地是多么可怕"，这要是碰上脾气不好的将官，说不定劈头就是两鞭子。

接下来的四句诗，也说的无非就是一个意思——自己夫妻分离，涕泪交零，渴望有一日能回家团聚。总体来说，这首诗虽然也算得上工整，但也只平平无奇，并没有很新奇的巧思。朱滔也只粗通文墨，加上可能那天心情也不错，却点头称好。

朱滔又说，你再替你的妻子写首诗。此人赶忙又写出一绝："蓬鬓荆钗世所稀，布裙犹是嫁时衣。胡麻好种无人种，合是归时底不归？"（《怀良人》）说实话，这首诗比上面那首更强点，起码一句是一句的意思，不像前一首四句说一个意思。此诗以该书生妻子的口吻说道："像我这样贫困的女子世间少有，蓬头乱发，荆棘为钗，身上穿的还是刚出嫁时的衣服。胡麻（芝麻，相传由夫妇前后相随播撒而种才能茂盛）该种了，夫君你也该回来了，怎么还不回来呢？"倒是写得相当不错。朱滔听了，当场将这个书生放回家，还特意给他发了一点钱帛当路费。看来唐代对读书人尤其是诗人还是普遍比较尊重的。

朱滔一生首鼠两端，时降时叛，乃是个声名狼藉的人物。他有个哥哥名叫朱泚，曾作乱并篡位称帝，伪号"大秦"，朱滔也被封为伪"皇太弟"。朱滔曾勾引回纥等杂虏到中原帮助他攻打唐军和其他藩镇，为祸甚多。最后朱滔因不得人心，被杀得大败，回纥"盟友"也狼狈夺路而逃，朱滔只剩下极少数的残兵败卒，逃回老窝幽州后不久就病死。

朱滔虽属凶恶寡德之辈，生平亦有一善。因两首诗而放了作诗的这位书生，使之夫妻团聚，应该说还是做了件好事。比起后来张献忠等人出于变态心理，最恨读书作诗之人要好多了。李涉写诗能让强盗放走他，这个无名士子能让"军阀"朱滔放走他，看来唐朝时，写诗确实是件很有用的本事。

握笔题诗易，荷戈征戍难

纵使君来岂堪折

——山河破碎中的乱世佳人

　　杨柳枝，芳菲节，可恨年年赠离别。

　　一叶随风忽报秋，纵使君来岂堪折！

——柳氏《杨柳枝》

　　这首诗是一位女子所作。只可惜历史上没有留下她的名字，只知道她姓柳，文章里一般把她叫作"柳氏"。柳氏原来是长安城中一位叫李生的宠姬。一次酒席宴间，她看到了有"大历十才子"之称的韩翃，两人眉目转情，秋波暗送。好在柳氏碰到的主人比较大方——李生不但没有生气，反而有意成全他们，他欣赏韩翃的才气，于是索性把柳氏送给了韩翃，同时还送了三十万钱做喜礼。

　　然而，韩、柳二人只羡鸳鸯不羡仙的甜蜜生活没有过多久，韩翃要出门干事业，于是他把柳氏留在了长安。就在这时，安史之乱发生了。安禄山的贼兵攻入了长安，一时山河破碎、兵荒马乱，韩翃投在平卢节度使侯希逸帐下，一时间也无法去寻找柳氏。柳氏天姿国色，非常出众，她害怕被安禄山的贼兵污辱，于是剪去头发，涂黑了脸，寄居在尼姑庙里。

　　后来安史之贼初平，天下略为安定，韩翃于是派人去寻找柳氏。

他让人拿着一个绸子做的袋子，里面装了碎金，并写了这样一首诗："章台柳，章台柳，昔日青青今在否？纵使长条似旧垂，亦应攀折他人手。"（《章台柳·寄柳氏》）这人千方百计地四处打听，终于找到了柳氏。柳氏捧金大哭，当时就写了本篇这首诗做答复。

有了柳氏的下落，韩翃十分高兴。但就在这时，回纥番将沙吒利听说了这件事。这人一看柳氏还真是个妖媚无双的绝代佳人，就把她抢到自己府里去了。唐朝平安史之乱时，曾借回纥兵助战，这些回纥蛮兵虽然战斗力不弱，但抢掠起女人、财宝来也是饿狼一般凶悍。史家评曰："肃宗用回纥矣……所谓引外祸平内乱者也。夷狄资悍贪，人外而兽内，惟剽夺是视。"柳氏被抢，只不过是千千万万不幸女子中的一个缩影罢了。

当韩翃去迎接柳氏时，柳氏早已经不见了。韩翃惆怅叹息，却也无可奈何。偶有一天，在龙首冈见一辆牛车经过，后面两个丫鬟跟随。车里有一女子轻声说："得非韩员外乎？某乃柳氏也。"这时，车边的丫鬟悄悄告诉韩翃，车中正是柳氏，她被番将沙吒利抢去了。柳氏用薄绸系了一个玉盒，盒中装着香膏，从车中探出手来交给韩翃，说："我们从此永别了，愿你留作个纪念。"韩翃接过来，强忍着泪水答应，心如刀绞，他目送着牛车远去，站立良久，仿佛自己的一颗心都被牛车辗碎，化作了尘土。

韩翃失魂落魄地回去后，作为同僚的淄青诸将正饮酒欢宴，韩翃哪有心思喝酒啊，坐在那里哭丧着脸。在座的有个虞候叫许俊的，询问了此事的缘故后，拍案而起，他让韩翃写了一封信，然后跨上战马，拿了弓箭就直奔沙吒利的宅第。许俊并非一勇之夫，他知道沙吒利勇猛过人，手下又有不少亲兵，硬拼难有胜算。于是，他在门前等候机

纵使君来岂堪折

183

会。沙吒利是蛮人野性，哪里会整天闷在府里？出门打猎是天天要去的。正好这时，沙吒利又要出门打猎去了。许俊瞅准对方带着狗、架着鹰走远了，就冒充是沙吒利的手下，骑着快马慌慌忙忙地冲到沙府门口说："不好了，将军中风晕倒了，快请夫人去看视！"卫兵信以为真，也不敢拦他。许俊到了府中见到柳氏，将书信给她一看，柳氏登时明白。于是许俊将她带上马，快马加鞭，一下子就跑到韩翃所在的军中大营。这时候酒宴还没有结束，许俊这手当真够"俊"，比之"温酒斩华雄"也不逊色。柳氏与韩翃"执手涕泣"，场面甚是感人。

韩翃的"老板"——平卢节度使侯希逸也夸许俊说："吾平生所为事，俊乃能尔乎？"意思是说，这像我当年能干出来的事，现在许俊也能干得这样漂亮？侯希逸怕沙吒利不会就此罢休，所以上表朝廷，弹劾沙吒利抢人妻子的行为。但朝廷惧怕沙吒利这些番将，也不敢过于怪罪，下诏书令将柳氏归还韩翃，赐钱二百万给沙吒利做补偿。沙吒利抢人妻子，却还得到赏钱，可见唐室当时已威望大减，对于群胡蛮族不敢得罪。

不过，韩翃和柳氏倒是从此过上了幸福平静的生活，韩翃后来不断升官，一直做到了中书舍人（正五品以上，掌诏令、侍从、宣旨、慰劳等事）。

在这个故事中，还有一点值得注意：一是大唐时的人确实豪放侠义、气概轩昂。像许俊这样敢做敢当、有勇有谋的好汉，后世中已越来越少见。"一生大笑能几回，斗酒相逢须醉倒"的豪迈气度，正是盛唐精神的体现。

路人遥指凤凰楼

——李端妙句赚美女

青春都尉^①最风流，二十功成便拜侯。

金距斗鸡^②过上苑，玉鞭骑马出长楸^③。

熏香荀令^④偏怜少，傅粉何郎^⑤不解愁。

日暮吹箫杨柳陌，路人遥指凤凰楼。

——李端《赠郭驸马（郭令公子暧尚升平公主令于

席上成此诗）》（其一）

这首诗的作者是"大历十才子"之一的李端。李端风度翩翩，才情过人，但生性淡泊，不耐世俗。他于大历五年（770）就考中了进

———————

① 都尉：驸马最初为官名，全称为驸马都尉。汉武帝时置驸（副）马都尉，掌副车之马。三国时期，何晏以帝婿的身份授官驸马都尉，后又有晋代杜预娶司马懿（晋宣帝）之女安陆公主，王济娶司马昭（晋文帝）之女常山公主，都授予驸马都尉一职。魏晋以后，帝婿照例都加驸马都尉称号，简称驸马，非实官。驸马后来就成了帝婿的代称。

② 金距斗鸡：斗鸡时为了增加鸡的威力，给鸡爪子套上带有尖刺的金属圈。

③ 长楸：指两旁种着高楸的大道。楸，落叶乔木，也叫大樟。

④ 熏香荀令：荀令，指三国时曹操的谋士荀彧。这里借指郭子仪。荀彧的儿子也是驸马。

⑤ 傅粉何郎：指三国时的何晏。傅粉，敷粉，抹粉；何郎，指何晏。何晏也是做驸马的。

士，但一直没有做过什么大官，从九品的校书郎熬了一生，最后才是个杭州司马。我们知道，像白居易他们因事被贬，最低迷时才是江州司马这样的官，而这六品的小官却是李端一生仕途的顶峰。正如李端自己写的诗中所叹的那样："芭蕉高自折，荷叶大先沉。"(《病后游青龙寺》)才气太高，有时却不宜当官。

李端一生好诗名句不少，打开李端的诗集，迎面而来的是满怀的清气、纵横的才情。像什么"落日见秋草，暮年逢故人"(《送友入关》)"抱琴看鹤去，枕石待云归"(《题崔端公园林》)等都是极佳的好句。

李端还对女儿家情怀摹写得极为细致，像他有诗写小女孩拜新月："开帘见新月，便即下阶拜。细语人不闻，北风吹裙带。"(《拜新月》)短短四句，娇嫩少女盈盈含羞之态全出。而另一首"月落星稀天欲明，孤灯未灭梦难成。披衣更向门前望，不忿朝来鹊喜声"(《闺情》)，则又对独居少妇闺中的寂寞之情描画得惟妙惟肖。这两首诗《唐诗鉴赏词典》中都有，这里就不多说了。

我们避熟就生，选李端《赠郭驸马》这首诗，还是为了说一下此诗前前后后的故事。诗中的郭驸马名郭暧，是郭子仪的第六个儿子。郭子仪乃是平定安史之乱的大功臣，唐室能"起死回生"，郭子仪功不可没。网上曾用这样的话评价郭之功勋："安史之乱，郭破虏，李莫愁。"嵌入了金庸小说中的人名，这"郭破虏"之"郭"指的就是郭子仪，"李莫愁"自然是说李唐不用发愁，有郭子仪平乱。

唐代宗自然对郭家十分恩宠，特地将女儿升平公主嫁给了郭暧。

说起郭暧和升平公主，又有一段故事。戏剧《打金枝》中所说的故事，正是发生在他们两口子身上。在戏剧中说是郭暧打了公主一巴掌，其实查《资治通鉴》上的原文，根本没有打公主一说，只是吵架而已。

　　矛盾起因是这样的，当时规矩就是公主与臣子结婚，那叫下嫁。唐制规定，公主下嫁，不拜公婆。所以，升平公主自打结婚那天，就没给郭子仪老夫妇俩磕头行礼过。

　　这天郭子仪过寿，郭暖想让公主去拜寿，公主不肯。郭暖在气头上说了句，别以为你老爸是皇上就这样牛，要是没有我们郭家，你们李家指不定还坐不坐得住皇位呢！公主一听火了，带上贴身丫鬟马上回宫哭诉告状。这边郭子仪也慌了神，听说郭小六不知天高地厚说了这种话，连忙将他捆了带进宫中请罪。郭暖这话要是传到个阴损的皇帝如朱元璋之类的耳中，那可是要有塌天大祸的。好在唐代宗比较宽容，并不追究此事，反而亲热地和郭子仪聊了回家常，说这是他们小夫妻的私事，咱做长辈的不用管——"不痴不聋，不做家翁"。即便如

路人遥指凤凰楼

此，回家之后，郭子仪依然大棍子伺候了郭暧一顿。

郭暧挨了这顿揍，估计以后再也不敢惹公主老婆生气了。不过，虽然郭暧进了"怕老婆一族"，但高官厚禄还是少不了他的。本篇这首诗就是在郭暧加官后，大摆宴席中李端写的。说来这首诗，虽然是李端的应景之作，但是并无真情实感在其中。但通过描写在宫中"金距斗鸡"、宫前"玉鞭骑马"的情形，把郭暧备受荣宠、春风得意的神态描绘得相当生动，"杨柳陌""凤凰楼"（暗用吹箫引凤的典故）之类的词，更是显得余韵无穷，依然体现了李端过人的才气。因此公主和郭暧听了十分欢喜，举座也就都赞叹不已。但这时同是"大历十才子"的钱起心中酸溜溜的不舒服，他站起来说："这必是李端早就准备好的诗，这样，让他以我的姓——"钱"字为韵脚，再作一首看看。"结果李端不假思索，须臾之间，就又吟出一首七律：

赠郭驸马（郭令公子暧尚升平公主令于席上成此诗）（其二）

方塘似镜草芊芊，初月如钩未上弦。新开金埒看调马，旧赐铜山许铸钱。

杨柳入楼吹玉笛，芙蓉出水妒花钿。今朝都尉如相顾，原脱长裾学少年。

此诗以"钱"做韵脚，虽然用了邓通（汉文帝的同性恋男宠，后来失宠后被饿死）这个典故，有点不吉利，而最后那句"原脱长裾学少年"，意思是愿意像郭暧的奴仆一样鞍前马后地效劳，也有点不顾身份、屈身奉迎的意思。但是总体来说，诗的意境还是不错的。短短时间内顺口就能吟出这样一首七律来，钱起等都自叹弗如。公主和郭暧大喜，重重地赏了他不少金帛。

不过赏赐金帛，只是小意思。李端在郭驸马府中赚到的可不单是钱，据说还赚到过一个姑娘。《琅嬛记》中说，又有一次郭暧开宴会时，有一个家姬镜儿出来待客，姿色绝代，且弹得一手好筝。李端当时也在座。这个镜儿看李端风流潇洒，立刻喜欢上了他，李端也对她有意思，两人眉来眼去的。郭暧瞧在眼里，却没有生气，反而说："李生能以弹筝为题，赋诗娱客，吾当不惜此女。"李端当时就吟道："鸣筝金粟柱，素手玉房前。欲得周郎顾，时时误拂弦。"（《听筝》）

郭暧听了，大加赞赏，当场将镜儿赠予李端，并把桌子上所有的金银酒器都让他俩拿去作为镜儿的嫁资。李端用来赚老婆的这首诗，《唐诗鉴赏词典》选有，此处不详解。从艺术性上来说，确实比《赠郭驸马》那两首诗更出色，毕竟这是李端的真情实感，可见，"诗有别材，非关文也"，关乎什么？"情"也。

路人遥指凤凰楼

由来日月借生光

——才女薛涛的豪迈诗作

惊看天地白荒荒①，瞥见青山旧夕阳。

始信大威能照映，由来日月借生光。

——薛涛《贼平后上高相公》

此诗写得非常有气势，然而作者却是一位冰雪聪明、貌美如花的女子，她就是蜀中有名的才女薛涛。

据说薛涛本为仕宦人家的女儿，因父亲薛郧亏空钱粮，被没入乐籍，成为官妓。唐代的官妓，和后世专门卖身的妓女应该是有区别的，唐代的"乐妓"主要是歌舞娱人，甚至还要饱读诗书，能写善画。

薛涛身在乐籍，又写得一手好诗，在群芳众艳中别具一格，因此经常要陪官员们饮酒作诗。这期间逢场作戏，有点露水姻缘也是免不了的。如果将薛涛看成是后世专门以卖身为业的妓女是错误的，但如果把她想象得纯洁如圣女，也不见得就是真实情况。

宋代时，有明文规定，官妓可以唱曲侍酒，但不可私荐枕席——

---

① 白荒荒：荒荒，指黯淡无际貌。杜甫有诗："野日荒荒白。"这里指天日无光的样子，形容刘辟统治时一片昏暗。

陪吃陪喝可以，私自陪睡不行。但唐代风气一向开放，估计"荐枕席"的情况不会少。

不过薛涛虽然未必就是冰清玉洁的世外仙姝，但她却气质高华、端庄典雅，不似一般俗滥的风尘女子。最早赏识她的是西川节度使韦皋。

《鹿鼎记》里面有几个人拍韦小宝的马屁，替韦小宝找了个祖宗，正是韦皋。他们将韦皋说成是大忠臣，并封为忠武王（真实情况是：谥号忠武，赠太师，没有封王）。韦皋杀了反贼朱泚的使者，这事是有的，总体说来也是忠臣，但韦皋后来也骄横跋扈，西川几乎成了他的独立王国，手下的官职任用，全凭韦皋一句话。

所以韦皋见薛涛诗书俱佳，就任命她为校书郎一职。有人劝阻说："军务倥偬之际，奏请以一妓女为官，倘若朝廷认为有失体统，岂不连累帅使清誉；即使侥幸获准，红裙入衙，不免有损官府尊严，易给不服者留下话柄，望帅使三思！"但韦皋还是让薛涛实实在在地担任起校书郎的职责，后人也因此尊称妓女为"女校书"。

韦皋死后，朝廷派一个叫袁滋的人来接替。但韦皋旧部看当时其他藩镇都"高度自治"，于是韦皋的属下刘辟就自封为西川节度使，并向朝廷要求将东川和山南都归自己统领。袁滋一看这阵势，吓得没敢上任。要是刘辟碰上唐德宗、唐顺宗这样的蔫乎乎的皇帝倒也罢了，结果"八字不好"，正好撞枪口上了，他碰上的是正想削除藩镇、大干一番的唐宪宗。

唐宪宗派大将高崇文入蜀平乱。刘辟是文人出身，又因谋反不得人心，很快兵败被擒，唐宪宗下令将其全家处斩，以儆效尤。

刘辟也会写诗，《全唐诗》中存其诗两首，和反臣们的诗列为一

由来日月借生光

卷。其中这首还不错：

> 皎洁三秋月，巍峨百丈楼。下分征客路，上有美人愁。
> 帐卷芙蓉带，帘褰玳瑁钩。倚窗情渺渺，凭槛思悠悠。
> 未得金波转，俄成玉箸流。不堪三五夕，夫婿在边州。

薛涛现存集中没有和刘辟的唱和之作，估计当时就算有，也因刘辟是反贼而自己销毁了。

高崇文率大军入蜀后，薛涛当然不得不迎接，于是写了本篇所选的这样一首诗。上来这句"惊看天地白荒荒"，形容过去刘辟统治时一片昏暗，然后写高崇文平乱诛贼后，川中百姓重获光明。逢迎之词当然是有的，但是此诗写得也确实气势不凡，尤其是出于一红裙女子之手，殊为难得。

高崇文并非读书人，但也粗知文字，对薛涛的这首诗估计也能看个半懂。《全唐诗》中也录有他的一首诗："崇文宗武不崇文，提戈出塞号将军。那个髑儿射雁落，白毛空里乱纷纷。"（《雪席口占》）大家一看便知，这位高崇文毕竟是武夫本色，实在应该改名叫高崇武才对。

酒席宴上，高崇文（旧本诗话有的作高骈，误，高骈生活时代和薛涛完全不搭界）起令道："口，有似没梁斗。"薛涛当即机敏地回答："川，有似三条椽。"薛涛的回答，不但完全贴切，而且落在"川"字上，比高崇文随口乱说的更有意义。高崇文还有点不服气，挑剔说："你那个三条椽中怎么有一条是弯的啊（指川字第一笔是撇）？"薛涛答道："阁下是堂堂节度使，却用'没梁斗'，我一个小女子，用个弯了的一条椽又有什么不可啊？"高崇文听了大笑。元稹有诗夸薛涛是

"言语巧似鹦鹉舌"，实在不是过誉之词。

　　薛涛一生经历十一镇西川节度使：韦皋、袁滋、刘辟、高崇文、武元衡、李夷简、王播^①、段文昌、杜元颖、郭钊、李德裕。有人说"凡历事十一镇，皆以诗受知"，这不免有所夸大，像袁滋根本就没有上任，连薛涛的面也没有见过。而且据现在薛涛留下的诗篇来看，和韦皋、高崇文、武元衡、段文昌、李德裕等酬酢较多。不过即使如此，薛涛也像月季花一样称得上是"只道花无十日红，此花无日不春风"（宋·杨万里《腊前月季》），能被历任官员赏识，除了她出众的美貌外，更多的是她的才情。

　　到李德裕任节度使时，薛涛已是苍颜鹤发的老人了，然而她仍旧以一首《筹边楼》让众人叹服："平临云鸟八窗秋，壮压西川四十州。

由来日月借生光

---

　　① 王播：《鹿鼎记》第三十九回中提到过"王播碧纱笼"的故事，正是说的此人。王播早年贫困，曾在一个寺庙中蹭饭吃，后来和尚们故意错开饭点，对此他当了官也没有太计较。但后来他对江淮一带百姓搜刮甚酷，民怨甚多。

诸将莫贪羌族马，最高层处见边头。"此诗气势如剑戟相击、铁马奔腾，非胸有百万甲兵者不能道也。明胡震亨《唐音癸签》称薛涛："工绝句，无雌声，自寿者相。"

确实，薛涛活了七十多岁，在唐时已是非常高寿了。但薛涛这一生也不容易，在这么多的权官中周旋应付，略有不慎，就要被责罚。薛涛诗中留下的就有《罚赴边有怀上韦令公（韦皋）》《罚赴边上武相公（武元衡）》《十离诗》等诗作。从这些诗作中我们也能感受到，貌似一直左右逢源的薛涛，号称"扫眉才子知多少，管领春风总不如"的薛涛，她在美酒佳宴中作乐，红笺素缣上题诗的同时，内心也会有不安，也会有痛苦。

薛涛到了后来，就渐渐地淡出了这个圈子。后来的节度使段文昌再邀她时，她写了首诗，其中一句说"侬心犹道青春在，羞看飞蓬石镜中"（《段相国游武相寺，病不能从题寄》），婉拒了这类邀请。薛涛晚年隐居在望江楼中，穿起了女道士的服装。也许只有此时，她才心得安乐，拥有一份阅尽沧桑的坦然。

退之服硫黄，一病讫不痊

——"求生反速死"的炼丹服食之风

闲日一思旧，旧游如目前。再思今何在，零落归下泉。

退之服硫黄，一病讫不痊。微之炼秋石①，未老身溘然。

杜子得丹诀，终日断腥膻。崔君夸药力，经冬不衣绵。

或疾或暴夭，悉不过中年。唯予不服食，老命反迟延。

况在少壮时，亦为嗜欲牵。但耽荤与血，不识汞与铅。

饥来吞热物，渴来饮寒泉。诗役五藏神②，酒汩三丹田③。

随日合破坏，至今粗完全。齿牙未缺落，肢体尚轻便。

已开第七秩④，饱食仍安眠。且进杯中物，其馀皆付天。

——白居易《思旧》

此诗的作者是思想超脱、恬淡闲适的白居易。据说白居易早年身

---

① 秋石：秋石是一种从童男童女尿液中萃取提炼的药，古代方士常以此药进贡皇上，据说服之可以"长生不老"。

② 五藏神：道教谓五脏各有神主，即心神、肺神、肝神、肾神、脾神，合称"五藏神"。

③ 三丹田：古人称脐下为下丹田，心窝部为中丹田，两眉间为上丹田。这三处是精、气、神凝聚的地方。

④ 七秩：七十的意思，这里指年过七十。

体很不好，但是靠着"乐天"精神活到七十五虚岁，在当时也算高寿了。此诗深刻反映了当时不少人迷信丹药等"补品"，结果求长生反倒成了求速死。

唐代是一个道教盛行的时代，全国上下普遍求仙学道。在当时，不少人深信道教某些人物的理论，认为确实有能让人延年益寿，甚至长生不死的灵丹妙药。当时的人不仅相信能用这种丹药"保健"和"治病"，而且认为能吃成"活神仙"。

例如有一个叫李抱真的名臣，他本是一代名将，到了晚年，竟然相信一个名叫孙季长的江湖术士，花了大量钱财，让他为其烧炼金丹。所谓的金丹炼成后，李抱真大喜过望，于是与亲友郑重道别，夸口说"此丹秦皇、汉武皆不能得，唯我遇之，他年朝上清，不复偶公辈矣"。——这仙丹秦始皇、汉武帝都没福得到，今天让我遇上了，我这就要飞升成仙了，以后可见不到你们啦！

李抱真"服丹二万丸，腹坚不食"，恐怕肠子都被重金属化合物塞满了。家人见他饮食不进，神志已经昏迷，只好请医生诊治。医生用猪油给他润肠，好容易把那些"金丹"都排出来了，救了他一命，结果孙季长竟对李抱真说："眼看翩然飞升的时候马上就到，大人怎么能半途而废？"刚刚缓过气来的李抱真立刻再服三千丸，顷刻毙命。

除了吃金丹，唐代人追求"养生"的手段也是五花八门，我们看白居易这首诗就可以了解到不少。诗中头四句，先是说当年的那些旧友都不在了，接着回忆道：韩愈晚年喜欢吃硫黄末拌饭喂养的公鸡，满千日后，烹煮而食，据说有健身壮阳之功，但正是因为这东西让他一病不起；元稹喜欢吃童子尿中提炼出的尿碱，称为"秋石"，但也没活到老就突然暴死；杜元颖相信吃素能长生；崔玄亮则推崇魏晋时就流行的五石散，药力发时，身体燥热，冬天也不用穿棉衣。然而，这些人却都没活过中年就一命呜呼了。

而人家白居易，上面这些东西什么也不吃，也不忌口，基本是饿了就吃，渴了就喝，想吃肉就吃肉，想喝酒就喝酒，现在活到七十多了，还是齿牙未落，身体灵便。

白居易有个好友叫裴度，是中唐时的名相，他也活了七十五虚岁。裴度有句旷达的名言，和白居易的这首诗志同道合："鸡猪鱼蒜，逢着就吃。生老病死，时至则行。"（佚名《裴度语》）——愿意吃什么，就吃什么，生老病死这些事，该来的总要来，来了就认命吧！

退之服硫黄，一病讫不痊

胡麻饼样学京都，面脆油香新出炉

——唐朝的著名街头小吃

胡麻饼样学京都，面脆油香新出炉。

寄与饥馋杨大使，尝看得似辅兴①无。

——白居易《寄胡饼与杨万州》

在唐朝，最常见的街头小吃就是胡饼。诗中所写的胡麻饼，类似于现在的芝麻油酥烧饼，因为芝麻是张骞通西域时带过来的，所以称胡麻。估计当时制作烧饼的工艺也传了过来。到了东汉时期，胡饼已经和现在的肯德基汉堡一样风靡中原了，《续汉书》中就有记载："灵帝好胡饼，京师贵戚皆竞食胡饼。"

北魏时，胡饼应该就比较普及了，人们也不断花样翻新，创造出不同风味的胡饼系列。著名农学家贾思勰撰写的《齐民要术·饼法》中记载："髓饼法：以髓（骨髓）脂（动物油）、蜜合和面，厚四五分，广六七寸。便著胡饼炉中，令熟。勿令反覆。饼肥美，可经久。"可以想象，这饼一定又甜又香。据刘禹锡说，当时的宰相刘晏上早朝时，

---

① 辅兴：指长安城中的辅兴坊，位于朱雀门街西第三街，西域人集中，风味美食较多。

半路上见到卖胡饼的，当下就忍不住那香味，派下人买了之后，也顾不得宰相的尊严，"以袍袖包裙帽底，啖之"，一边吃一边还赞不绝口，说："美不可言，美不可言。好吃极了！"

胡饼一度还成为军粮或是旅途中紧急时充饥的食品，充当了现在压缩饼干或方便面的角色。《太平御览》写吕布率军马过境时，有人"作万枚胡饼先持劳客"。前文也说过，安史之乱中，唐玄宗仓皇西逃，杨国忠好不容易买了个胡饼，专门献给玄宗吃。

胡饼在长安一度相当普及。有长长的丝绸之路联结着中亚、西亚，作为国际化大都市的长安城，吸引了大量的西域胡人来定居，胡饼也成为最常见的食品。估计李杜元白这些唐代著名诗人个个都没少吃过。

本篇所选这首诗是白居易谪居忠州时的作品。我们都知道"江州司马青衫湿"，白居易被贬作江州司马后，来到江州，事实上却

胡麻饼样学京都，面脆油香新出炉

并没吃太多苦头，当时的江州刺史崔能，竟然亲自率众出城迎接。此

人是"文章四友"之一崔融的后代，是爱惜诗人的好官。有当地一把手关照，加上江州（今江西九江）并非偏僻荒蛮之地，风景气候都不错，加上工资照发，也不像苏东坡那样停薪停职，所以白居易在江州并不像人们想象得那样悲惨。

在江州任上，白居易过了四年。元和十三年（818），白居易任期已满，而此时朝堂中的形势又有变化，好友崔群这时当上了宰相。而且，唐宪宗也不像忌恨刘禹锡那样，对白居易深怀恶意。于是，诏书下来，升白居易为忠州（今四川忠县）刺史（正四品下）。当了忠州的一把手，白居易心情很好，看到忠州这里也有做胡饼的，和长安著名的辅兴坊制作的胡饼滋味差不了多少，于是买了一些寄给朋友杨归厚。因为杨归厚当时正在做万州刺史，所以称他为杨万州。

诗中说，忠州的胡饼从配料到形状都学自长安，而且烤得面脆油香。知道你嘴馋，不忍独享，你来尝尝，比起辅兴坊的胡饼味道如何？从这首小诗我们可以窥见，到了中唐时代，长安城的饮食文化已经渐渐传播辐射到了四川内地，但尚未完全普及，否则要是和今天一样，烧饼到处可见，也就不劳白居易大老远地当稀罕物件给朋友"快递"过去了。

金貂玉铉奉君恩
——被刺宰相武元衡

金貂玉铉^①奉君恩，夜漏晨钟老掖垣^②。

参决万机空有愧，静观群动亦无言。

杯中壮志红颜歇，林下秋声绛叶翻。

倦鸟不知归去日，青芜白露满郊园。

——武元衡《秋日书怀》

此诗的作者是武元衡。武元衡也是武后一族，他是武后的伯父武士逸的五世孙。本书前文第十八篇《景龙四年正月五日移仗蓬莱宫御大明殿会吐蕃骑马之戏因重为柏梁体联句》那首诗中，有个叫武平一的，人品还算不坏，就是武元衡的爷爷。老武家虽然也出过武承嗣、武三思这样的奸邪之辈，但也并不是说就全是坏人。武平一的一生就没有多少可指责之处。武元衡为人也相当不错，他长得一表人才（老武家的人多数长得都挺漂亮的），性情也温和娴雅雍容大度。

武元衡后来能做到宰相，并非靠了武家的祖荫，和唐玄宗宠爱的

金貂玉铉奉君恩

---

① 玉铉：铉，用来举鼎的工具。后用来比喻处于高位的大臣。

② 掖垣：皇宫旁边的宫墙，也用以称唐朝的门下、中书两省，门下省、中书省地处宫庭左右两边，像人的两掖，门下省为左掖，中书省为右掖。

武家人——武惠妃也没有什么关系。武元衡早年曾落第，他作过《寒食下第》一诗，诗中说："柳挂九衢丝，花飘万家雪。如何憔悴人，对此芳菲节。"下第的滋味和登第可是大不一样，虽然也是花开柳舒的时节，高中的举子们"春风得意马蹄疾，一日看遍长安花"（孟郊《登科后》），而失意的书生们却是凄凄惨惨，面对满眼的繁花春意，也提不起兴头来，反而更添伤感。

武元衡后来终于在唐德宗建中四年（783）中了进士。他当过监察御史，还当过华原县令。因当地镇军督将横行地方，欺压百姓，武元衡抗争无效，一气之下，就弃官不做。后来唐德宗赏识他的才能，又召他入朝为官。武元衡为人持重平实、对策如流，深得唐德宗喜欢，德宗曾夸他说："元衡真宰相器也。"

到了唐宪宗时，高崇文平定了四川刘辟的叛乱后，就担任四川一地的节度使。高崇文虽然打仗在行，但搞政治不行，四川被他管得一团糟。于是宪宗派武元衡代替高崇文。高崇文非常贪财，临走时把成都的金银财宝，甚至工匠歌妓等都一股脑搬走了。武元衡来了后也不计较，就诸事节约用度。

因为武元衡处理政事井井有条，四川当地一时政通人和。武元衡待人非常宽和，一次宴席上，西川从事杨嗣喝醉了，拿一大杯酒强灌武元衡。武元衡不喝，这小官居然发起酒疯来，将酒都倒在武元衡身上。俗话说"官大一级压死人"，小小一个从事，相当于现在政府中的秘书角色，敢惹集军政大权于一身的一把手节度使？这不是昏了头吗？但武元衡却不动怒，只是回后堂换了衣服，又重回酒会，有说有笑。史书中也夸武元衡在四川时"重慎端谨，虽淡于接物，而开府极一时之选"。

不过，武元衡虽貌似非常"好脾气"，但他也并非单纯的"好好先生"一个。对于当地藩镇割据，不服从中央的行为，他是坚决反对的。他的行动当然也引起吴元济、李师道等雄霸一方的藩镇的忌恨和不安。元和八年（813），武元衡调回京城，成为宰相。他和宪宗加紧谋划铲除各藩镇割的计划，各藩镇也更加仇恨他。武元衡成了他们的眼中钉、肉中刺，李师道终于策划了震惊整个大唐的刺杀宰相案。

元和十年（815）六月三日，暑热的天气。据说武元衡头一天晚上就似乎有所感应，许久没有睡着，写了这样一首小诗："夜久喧暂息，池台惟月明。无因驻清景，日出事还生。"（《夏夜作》）天还没亮，日还没出，事情就发生了。古人讲究"一日之计在于晨"，往往是天不亮就要去上早朝。武元衡的府第在靖安坊（小雁塔东南），离皇宫有一段路。他骑马去上早朝，刚出东门，突然有人呵斥让武元衡的侍卫灭掉手中的烛火。领头的侍卫一听，谁敢如此大胆，正出口呵骂，一支利箭呼啸而来，穿过他的肩头，此人大叫一声落下马来。与此同时，一人从树影里如鬼魅一般纵身一跃，轻飘飘地落在武元衡马前，挥手一铁棒，打在武元衡左大腿骨上，登时将腿骨打断，疼得他几乎晕去。

这刺客并不慌乱，顺手牵过武元衡所乘的马，向东南走了十几步，看清果真是宰相武元衡后，才手起一刀，将武元衡的人头斩下，揣入怀中而去。等吓傻了的众侍卫拥上来时，火把中只照见武元衡血淋淋的无头尸身。当时天还没有亮，但路上已有不少行人，众口相传，满街大呼："贼人杀了宰相！"哪知刺客们还有另一波"袭击"，那就是中丞裴度接着也遇刺。刺客也是用铁棍猛击裴度，裴度一下子摔到了水沟里。好在他头上有顶厚毡帽，起到了保护作用，没有当场脑震荡，又多亏他的一个仆人王义拼命抱住刺客，拖了一下时间。刺客见围过

金貂玉铉奉君恩

来的人越来越多，知道无法再下手杀裴度，于是他利刃一挥，将王义的手臂斩断，扬长而去。

这两件恐怖的事件一出，朝野大骇，大臣们吓得都不敢上早朝了，往往时间到了，皇帝在金殿上等了半天，一多半官员还都没有来。兵部侍郎许孟容愤慨地说："自古未有宰相横尸路隅而盗不获者，此朝廷之辱也！"宰相被杀于街上，这事本身就自古罕见，宪宗下诏严查，在京城中各处搜查，贵如公卿，家中也要细搜。然而真正的刺客早已远遁，最后抓了张晏等几个小流氓当替罪羊结案了事。直到后来李师道覆灭后，才得知主谋乃是他。

说到武元衡的诗才，历来也颇多好评。《唐诗鉴赏词典》选有他的一首《赠道者》，诗中生动地描写了一位明媚动人的女道士形象。

武元衡的诗作中赠给歌妓、佳人的诗也不少，写得也不错。比如《赠佳人》："步摇金翠玉搔头，倾国倾城胜莫愁。若逞仙姿游洛浦，定知神女谢风流"；《赠歌人》："林莺一哢四时春，蝉翼罗衣白玉人。曾

逐使君歌舞地，清声长啸翠眉颦"；《听歌》："月上重楼丝管秋，佳人夜唱古梁州。满堂谁是知音者，不惜千金与莫愁。"

本篇所选这首诗，虽然未必是武元衡集中的最佳之作，但笔者觉得却比较能代表武元衡的身份。此诗描写秋日之时，在中书省等处当值的心情。前两句"金貂玉铉"极言皇恩隆宠之盛，后两句则是非常谦逊地写自己身处高位，但对于国家大事却还有做得不足不够的地方，当然这或许是一种客套，但也反映出当时政局复杂，自己有力不从心之感。

后四句笔锋一转，似为写情，但还是反映武元衡心中焦虑不安的种种心情。确实，当时藩镇割据猖獗，正是唐室多事之秋，武元衡的压力也是相当大的。此诗可以说是比较贴切地反映了武元衡当时的心情，结合他后来的悲剧性结局，更觉得后面"杯中壮志""林下秋声"那样的词句像是他平生的写照。

金貂玉铉奉君恩

形适外无恙，心恬内无忧

——白居易的闲逸情怀

形适外无恙，心恬内无忧。夜来新沐浴，肌发舒且柔。
宽裁夹乌帽，厚絮长白裘。裘温裹我足，帽暖覆我头。
先进酒一杯，次举粥一瓯。半酣半饱时，四体春悠悠。
是月岁阴暮，惨冽天地愁。白日冷无光，黄河冻不流。
何处征戍行？何人羁旅游？穷途绝粮客，寒狱无灯囚。
劳生彼何苦？遂性我何优？抚心但自愧，孰知其所由？

——白居易《新沐浴》

这首诗是白居易的"闲适诗"中比较有代表性的一首。我们知道白居易的诗分为"讽谕诗""闲适诗""感伤诗""杂律诗"四大类。这不是后人分的，而是白居易当年自己整理时就这样分好的。白居易对自己的诗集是非常重视的，除家藏一本传世外，别外搞了三个"备份"：一本在洛阳圣善寺钵塔院，一本在庐山东林寺藏经处，另一本则放在苏州南禅院千佛堂内。

所以白居易的诗集保存得很完整，诗集之全，诗作之多，题材之广，也是唐代诗人中少见的。中华书局版的《全唐诗》第七册几乎整本全是白居易的诗。

白居易早年年少气盛，他提倡向杜甫学习，写了很多关心农民疾苦的诗作，将当时农民生活的种种问题反映得淋漓尽致，比如《杜陵叟》中曰：债台如泰山——"典桑卖地纳官租，明年衣食将何如"；负担如珠峰——"长吏明知不申破，急敛暴征求考课"；官吏如蝗虫——"剥我身上帛，夺我口中粟。虐人害物即豺狼，何必钩爪锯牙食人肉？"；官话如谎言——"白麻纸上书德音，京畿尽放今年税。昨日里胥方到门，手持尺牒牓乡村。十家租税九家毕，虚受吾君蠲免恩"。

除了反映农民问题外，白居易的《秦中吟》和《新乐府》中的很多诗对当时吸血鬼一般的富豪权贵极尽讽刺，也鞭挞了社会上诸多的不正常现象。

以《秦中吟》为例。第一首是《议婚》，是说贫家女虽然性格贤惠、相貌标致，但因社会上的门第之见，却难以嫁得出去；第二首是《重赋》，讽刺官府苛捐杂税、搜刮民财；第三首《伤宅》，是说富家高堂甲第，"厨有臭败肉，库有朽贯钱"，却一味奢侈，不想着捐助一下饥寒中的老百姓；《伤友》是说所交朋友，一阔脸就变，对于尚处贫贱中的旧交老友却是"今日长安道，对面隔云泥"；《不致仕》讽刺朝中的老家伙们贪官恋栈，不肯退休，虽然"齿堕双眸昏"，还是不甘心放下权力，于是"金章腰不胜，伛偻入君门"……以下就不一一列举了。白居易的这些诗，篇篇辛辣，堪称"匕首投枪型"，据说当时就有所谓"闻《秦中吟》则权豪遗近者相目而变色矣"的现象。

上述白居易的这些诗，传统选本中提及的比较多。当时白居易也颇以此自矜："十首秦吟近正声。"

然而白居易的诗集中，数量更多的却是类似于本篇所选的这种"闲适诗"。对于这些"闲适诗"，过去人们多觉得有"思想消极"之

形适外无羁，心恬内无忧

嫌，因此很少提。《唐诗鉴赏词典》中只有一首《秋雨夜眠》接近于白诗集中"闲适诗"的风格。

其实，细品白居易的这些"闲适诗"，却也滋味无穷。虽恬淡如白菜豆腐、小米稀粥，但却最易益于肠胃，有助于身体健康。白居易晚年崇佛好道，从他的行动来看，崇佛更甚于奉道。然而，就他的"闲适诗"中反映的思想来看，白居易可谓深得道家思想精髓。他在《遇物感兴因示子弟》一诗中说："吾观器用中，剑锐锋多伤。吾观形骸内，骨劲齿先亡。"这明明就是本于老子《道德经》中的"人之生也柔弱，其死也坚强。万物草木之生也柔脆，其死也枯槁"的思想。

非常可贵的是，在唐代道教盛行，在上至帝王下至平民，人人都崇信炼丹烧汞，寻求长生不老、白日升天的气氛中，白居易却能清醒地认识到"长生不老"之类的事情纯属鬼话。他有诗道："徐福狂言多诳诞，上元太乙虚祈祷。君看骊山顶上茂陵头，毕竟悲风吹蔓草！何况玄元圣祖五千言，不言药，不言仙，不言白日上青天。"（明·《警世恒言》）白居易不信那些金丹，而是从道家哲学中吸取有益的营养，来缮性养生，这无疑是正确的。如果他也像不少唐朝皇帝一样饵金丹求长生，肯定早早就入了土。

白居易自幼身体就很不好，常生病。他十八岁时生了一场大病，病中赋诗道："年少已多病，此生岂堪老？"（《病中作》）白居易觉得他从小就多病，肯定是活不到老了。古人迷信，往往认为少年人作哀怨之词，十有八九难得高寿。像刘希夷诗中说："今年花落颜色改，明年花开复谁在？"（《代悲白头翁》）后来他果真就死了。古人称这个叫诗谶。其实正是因为心中常有病愁，才往往作哀丧之音，正如多愁多病的林妹妹才说什么"冷月葬花魂"一样。愁病相煎，自然就难以得享高寿。而白居易身体一直不好，却能活到七十五虚岁这样的高龄，多亏了他崇尚道、佛两家的思想，能够在闲逸中品味生活，眼界高远、心胸开阔。

　　中晚年的白居易虽不像隐居山中的那些隐士一样远离红尘，但他选择的是隐于"官"的这种途径。正所谓："小隐隐于野，中隐隐于市，大隐隐于朝。"白居易自己发明了一个独特的方法——"中隐"，他写过一首诗："大隐住朝市，小隐入丘樊。丘樊太冷落，朝市太嚣喧。不如作中隐，隐在留司官。似出复似处，非忙亦非闲。不劳心与力，又免饥与寒……人生处一世，其道难两全。贱即苦冻馁，贵则多忧患。唯此中隐士，致身吉且安……"（《中隐》）也就是说，选择当个闲官，不掌大权，没有那么威风，没有那么多的油水，但却获得了清闲安乐。妙在"不贵不贱，有用无用"之间，其实这正切合了道家的真义。道家一向讲究"和光同尘"，正所谓"无江海而闲，不道引而寿，无不忘也，无不有也，澹然无极而众美从之。此天地之道，圣人之德也"（《庄子·外篇·刻意》），白居易深得其妙也。

　　在"甘露之变"后，仇士良指挥宦官大肆屠杀朝廷官员和禁卫军士兵，被杀死的有六百多人，连宰相王涯等都暴尸街头，没人敢收殓。王涯当年曾刻意排挤白居易，白居易开始被贬为江表刺史，这还算是地方行政一把手，但王涯却不依不饶，又上书撺掇皇帝将白居易贬为江州司马。如今，曾炙手可热的王宰相当了无头野鬼，白居易却因求得闲职，远在洛阳，得以安然无恙。白居易曾有诗感叹那些靠排挤别人当上高官的人纷纷上了黄泉路，而自己却还能悠闲自得地登山游玩："当君白首同归日，是我青山独往时。"（《九年十一月二十一日感事而作（其日独游香山寺）》）

形适外无恙，心恬内无忧

《新沐浴》这首诗正反映了白居易知足不辱、怡然自乐的心境。诗中的白公刚刚洗了个热水澡，浑身上下都舒坦得很，然后取过来厚厚的乌帽白裘穿上，喝上一杯热酒，呷上一碗热粥，但觉四肢百骸都暖融融的。白公身上舒坦，更难得的是心里也舒坦，有的人可能觉得洗热水澡、穿棉衣算不上什么幸福，但白居易很知足，他想到的是，现在还有人应征当兵，戍守苦寒的边疆，有的人远游在外，回家无期，有的人绝粮于路，大冷天吃不上饭，更别提牢狱里关的犯人，冰天雪地中别说火了，连灯也没有一盏。

想想这些，白居易的幸福感就更强烈了。然而这种幸福感看似来得容易，但事实上却很少有人能做得到。好多人"人生不满百，常怀千岁忧"，愁这愁那，有钱也愁，没钱也愁，愁完眼下，又愁将来，一点也不会像白居易这样珍惜正在握在手中的幸福。

看来白居易真没有白叫"白乐天"这样一个名字，他确实乐天知命。白居易有一篇《自诲》诗，其中说："乐天乐天，可不大哀。而今而后，汝宜饥而食，渴而饮；昼而兴，夜而寝；无浪喜，无妄忧；病则卧，死则休。"一切随性适意、任其自然、宠辱不惊、七情不伤，这正是白居易能得长寿的关键所在。

草殡荒山白骨寒
——韩愈痛失爱女的悲声

数条藤束木皮棺，草殡荒山白骨寒。

惊恐入心身已病，扶舁① 沿路众知难。

绕坟不暇号三匝，设祭惟闻饭一盘。

致汝无辜由我罪，百年惭痛泪阑干。

——韩愈《去岁自刑部侍郎以罪贬潮州刺史乘驿赴任其后家亦谴逐小女道死殡之层峰驿旁山下蒙恩还朝过其墓留题驿梁》

这首诗的题目很长，几乎相当于是一篇小短文，断一下句，应为："去岁，自刑部侍郎以罪贬潮州刺史，乘驿赴任。其后家亦谴逐，小女道死，殡之层峰驿旁山下。蒙恩还朝，过其墓留题驿梁。"这首诗的作者是著名的"唐宋八大家"之一的韩愈，从题目中看，此诗是哀悼其小女早亡所作。

对于韩愈的诗作和为人，笔者都不是很喜欢。韩愈的诗作，常以文为诗，追求险怪，大家传诵的韩愈的那几首诗，比如像什么"草色遥看近却无"(《早春呈水部张十八员外》其一)"百般红紫斗芳菲"(《晚

草殡荒山白骨寒

---

① 舁：轿子。

211

春二首》其一）之类的诗句，其实恰恰是没有体现韩愈独特风格的诗作。如果让韩愈自己来选，他可能不会向咱们推荐这些。

韩愈诗的最大特点，一是以文为诗。清人吴乔《围炉诗话》中说过："意思，犹五谷也。文，则炊而为饭；诗，则酿而为酒也。"韩愈的诗，简直就是高粱面饼子。我们看他的《马厌谷》："马厌谷兮，士不厌糠籺；土被文绣兮，士无短褐。彼其得志兮，不我虞；一朝失志兮，其何如。已焉哉，嗟嗟乎鄙夫。"三分像诗，七分像文。

韩愈诗的第二个特点，就是追求险怪。我们看这一首："……倾尊与斟酌，四壁堆罂缸。玄帷隔雪风，照炉钉明钢。夜阑纵捭阖，哆口疏眉厖。势俦高阳翁，坐约齐横降。连日挟所有，形躯顿胮肛……"这首《病中赠张十八》押的是上平声三江韵，此韵历来有"险韵"之称，很少有人敢以此韵作诗。而正像喜欢吃辣椒的人一样，越辣越过瘾，韩愈老师是越怪越好。看这诗中的韵脚，像"厖""钢"什么的，大家可能都不知道念什么，更别提意思了，甚至连肛门的"肛"字韩愈也弄进诗里来，确实怪到了极处。就诗意而言，更是读来佶屈聱牙，实为一般人难以消受的"怪味豆"。虽然欧阳修曾感叹过韩愈这诗是"因难见巧，愈险愈奇"，但梅尧臣就嘲笑韩愈是"木强人"。用我们通俗点的话说就是个"犟筋头"。

韩愈不但在作诗上是"犟筋头"，为人也是如此。他身上的儒家气味极浓，有点迂腐。韩愈曾说："非三代两汉之书不敢观，非圣人之志不敢存。"（《答李翊书》）韩愈的文章像《原道》《原毁》《争臣论》等一篇篇都是讲大道理训人的样子，令不少人很不爱看。

韩愈奉儒家经典为正统，对佛、道一直非常排斥。他有这样一首诗，名叫《谁家子》："非痴非狂谁氏子，去入王屋称道士。白头老母遮门啼，挽断衫袖留不止。翠眉新妇年二十，载送还家哭穿市……"
这首诗的由来是，河南有个叫吕炅的人，弃家学道，结果被当地的地方官派了手下的吏卒强行剥了他的道士服，押回家去。韩愈听了，拍手称欢。然而，说来让韩愈脸上无光的是，他的侄子的儿子韩湘（即民间传说八仙之一的韩湘子）也是个学道之人，韩愈强迫他结婚做官求功名，但韩湘不听，学道仙而去。

韩愈管不住自己的侄孙倒也罢了，但他天生"木强人"的脾气居然管到皇帝头上来了。这就是大家熟知的韩愈上表反对迎佛骨的那档子事。事情是这样的，唐宪宗当时要举行三十年一度的迎佛骨盛典。其实这迎佛骨也并非唐宪宗首创，唐代历史上曾七次迎佛骨，宪宗这是第六次。此前唐太宗、唐高宗、武则天、唐中宗、唐德宗都迎过佛骨。其中唐高宗和武则天时，更是极尽奢华排场，靡费金钱甚多。德宗时，因国家内乱不息，迎佛骨仪式草草了事。

说来这唐宪宗并非昏君庸主，李商隐曾写诗夸宪宗说："元和天子神武姿，彼何人哉轩与羲。"（《韩碑》）这倒不是乱拍马屁。宪宗任用裴度为相，李愬等为将，削除藩镇吴元济等朝廷的心腹大患，一时间国家气象一新，大唐颇有中兴重振之势。所以，这样的情景下，宪宗决定大摆排场，隆重地弄一个充满祥瑞和谐气氛的迎佛骨仪式。

哪知这时候半路里杀出个韩愈，一张《论佛骨表》将此事弄得非常扫兴。时任刑部侍郎的韩愈在表里反对此事倒也罢了，口气还特别激烈，说"伏以佛者，夷狄之一法耳"，意思是说佛法是什么啊，都是夷狄之人的东西，中国远古时尧舜禹汤那会儿根本没有佛这一说，倒是帝王高寿，天下太平。

接着韩愈话锋一转，非常尖锐地分析此前帝王谁信佛谁死这样的

草殍荒山白骨寒

213

事实："梁武帝……饿死台城，国亦寻灭。事佛求福，乃更得祸。"最后韩愈发狠道："以此骨付之有司，投诸水火，永绝根本，断天下之疑，绝后代之惑。使天下之人，知大圣人之所作为，出于寻常万万也，岂不盛哉！岂不快哉！"意思是说，依我韩愈的意思，就是要把这佛骨扔到水里，丢到火里，彻底销毁这个祸根，让大家都信奉孔圣人的思想，这多痛快，多有意义！

韩愈这个表一下子惹恼了唐宪宗，气得他血压陡升，甚至差点要杀了韩愈。说来韩愈这人，就是迂腐，宪宗举行个迎佛骨仪式，其实也并无大害。将佛骨扔到水火之中，彻底销毁之类的话过于偏激，不像个持重的大臣之语。最不应该说的，是那些信佛的帝王反而短命那些话，这不明摆着咒宪宗吗？古人对此避讳极多，古人给皇上写奏章时，报丧的折子和请安的折子如果写在一起，都会被认为是大不敬。韩愈的这些话实在让宪宗心里大不痛快。别说是古代的皇帝，就算是现在，亲朋之间往来也应该注意一些分寸。

当然，宪宗要杀韩愈，也只是气头上的事，裴度等人也劝。宪宗说："愈言我奉佛太过，我犹可容。至谓东汉奉佛以后，天子咸至夭促，何言之乖刺也？愈为人臣，敢尔狂妄，固不可赦！"（《旧唐书》）宪宗说得也挺中肯的，韩愈说我信奉佛事太过，这是正常提意见，也没有什么。但为什么这样尖刻地说天子奉佛必然短命？作为人臣，这样狂妄无礼，这是不可饶恕的！于是韩愈死罪饶过，活罪难免，被贬至潮州。

唐代时的潮州，远不像现在这样。当时尚未开发，是地僻人蛮，又多瘴气之地。韩愈认为这一去自己这把老骨头定是要丢在南海边了，所以在他的侄孙韩湘来看他时，老泪纵横地说："一封朝奏九重天，夕贬潮阳路八千。欲为圣朝除弊事，肯将衰朽惜残年！云横秦岭家何在？雪拥蓝关马不前。知汝远来应有意，好收吾骨瘴江边。"（《左迁至蓝关示侄孙湘》）韩愈去了趟潮州，看了会儿鳄鱼，也没有被鳄鱼吃掉，倒没有什么事。只可惜他十二岁的四女儿却因身体多病，路上辛苦，病死在路上。

韩愈的四女儿名叫挐，她本有疾病，又日夜兼程地赶路，正像诗中写的那样，"惊恐入心身已病，扶舁沿路众知难"，韩愈被贬带来的惊吓使她的病情更重了。可怜的四女儿最终病死在路上。从诗中看，她死后，当时也没有条件好好地安葬，只好用几根野藤绑起薄皮木棺，草草地葬于商南县层峰驿的山脚下。韩愈心中的悲痛自不用多说。

本篇这首诗，是写于元和十五年（820）。这一年宪宗皇帝死了，新继位的穆宗皇帝将韩愈召回京城，任国子监祭酒。韩愈返回长安时，又经商山道，来到这商南层峰驿，经过亡女墓时，哪里能心不痛，泪不洒？于是他准备了酒饭设祭痛哭之际，写下

草瘗荒山白骨寒

了这样一首诗，题留于驿梁之上。诗中韩愈忏悔，"致汝无辜由我罪"——你的早夭都是我害的啊！倒也亲情流露，舐犊情深。

韩愈的女儿死得非常可怜，这倒确实有一多半是韩愈的罪过。韩愈为人，总让人觉得有点太过固执。宪宗皇帝迎佛骨之事，也不是什么有关国家危亡的大事，韩愈却死咬起来不松口，这未免太过迂腐。就算是宪宗完全按韩愈说的办，对于大唐和百姓又有多少积极的意义？唐武宗倒是实现了韩愈的"遗愿"，诏令全国捣毁佛寺佛像，勒令二十多万僧尼还俗，但效果如何？有没有从根本上兴利除弊，使大唐面貌一新？后来的史实也证明了，韩愈此举过于冲动，也有点小题大做之意。

到了明代，腐儒们将这种风格发挥到极致，嘉靖帝想给其生母上尊号，腐儒们坚决不干。君臣间"热战""冷战"了几十年，大明元气大伤。其实想想，此类小事，大可不必如此。

正如当时的李贽所说："公但知小人之能误国，不知君子之尤能误国也。小人误国犹可解救，若君子而误国，则未之何矣。何也？彼盖自以为君子而本心无愧也。故其胆益壮而志益决，孰能止之。"（《焚书·卷五·党籍碑》）

是啊，明明是损人又害己的行为，他却理直气壮，这迂腐的思想下的种种行为，也是相当可怕，相当有破坏力的。

长羡蜗牛犹有舍，不如硕鼠解藏身
——白居易的买房之路

> 游宦京都二十春，贫中无处可安贫。
>
> 长羡蜗牛犹有舍，不如硕鼠解藏身。
>
> 且求容立锥头地，免似漂流木偶人。
>
> 但道吾庐心便足，敢辞湫隘与嚣尘。
>
> ——白居易《卜居》

十八岁时，白居易就来到了长安参加科举，去拜谒当时的前辈顾况。顾况听了他的名字，就先迎头打了他一闷棍："长安百物皆贵，居大不易。"注意这里说的是长安城里所有的物价贵，并非只是房子贵。他后来看了白居易写的"野火烧不尽，春风吹又生"（《赋得古原草送别》）一联后，又改口道："有句如此，居天下亦不难。老夫前言戏之耳。"后来的事情，果然证明了顾况的眼光，白居易凭借自己的实力，稳稳地住在了长安城。当然，他后来厌弃了这里，更喜欢住在洛阳，那是另外一回事。

白居易后来慷慨陈词："中朝无缌麻之亲，达官无半面之旧。"（《与元九书》）意思是说，他考中进士，是全凭自己的本事，根本没有走后门。当然，白手起家的白居易，在长安买一处大宅子还是有些吃力的，

所以才有"游宦京都二十春"之说。

买下昭国坊的那套房子时，白居易已经五十岁，这年是白居易红运高照的一年，经历了江州的下放，忠州刺史的过渡等仕途坎坷，好运终于来了。唐宪宗死后，换了唐穆宗，新皇帝对他印象很好，赐他为正二品上柱国的勋号，他老婆杨氏也被封为弘农郡君。白居易在渭上闲居、江州赋闲时一直标榜淡泊名利，但现在荣誉加身，也不免十分得意："得水鱼还动鳞鬣，乘轩鹤亦长精神。"(《初加朝散大夫又转上柱国》)

这时候，白居易当然有本钱在京城买房了，兴奋之余，白居易写下了本篇所选的这首诗。

诗中的所谓"漂流木偶人"，典故出自《说苑》一书，说是一个木偶人和一个泥人对话，木偶人见天要下雨了，就笑道："下雨后，你是泥做的，就成了一摊烂泥了，我却没有事。"泥人却道："我淋成泥，无非返本归真而已，你被大水冲走，离开家乡，四处漂流，那才惨呢!"白居易这里是形容自己终于买房子了，不会再像木偶人一样漂泊不定。读到此处，在外漂泊之人可"于我心有戚戚焉"?

其实，在这之前，白居易当校书郎时，工资每月是"俸钱万六千"。后升为京兆府户曹参军，这是个从七品上的官职，工资提高到"四五万"，是原来的四倍，也就是说大概月工资一万五千左右了，而且还有粮食二百石，也就是大约一年发口粮二万四千斤左右，足够白府上老老少少、丫鬟仆役们吃的了。

所以，按经济能力，白居易其实早就有资金在长安买一套小宅子了，但为什么他没有这样做呢?

情况是这样的，唐朝的低级官员，在中央直属机关能不能待住，是很成问题的，他们经常要面临下基层锻炼的安排。像白居易，就曾经被派往长安附近的盩厔（今作周至）县当县尉，后来又贬为江州司马、忠州刺史等。如放任外官，一般都要举家搬迁出去，如果在长安置下产业，还要派人看守，还不如租房划算。当时长安的房价，可不是日新月异，一直上涨的，买了再卖，说不定还损耗了钱财。

再说了，当官职卑微、经济能力不是太强时，置下一个小宅院，等官职大了后反而麻烦——再住下去，没面子；卖了它？当初种树栽花，移石修亭，费了不少心力和钱财，舍不得。所以早置宅院，无疑会成为日后的鸡肋。

所以，他们要买就买大的，像样的。像韩愈也是在长庆三年（823）担任京兆尹兼御史大夫（从三品）的职务，官高禄厚之后，才出手在长安置下一处大宅院，并充满自豪地对儿子叙述自己白手起家的辉煌历程："始我来京师，止携一束书。辛勤三十年，以有此屋庐……"（《示儿》）

白居易后来在洛阳置下的产业更壮观：他的宅院足有十七亩之广，"屋室三之一，水五之一，竹九之一，而岛树桥道间之"，占地总面积约为八千八百七十四平方米。其实相比于房产，古人更看重地产，过去的田地是可以自由买卖的，而且房价基本上变化不大，田地却能生产出五谷菜蔬，是人们生活的来源和物质财富的根本。白居易当时买的不仅是房子，还有田产，古时候的人有了钱，当然是先买田地了，家有良田百亩，这才是子孙的依靠。

长羡蜗牛犹有舍，不如硕鼠解藏身

凭高何限意，无复侍臣知

——受制于太监之手的唐文宗

辇路①生春草，上林花发时。

凭高何限意，无复侍臣知。

——李昂《宫中题》

这首小诗的作者是大唐第十六代（不算武周那一代）皇帝唐文宗李昂。"甘露之变"后，唐文宗权柄尽失，不得不待在深宫之中，朝中军政大事，一概由太监左右。

《资治通鉴》中说："上（文宗）自甘露之变，意忽忽不乐，两军球鞠之会什减六七，虽宴享音伎杂遝盈庭，未尝解颜。闲居或徘徊眺望，或独语叹息。"意思是说，自"甘露之变"后，文宗一直闷闷不乐，虽然吃得好玩得好，但从没有畅颜开怀过，踢球等文娱活动也大半取消。文宗常一个人徘徊眺望，感慨叹息。

本篇所选的这首诗，可谓是《资治通鉴》中这段文字的最好的注脚。

事情的原委，还要从"甘露之变"和此前的种种"历史遗留问题"

---

① 辇路：辇，皇帝的车驾。辇路即天子御驾所经的道路。

说起。

众所周知，唐代到了后期，有两大祸患。

一是藩镇割据。那些节度使们，尤其是安禄山的老窝河北三镇的节度使，一直都是土皇帝，不服从唐室。名义上是唐朝的臣子，实际上"高度自治"，军政、财政大权自己任意掌握，老节度使死了，自己的儿子继任，报朝廷批准只是走一下形式。这样的局面，使唐王朝几乎相当于一个四肢麻木、半身不遂的病人，好多地方都不听使唤。

二是宦官当政。唐代皇帝因节度使和大将们往往有割据叛变的野心，转而信任宦官。皇帝觉得宦官没有儿子，再说历史上从来也没有宦官篡位当皇帝的（大将篡位倒有的是），于是将神策军这种相当于中央卫戍部队的指挥权都交给太监们掌握。这下可好了，太监们的权势出奇的大，挟制废立皇帝、后妃是家常便饭，甚至直接杀掉皇帝也不稀罕。说来唐朝前期，倒也出过几个好太监，唐中宗时杨思勖曾率军平定南方，屡立战功，一生也无大恶；唐玄宗时重用高力士，而本书前文也说过，高力士毕竟也不是太坏的人。但后来程元振、鱼朝恩等太监，一代毒于一代，后来宦官之祸，愈演愈烈。大唐最高"神经中枢"几乎全被阉人控制，唐朝似乎患上了脑血栓，越发元气大伤，徒有虚表。

一度有"英明神武"之称的宪宗皇帝也不明不白地死在宦官之手，太子继位，是为唐穆宗。唐穆宗废柴一个，昏庸无能，把宪宗辛辛苦苦取得的削藩成果几乎全部败光。唐穆宗在皇位上只坐了四年，就因服金丹早早地"升天"去了。他的儿子唐敬宗继位时年方十五岁。这位未成年的皇帝一副顽童脾气，耽于打球、晚上捉狐狸等稀奇古怪的玩乐，常常一个月上不了几回朝，大臣们经常见不着他的面。

凭高何限意，无复侍臣知

唐敬宗逆反心理还特别强，例如大臣们劝谏，不让他去骊山温泉，并说"玄宗宫骊山而禄山乱，先帝幸骊山，而享年不长"，唐敬宗倒不发火杀这些大臣的头，但是坚决不听，说："骊山真这样邪乎？我倒要试试看。"结果唐敬宗命人摆驾出宫，到了骊山温泉，估计洗了个澡马上回来了，还和左右侍从们讲："怎么样，我没有什么事吧？那些老家伙们的话能信吗！"不知是不是骊山温泉真能作怪，反正好玩乐的"顽童皇帝"唐敬宗第二年就被身边的太监活活掐死了。原因是唐敬宗脾气暴躁，经常打骂处罚身边的太监，太监们忌恨，于是就先动手加害。唐敬宗死后，他的弟弟李昂被宦官拥立继位，是为唐文宗。

说来这文宗皇帝比穆宗、敬宗等要强得多。他放宫女出宫、节省宫中用度，去奢从俭。对于朝政更是勤勉认真，和玩乐无度的敬宗对比非常明显。文宗的节俭在史书上是很有口碑的。据载，文宗命中尉以下的官都不准穿绫罗之类过于华贵的衣服，驸马韦处仕有次扎了个"夹罗巾"（罗绸质的头巾），文宗就批评说："朕觉得你门第清雅，才选你当驸马，这种太过华贵的衣饰，别人能戴，爱婿你不要戴！"

文宗闲时，并不沉溺于听艳歌看美人，倒是喜欢和文臣们聊天。像书法家柳公权就是常跟文宗聊的人。他们还对过诗，文宗曰"人皆苦炎热，我爱夏日长"，柳公权答曰"熏风自南来，殿阁生微凉"。

闲谈之际，文宗举起自己的衫袖，说我这衣服都洗了三次了——作为帝王，完全有条件天天穿新衣，所以穿洗了三水的旧衣服，就算非常节约的了。

对于文宗自夸的"艰苦朴素"的作风，柳公权却没有趁势大拍马屁，而是深刻地指出，"进贤退不肖"才是最重要的，至于穿破衣服，那是小事情，是"末节"。文宗听了，深有感触，其实他何尝不知道宦官之祸的严重性，但宦官根深蒂固，非一日可除。

这时候，出现了一个传奇人物郑注。此人本来是个江湖郎中，但医术还是有两下子的。而且他不但奔走于王公贵族府中看病行医，也积极参与政治。

说来这郑注也倒挺有本事的，一开始太监头子王守澄非常忌恨他。哪知见了面后，三言两语，郑注就把王老公公说得喜笑颜开，被他当作心腹看待。唐文宗开始听说郑注和王守澄一党，也有杀他的心。哪知郑注给当时患"风疾"，也就是口唇麻痹无法言语的唐文宗开了几副药后，非常见效。于是唐文宗对他的印象180度大转弯，郑注又变成唐文宗宠信的人。

郑注深知"佛要敬得大，香要烧得粗"的道理，于是倒在了文宗这边，同时，又向文宗推荐了李训作为帮手。于是毫无防备的王守澄被郑注和李训借机夺了兵权，给了王守澄一直压制的另一个太监仇士良。失去兵权的王守澄很快被一杯毒酒弄得七窍流血而死。至此，铲除太监的战役取得了重大阶段性成果。

然而，这时李训和郑注的关系又有了微妙的变化。李训怕诛杀太监的大功为郑注一人所得，开始排斥郑注，还把郑注调到外地去当官，以免抢了自己的功劳。

后来，唐文宗和李训密议，假称后宫石榴树上夜降甘露（并非一般露水，而是天降神奇之物，被认为是祥瑞之兆）。文宗先命宰相等众官员们去验看，李训说："臣等验看，似乎不是真甘露。"

文宗又命太监们去看，于是太监头子仇士良等来到后院。太监毕竟对环境熟悉，提前发现环境不对头，后院埋伏了不少甲兵。于是太监们狂奔回来，当然不少跑得慢的，被埋伏的甲兵杀掉十余人。

凭高何限意，无复侍臣知

　　太监们抢起文宗皇帝就跑。李训想阻挡，结果被太监郗志荣一拳打翻在地。结果是大臣、金吾卫士们都没有抢过太监们。太监们挟制文宗入宫后关上了宫门，然后矫旨调动太监的神禁军捕杀大臣。仇士良大肆屠杀，制造恐怖，被杀死的有六百多人，朝堂为之一空。李训、郑注统统被杀。

　　此后，唐文宗完全被宦官控制。他要是个一味地追求玩乐的昏君倒也罢了，偏偏他还想着做一番事业，重振大唐之威，于是终日郁郁不乐。

　　文宗就此病势沉重。一天，病情稍有起色，召学士周墀来聊天。唐文宗忽然发问："联像前朝哪代皇帝？"周墀一听，自然满口恭维，说："陛下是像尧、舜一样的明主啊！"唐文宗叹了口气说："联岂敢比尧、舜！之所以问爱卿你，是想知道，朕和周赧帝（东周亡国之主）、汉献帝比，谁更强点？"周墀一听，吓得满头是汗，说："他们都是亡国之主，哪里能和圣德的陛下您比？"唐文宗泪下沾襟，哭着说："周赧帝、汉献帝是受制于诸侯强臣，而朕却受制于家奴（指太监）。要这样看，朕实在还不如他们。"周墀也非常感慨，陪着皇帝哭了一回。不过哭归哭，但朝廷权柄尽为太监把持，虽贵为皇帝，也无可奈何。

　　本篇这首诗正是反映唐文宗此时的心情。虽然春回大地，上苑花开，但文宗却没有心情再去观赏，也没有自由随意出宫观赏，他只有登高一望，从高处看看宫外那无限春光的世界。那名义上还是大唐的天下，而他名义上还是大唐的帝王，却无权拥有这绚烂的春光。此中的感慨，无人可诉。这正是唐文宗李昂此时的心情。

　　几年后，李昂怀着这种心情忧郁而死（一说为宦官毒杀）。

山河长在掌中看
——终露峥嵘的唐宣宗

大雄^①真迹枕危峦，梵宇^②层楼耸万般。

日月每从肩上过，山河长在掌中看。

仙峰不间三春秀，灵境何时六月寒。

更有上方人罕到，暮钟朝磬碧云端。

——李忱《百丈山》

　　此诗气象不凡，细品此诗，像什么"日月每从肩上过，山河长在掌中看"，俨然便是君临天下之势。果不其然，此诗的作者正是唐朝末年有"小太宗"之美誉的唐宣宗李忱。当然，此时的李忱，还并不是天子，而是躲在江西百丈山的佛寺里隐姓埋名，当一名小沙弥。

　　李忱为什么要隐居在这里当小和尚呢？

　　原来，李忱乃是唐宪宗的第十三个儿子。要是论起辈分，唐宪宗之后的唐穆宗是他的哥哥，唐敬宗、唐文宗、唐武宗（这三人都是穆宗之子）都是他的侄儿。不过李忱的"出身"大有问题，他的母亲郑

山河长在掌中看

---

① 大雄：释迦牟尼的尊号。

② 梵宇：指寺庙中的佛殿。

氏原来是反贼李锜的姬妾。

前面说过唐朝的规矩，罪人的家属往往被没入皇宫掖庭中干粗活。这郑氏容貌出众，居然被唐宪宗看上，后来生下了李忱。李忱由于这样一个出身，虽为皇帝儿子，也被封为光王，但一直受到轻视。李忱也一副傻乎乎的智障儿的样子，于是宫廷之中，上上下下，无人拿他当盘"菜"，酒宴之中，不少人纷纷拿他开玩笑逗乐儿。李忱则表现得木讷寡言，似乎比刘阿斗还傻气十足。

到了唐武宗即位后，武宗待他更恶，甚至将他往死里整。一次，冬天里皇家子弟到郊外游猎，半路上武宗却授意小太监们把李忱一下子从马上掀下来。结果李忱摔得眼冒金星，躺在地上起不来，大队人马却扬长而去。李忱在满是冰雪的地上艰难地爬起身来，向巡夜的士兵讨了点水喝，自己走着回了城。还有一次，武宗又授意太监们把李忱推到宫中的厕所里，差点淹死。

然而李忱其实并不是真傻，他什么都明白，他知道待在宫中早晚要被武宗弄死，于是远走江西百丈山的佛寺里隐姓埋名。

在佛寺中，有一位香严闲禅师，乃是有道高僧。他饶有深意地对着山前的瀑布吟了这样两句诗："千岩万壑不辞劳，远看方知出处高。"在宫中一向表现得愚钝寡言的李忱，此时却机敏地接过来续道："溪涧岂能留得住，终归大海作波涛。"是的，"终归大海作波涛"，这是他压抑了二十多年的志向，他一直胸有大志，他要成为大唐的天子，把万里江山都握在自己的手中。

机会终于来了，正当盛年的唐武宗因一味求仙丹妄想长生而中毒死去。宫中的宦官们想起了这个"又痴又呆"的光王李忱，他们的打算可能是，李忱一直一副大傻子模样，若立他为帝可以当个傀儡，国家大事岂不全由他们掌握？从此可以为所欲为。于是，太监们火速派人，迎回来光王李忱，将他推上了大唐帝国的宝座。

然而，当一身龙袍的李忱端坐在龙椅上接受百官朝贺时，百官和太监们都惊呆了。这不再是那个嘴歪眼斜、口吃不清的光王了，而是精明强干，如太阿利剑出鞘一般锋锐的唐宣宗。"鹰立如睡，虎行似病，正是它取人噬人手段处"（明·洪应明《菜根谭》），所有人都被唐宣宗瞒住了，此时朝堂正中的唐宣宗正以鹰一般的敏锐，虎一般的威风号令天下，莫敢不从。华美巍峨的宫廷，他如今是这里的主人，他是整个大唐帝国的主人。

即位后的唐宣宗，马上雷厉风行，将宰相李德裕贬斥，结束了漫长的"牛李党争"。又杖杀道士赵归真等人。接着郭太后的好日子也到头了。郭太后是郭暧和升平公主（《打金枝》故事主角）之女，嫁给唐宪宗后被封为贵妃，同时她也是唐穆宗的生母。《资治通鉴》中说："郑氏本郭太后侍儿，有宿怨。"唐宣宗的母亲郑氏本来在郭太后身前低三下四地服侍，肯定挨了不少打骂。而且郑氏以罪人家属的身份得到唐宪宗的宠幸，宫中妒意极浓，想必郭太后待郑氏好不到哪儿去，所以唐宣宗对待郭太后非常冷淡，并怀疑宪宗之死和郭太后有关。郭老太太气得爬到宫中的勤政楼上要跳楼，被宫女拉住。大概她也不是真想跳，只是以此示威罢了。但唐宣宗听说后大怒，当天晚上，郭老太太就不明不白地死了，估计被宣宗命人弄死了。

唐宣宗虽然为人略显得有点阴狠，但非常勤政，召群臣议事时，经常如待宾客一样谦容，大臣们的意见也虚心采纳。但他决非耳软心活的庸主，想糊弄他是办不到的。史书中说，宣宗"威严不可仰视"。令狐绹多年为官，应该算是老油子了，但是他也说："吾十年秉政，最

山河长在掌中看

承恩遇；然每延英①奏事，未尝不汗沾衣也！"意思是说，我当了十多年的高官，皇上对我也非常恩宠，但每次给宣宗金殿奏事时，都战战兢兢，汗出湿衣。

确实，宣宗精细过人。有一个叫孙隐中的人任负责接受表章的"枢密承旨"一职，某人写奏章时错把"渍"字写成"清"字，孙隐中以为皇帝日理万机，每个奏章哪里会仔细看，就马马虎虎地交了上去。结果精明的宣宗当即看了出来，重重责罚了他。宰相马植，结交宦官，身上系了宦官送给他的一条宝带，目光敏锐的唐宣宗一眼就看出是宫中之物，曾赏赐给一个太监，于是以交结宦官的罪名将马植免职贬斥。一时间朝廷上下肃然。唐宣宗还经常微服私访，当然他活动的地方有限，只是体察一下长安附近的民情而已，不过他也了解了不少民间情况，知道了一些官吏们任职期间的得失。

唐宣宗事母郑氏甚孝。一般的皇帝都让母亲另居别宫，而唐宣宗为了早晚起居时请安问好方便，让郑太后和他住一处宫院内。宣宗穿的是洗了很多遍的衣服，吃饭也不过几样菜，如果不是和母亲郑氏一起聚餐，就不会让宫女吹打歌舞为乐。民间有饥荒，宣宗也"忧形于色"。

另外，宣宗对于自己的子女管教甚严。唐朝公主往往骄横。宣宗女儿万寿公主，下嫁时要用银箔饰车，但宣宗命改为铜饰。一次，驸马的弟弟得了重病，宣宗让太监去看望一下。回来后，宣宗问见到公

①　延英：唐代宫殿名，在延英门内。《唐六典·尚书·工部》："宣政之左曰东上阁，右曰西上阁，次西曰延英门，其内之左曰延英殿。"肃宗时，宰相苗晋卿年老，行动不便，天子特地在延英殿召对，以示优礼。后沿为故事。唐白居易《寄隐者》诗："昨日延英对，今日崖州去。"

主了吗？太监说没见，公主在慈恩寺看戏呢！宣宗大怒，说："怪不得士大夫家不愿娶公主，原来如此！"于是命人叫公主入宫，当面斥责。

宣宗又有一女儿永福公主，本来选了校书郎于琮为驸马。后来宣宗却改主意了，宰相惊问其故。宣宗说："朕近日和她在一起吃饭，此女小有不如意，就对朕发脾气，当面把筷子掰折了。这样的坏脾气，哪能嫁士大夫为妻！"于是将于琮配给了另一个女儿广德公主。

宣宗的记忆力惊人得好，宫中的太监、宫女常在身边的也有上百人，但宣宗只要见过一面，就能记住他们的名字。吩咐某事时，往往直接提名，并不差误。

而且，宣宗还是一个非常有原则的皇帝。例如有个人医术极精，治好了宣宗的病，想求个官当当，结果宣宗只是赐钱，并不乱封他官做。

宣宗赶上的时候也不错，当时外敌吐蕃、回纥等都日见衰落。河湟之地向来是大唐与吐蕃等外族争夺的要地，张

山河长在掌中看

议潮等人趁吐蕃衰微赶跑了吐蕃人，河湟一带终于又回到了大唐版图。因此，宣宗一朝颇有美誉，《资治通鉴》中也说："宣宗性明察沈断，用法无私，从谏如流，重惜官赏，恭谨节俭，惠爱民物。故大中之政，讫于唐亡，人思咏之，谓之'小太宗'。"

但明末王夫之的《读通鉴论》却不这样看，他说："宣宗之政，琅琅乎其言之，皆治象也……自知治者观之，则皆亡国之符也。小昭而大聋，官欺而民敝，智撄而愚危，含怨不能言，而蹶兴不可制。一寇初起，翦灭之，一寇踵起，又翦灭之，至再至三而不可胜灭，乱人转徙于四方，消归无地……至是而唐立国之元气已尽，人垂死而六脉齐张，此其候矣。"

这段话的大意是说，宣宗小处明白，但在大的方面却糊涂，唐朝在宣宗手里看似"中兴"，其实正像人快死时回光返照一样。确实，唐宣宗一朝，正如李商隐的一首诗："夕阳无限好，只是近黄昏。"唐宣宗虽然"英明"，但宦官和藩镇的痼疾他却无力医治，正所谓大厦将倾，一木难支。

不过，虽然当时唐王朝已是"忽喇喇似大厦倾，昏惨惨似灯将尽"，但好歹，宣宗一朝还没有完全崩溃。

一行书不读，身封万户侯

——晚唐垄断社会资源的贵公子

汉代多豪族，恩深益骄逸。走马踏杀人，街吏不敢诘。

红楼宴青春，数里望云蔚。金缸焰胜昼，不畏落晖疾。

美人尽如月，南威莫能匹。芙蓉自天来，不向水中出。

飞琼奏云和，碧箫吹凤质。唯恨鲁阳死，无人驻白日。

花树出墙头，花里谁家楼。一行书不读，身封万户侯。

美人楼上歌，不是古凉州。

——聂夷中《公子行》二首

聂夷中的名字，大家应该有印象，虽然他留下的诗只有三十二首，但是他那首《伤田家》非常有名："二月卖新丝，五月粜新谷，医得眼前疮，剜却心头肉……"以至于留下"剜肉补疮"这样一个悚动警人的成语。他的字大家也会听着耳熟：坦之。当然，相信多数人联想到的是《天龙八部》中的游坦之，和聂夷中应该是没有什么关系。或许金庸先生让游坦之剜了自己的眼给阿紫，和聂夷中说的"剜肉补疮"有点什么联系？

据《唐才子传》说，聂夷中曾屡试不第，在长安待了许久，"皂裘已弊，黄粮如珠"——衣食不继，十分困顿。最终才得了个华阴县尉

一行书不读，身封万户侯

这样的小官。他出身于"草泽",也就是说是从贫苦人家来的,所以深知普通百姓的苦难。他的诗也多有讽刺警醒之词,本篇所选的这首诗就是一例。

聂夷中对当时的贵公子们的作为是非常厌恶的,正如本篇这首诗说道:"花树出墙头,花里谁家楼。一行书不读,身封万户侯。"这些豪门公子不读诗书,不学无术,却靠世袭祖荫,安安稳稳地当他的"万户侯"。他们的恣意妄为更是让人愤慨:"汉代多豪族,恩深益骄逸。走马踏杀人,街吏不敢诘。"这些公子哥们在街上纵马踩死人,都没人敢管。

唐末社会已全面腐败,科举也越来越不公平,营私舞弊已经到了无以复加的程度。中进士之后庆功的曲江亭,也成了贵公子们的私人聚会之所。晚唐的著名才子几乎都考不中进士。那些无权无势、朝中无人的一般考生,想蟾宫折桂,是没指望的。这时候的唐代科举,已经不是凭本事的年代了,什么也要靠关系,靠"潜规则",金榜上全是有钱有背景的世贵子弟。也怪不得人家黄巢不第后赋菊明志,然后反了。

李山甫也曾写过《公子家》二首,生动形象地描绘出当时豪门公子的丑态:

> 曾是皇家几世侯,入云高第照神州。
> 柳遮门户横金锁,花拥弦歌咽画楼。
> 锦袖妒姬争巧笑,玉街骄马索闲游。
> 麻衣酷献平生业,醉倚春风不点头。

柳底花阴压露尘，醉烟轻罩一团春。

鸳鸯占水能嗔客，鹦鹉嫌笼解骂人。

骁裹似龙随日换，轻盈如燕逐年新。

不知买尽长安笑，活得苍生几户贫？

"鸳鸯占水能嗔客，鹦鹉嫌笼解骂人"，写得真好，鸳鸯、鹦鹉，本非凶恶之物，但却也能对客人发怒，胡乱骂人，这豪门高第的凌人气焰扑面而来。这些不学无术的贵家公子，本是社会的寄生虫，却倚仗自己是豪门高第，尽情骄奢淫逸，对待平民贫士却视如虫蚁——"麻衣酷献平生业，醉倚春风不点头"，这些未得功名的书生，他们根本不屑于搭理。

聂夷中还有一首诗也叫《公子家》，也写得非常深刻："种花满西园，花发青楼道。花下一禾生，去之为恶草。"意思是说，园子里种满了花，通往青楼（富家的高楼也可以称为青楼，后来才专指风尘女子"做生意"的地方）的道上也开满了花。这些花虽然占了道路，却也没有怎么样，可见是备受宠爱的了。但是花底下突然有一枝禾苗冒了出来，却马上被拔掉，像拔掉一根野草一样毫不留情。

娇媚虚华者受宠，诚挚实干者却受欺，这大概是唐末时一个很普遍的现象。同是晚唐诗人的郑谷也有诗说："禾黍不阳艳，竞栽桃李春。翻令力耕者，半作卖花人。"（《感兴》）

一行书不读，身封万户侯

233

君归泉路我飘蓬
——末世强权揉碎的爱情

一烛从风到奈何，二年衾枕逐流波。

虽知不得公然泪，时泣阑干①恨更多。

明月萧萧海上风，君归泉路我飘蓬。

门前虽有如花貌，争奈如花心不同。

——赵嘏《悼亡》二首

我们在前文中也说了，唐宣宗虽然是个明睿之主，但是也挽救不了千疮百孔的大唐帝国。此时的大唐，风气已坏，官贪吏虐，民不聊生。赵嘏的这首诗里面，就隐藏着这样一个令人不胜感伤的故事。

赵嘏是晚唐有名的诗人，他的诗曾为杜牧大力称赞，尤其是"残星数点雁横塞，长笛一声人倚楼"（《长安秋望》）一联，更是闻名遐迩，甚至有人不呼其名，而呼他为"赵倚楼"。确实，赵嘏诗中有关"楼"字的不少，什么"乡心正无限，一雁度南楼"（《寒塘》）"独上江楼思悄然，月光如水水如天"（《江楼有感》）。自从王粲的《登楼赋》之后，这"楼"和"愁"往往就联系在一起，赵嘏的诗也是凄清悱恻，读来

---

① 阑干：纵横交织，这里形容泪流满面的样子。

但觉一股凉意冷彻心头，如三秋之寒露。

之所以这样，正是因为赵嘏心里埋藏着一段伤心事。

赵嘏早年家在浙西一带，他和一女子相爱，情深不渝，有白头相偕之意。但是这个女子在中元节（农历七月十五日，又称"盂兰盆节"，有的地方俗称"鬼节"）时到鹤林寺游玩，不幸被色眯眯的浙西节度使看中。我们都知道，晚唐时的节度使都是一方的土皇帝，专横霸道，无人敢管。于是这浙西节度使便强抢民女，把赵嘏的心爱之人抢走了。

赵嘏虽一腔悲愤，但也无可奈何，只好赋诗道："寂寞堂前日又曛，阳台去作不归云。当时闻说沙吒利，今日青娥属使君。"（《座上献元相公》）诗中用前文我们说过的韩翃的情人柳氏被番将沙吒利所夺的故事，来怨斥浙西节度使的丑行。但可惜，这时候却再也没有像虞候许俊那样行侠仗义的好男儿帮忙了。

赵嘏无奈之下，只好到长安考取功名。然而，他面临的却是一次又一次的打击。翻开赵嘏的诗集，你会看到这样一些题目：《下第后归永乐里自题二首》《下第》《落第寄沈询》《落第》……除了下第就是落第，这里面的一字一句都沾满了赵嘏心痛欲绝的血泪，正像他那首《下第后上李中丞》中写的那样："落第逢人恸哭初，平生志业欲何如。鬓毛洒尽一枝桂，泪血滴来千里书……"

我们还可以细品一下赵嘏那首著名的《长安秋望》，也是写下第后的心情：

君归泉路我飘蓬

云物凄清拂曙流，汉家宫阙动高秋。

残星几点雁横塞，长笛一声人倚楼。

紫艳半开篱菊静，红衣落尽渚莲愁。

鲈鱼正美不归去，空戴南冠学楚囚。

此诗《唐诗鉴赏词典》中有，在此就不多解释了。不过《唐诗鉴赏词典》中却没有明确说明这是赵嘏下第后之作，其实从"空戴南冠学楚囚"一句来看，当为赵嘏在长安求功名无望，屡次下第，命运蹭蹬，处处碰壁时的境况无疑。

一直到了会昌四年（844），赵嘏才终于得以进士及第。这时赵嘏已是四十多岁了。为人极为势利的浙西节度使听说后，马上把赵嘏心爱的女子送入长安，还给了赵嘏。赵嘏听说此事，急忙出横水驿迎接。这个女子见到赵嘏后扑在他怀里痛哭，不一会儿居然因为伤痛过度，死在了赵嘏的怀中，十几年的相思泪水终于都滴在赵嘏的衣襟上，她似乎死而无憾了。赵嘏将她安葬在横水边，写下了本篇所选的这两首痛断肝肠的悼亡诗。

"一烛从风到奈何，二年衾枕逐流波"，是说两人的命运正如风中之烛无法把握，两年衾枕间的欢爱也像逝去的流水一样无法重来。

"虽知不得公然泪，时泣阑干恨更多"，是说虽然她身在浙帅府中，不敢公然哭泣，但私下里又流了多少伤心之泪。这写的是生离时的伤痛。

"明月萧萧海上风，君归泉路我飘蓬"，则是写死别之痛。是说现在挚爱之人已入了黄泉，自己却还要飘蓬远处，不能在坟前相守了。

但是，赵嘏却给她许下了一个诺言，这就是他的心中再容不下别的女子了，心中这方天地永远为黄泉下的她留着——"门前虽有如花貌，争奈如花心不同"。是说世间不乏貌美如花的女子，但是她们的心却不是你的心，我心中的你永远无法替代，真的，没有人任何人可以替代。

赵嘏就此心意懒懒，他虽然考取了功名，但一生就当过"渭南尉"这样一个小得不能再小的九品芝麻官。他的心可能早就随心爱的女子埋进了那冰冷的黄土中。

多说两句，赵嘏的《江楼感旧》这首诗，有些地方解释说是写给友人的，笔者倒觉得不是，应该也是思念他所爱的这位女子的。兹录于下，请大家品鉴是否有理：

　　　　独上江楼思渺然，月光如水水如天。
　　　　同来望月人何处？风景依稀似去年。

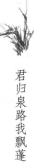

君归泉路我飘蓬

城高功亦高，尔命何劳惜

——草菅人命的晚唐将军

城上一培土，手中千万杵。筑城畏不坚，坚城在何处。

莫叹将军逼，将军要却敌。城高功亦高，尔命何劳惜。

——陆龟蒙《筑城词》二首

陆龟蒙是晚唐很重要的一位诗人，《全唐诗》中录其诗达十四卷。据《唐才子传》所载，陆龟蒙是苏州人，从小就聪明，家中藏书万卷。但晚唐之时科举腐败，像陆龟蒙这样的才子居然也没有考中。后来他到湖州、苏州两地当了一段时间的幕僚。但是他很不习惯官场中的那些规矩，于是最后拂衣而去。

陆龟蒙家境其实也并不富裕，他家的田地低洼，江南又经常发水灾，往往先把陆龟蒙家的地淹没了，所以陆龟蒙经常挨饿。但他不以为苦，发奋钻研农耕技术，写了《耒耜经》一书，其中对犁、耙和碌碡等诸般农具颇有研究，成为我国农业史上一部很有价值的著作。正所谓"慧则通，通即无所不达；专则精，精则无所不妙"。说句有些玩笑意味的话，人家陆龟蒙"修理地球"也能"修"出学问来。

陆龟蒙嗜茶，后来在山坡上开了几亩茶园，除供自己饮用外，还能换些钱买酒喝。他对茶也研究极精，后来写出《茶书》这样一部书，是继《茶经》《茶诀》之后又一部茶叶专著。

回到陆龟蒙写的诗上来。晚唐之时，军阀混战，民不聊生，杀人如麻，血流盈野，当政者暴虐不仁，在本篇所选的诗中得到了淋漓尽致的反映。

早在南北朝时，夏国有个暴君叫赫连勃勃，他命令制造的兵器要这样验收：弓箭射不穿盔甲，造弓箭的工匠处死；弓箭射穿盔甲，造盔甲的工匠就活不成。他在修筑统万城时，派人用利锥检查城墙的质量，只要利锥能刺入一寸，就立刻把造这堵墙的人杀掉，然后换人拆掉重筑，并将被杀者的尸体一并筑入城墙。所以，在这样严酷的要求下，筑城的百姓纷纷被折磨致死。张籍也曾写诗说："家家养男当门户，今日作君城下土。"（《筑城词》）古时的人更重视生育男儿来传宗接代顶门立户，但如今都死在城下，做了城下之土，他们又有什么罪过呢？他们家中的父母亲人又何等的肝肠寸断呢？

时至中晚唐，官贪吏虐，百姓生命如草芥一般，就是刀下肉，他们才不会在乎百姓的死活呢！

城高功亦高，尔命何劳惜

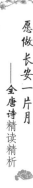
阴符多术得非奸

——蔑视诸葛亮的诗人薛能

葛相终宜马革还①，未开天意便开山。

生欺仲达②徒增气，死见王阳③合厚颜。

流运有功终是扰，阴符④多术得非奸。

当初若欲酬三顾，何不无为似有鳏⑤。

——薛能《筹笔驿》

唐诗中写诸葛亮的诗作不少，虽然当时还没有《三国演义》这样的小说传世，但诸葛亮的名气在当时也相当响亮。像老杜，一生对诸葛丞相推崇备至，单是写孔明的有名的诗就达十二首之多，像什么

---

① 葛相：指诸葛亮丞相。马革还：来自"马革裹尸"一典，用马皮把尸体包裹起来归葬，指献身疆场。出自南朝·宋·范晔《后汉书·马援传》："男儿要当死于边野，以马革裹尸还葬耳，何能卧床上在儿女子手中邪！"

② 仲达：司马懿字仲达，这里指诸葛亮屡欺司马懿，却没有最终获胜。

③ 王阳：出自汉·班固《汉书·王尊传》："先是，琅琊王阳为益州刺史，行部至邛崃九折坂，叹曰：'奉先人遗体，奈何数乘此险！'后以病去。及尊为刺史，至其坂，问吏曰：'此非王阳所畏道邪？'吏对曰：'是。'尊叱其驭曰：'驱之！王阳为孝子，王尊为忠臣。'"

④ 阴符：指《黄帝阴符经》一书，为古代有名的兵书。

⑤ 有鳏：出自《尚书》："有鳏在下，曰虞舜。"这里比喻甘守贫困的贤人。

"诸葛大名垂宇宙，宗臣遗像肃清高"（《咏怀古迹五首》）"出师未捷身先死，长使英雄泪满襟"（《蜀相》）等，都是大家耳熟能详的诗句。

李白、白居易、元稹、李商隐、温庭筠、罗隐等大腕也都有关于诸葛亮的诗作，好句子也不少，比如："管乐有才真不忝，关张无命欲如何？"（李商隐）；"时来天地皆同力，运去英雄不自由"（罗隐）；"鱼到南阳方得水，龙飞天汉便为霖"（白居易）等。其他无名诗人写诸葛孔明的也有不少，这里就不提了。但是无论诗作的工拙，无一不是赞颂诸葛亮的。但本篇所选的这首诗却不然，此诗对诸葛丞相"猛砸砖头"，甚至有些看不起，这狂者乃是何人？

此诗的作者名叫薛能。薛能是晚唐一位非常不出名的诗人。即使像《唐诗鉴赏词典》之类的大部头也根本没有他的名号。薛能名字叫"能"，倒不见得有什么大的能耐，但是口气特大，十分狂妄。宋人洪迈《容斋随笔》在"薛能诗"一篇中就说，"薛能者，晚唐诗人，格调不能高，而妄自尊大"，原因是薛能口气极大，一贯看不起老杜，说什么老杜不敢写海棠诗，一会儿又说老杜不敢写荔枝方面的诗，还说白居易虽然写过荔枝诗，但"兴旨卑泥，与无诗同"——白居易写得太烂，写了等于没有写——并大言不惭地把自己的诗称为"荔枝首唱"。

然而我们看白居易的诗："润胜莲生水。鲜逾橘得霜。燕脂掌中颗，甘露舌头浆。"（《题郡中荔枝诗十八韵，兼寄万州杨八使君》）写得很是细腻生动，绝不像薛能说的那样不值一钱。而薛大能人自己的诗又是什么样儿呢？我们来看一下："颗如松子色如樱，未识蹉跎欲半生。岁杪监州曾见树，时新入座久闻名。"（《荔枝诗》）这首诗，一点也不见高明，说了半天，只不过是说："啊，我活了半辈子，终于看到荔枝了，原来是长在树上的，形状如松子，色泽像樱桃。"就这个所谓

阴符多术得非奸

241

的"荔枝首唱"，比之白居易的诗，差远了。诗写得坏也罢了，这还不算完，前面还弄那么一大篇大话（荔枝诗的序），不免为后人讥笑。

不过，《容斋随笔》只提了薛能在诗作上的狂妄，还没有提他看不起诸葛亮。大家看本篇这首诗，上来先说：诸葛亮就是死在军中的命，他没有明晓天意却妄想着征服天下。虽然在争斗中暂时占了点上风，欺负了一下司马懿，但又有何用？只不过意气用事罢了。最后还是死在司马懿前面。"死见王阳合厚颜"这句用了一个典故，大家参看一下注解。意思是说，诸葛亮你不知天命，自寻死路，比起爱惜生命，不让父母担忧的孝子王阳来，实在是太惭愧了。诸葛亮制造了木牛流马运送粮草，虽然巧妙却终是白折腾一场，虽然他通晓兵法，但从另一个角度看，难道不是奸诈之辈吗？当初在三顾茅庐时，诸葛亮你为什么不像甘守贫困的贤人一样推辞呢？

其实薛能这诗，先不说立意，从诗歌艺术上来讲，就非常差劲。"葛相"一词，向来没有人这样用过，诸葛亮复姓诸葛，又不是姓葛，举的"王阳""有鳏"等典故也不伦不类，缺乏说服力。

薛能一直看不起诸葛亮，除了本篇

这首外，还有一首诗说："当时诸葛成何事，只合终身作卧龙"。意思是说，诸葛亮有什么功业？他也就配趴在南阳当他的"卧龙"。

本篇所选的薛能的这首诗，艺术上不行，道理上也不是太通，因此一般很少有人提。有的朋友可能也会说，这薛能十有八九就是一个失心疯的狂人，胡说八道而已，提他这首诗做什么？笔者觉得事情也不能简单地这样来看，薛能此诗，虽然不是什么好诗，但在思想上却多少也有可以看一下的地方。就好像一个人不可能被所有人夸，大部分古人都在歌颂诸葛亮，我们来看一下持相反意见的人的观点，也不是不可以。

而且，考虑到薛能所处的时代，那时已是晚唐，一些割据势力十分嚣张，纷纷自立为王，对抗"中央"。不少人盘踞在地势险要、物产丰富的蜀地，李白《蜀道难》中就曾预见过，一旦四川被叛贼所占，就会出现"所守或匪亲，化为狼与豺。朝避猛虎，夕避长蛇，磨牙吮血，杀人如麻"的局面。到了唐末，唐室的大本营、避难所——四川，终于为王建、孟知祥等军阀所占据，后来孟知祥的儿子孟昶自立为帝后，就有个宠臣名叫王昭远，经常手执铁如意，自称为蜀中"诸葛亮"。此人虽晚于薛能所处的年代，但可想而知，当时以此自居者也不乏其人，所以薛能的矛头也未必全是对着诸葛亮本人而发的。

诚然，薛能有满腔的不平之气，不过，他的诗有些也还是不错的。我们从《全唐诗》中找出来了这样一首：

阴符多术得非奸

　　　　杏花

活色生香第一流，手中移得近青楼。

谁知艳性终相负，乱向春风笑不休。

这里以杏花的轻浮放浪之态讽刺了许许多多的人，不但是讽刺那些青楼妓女，还应该包括那些"有奶便是娘"，首鼠两端，以攀附权贵为乐事的小人们吧！

　　晚唐之时，诗人笔下也颇多激愤。从薛能狂放得近乎疯癫的状态，我们也能感觉到晚唐社会之黑暗对于人们的压抑。社会混乱之际，黑白颠倒，完全混乱。"杀人放火金腰带，修桥补路无尸骸"，官像贼，贼像官，还有什么忠孝礼义？

　　这股怨气埋在心里总要爆发，文人们以诗发泄，而草民们不免揭竿而起，颠覆破坏整个大唐政权，"内库烧为锦绣灰，天街踏尽公卿骨"的日子，越来越近了。

可怜寥落送春心
——杀人魔王高骈的清丽诗句

持竿闲坐思沉吟，钓得江鳞出碧浔。

回首看花花欲尽，可怜寥落送春心。

——高骈《池上送春》

单看此诗，倒是相当的雅致。大家可能会觉得此诗的作者，应该是位温文尔雅的才子。然而此诗的作者却是一位阴狠奸诈，双手沾满人血的大魔头——高骈。

对于高骈，大家更熟悉的应该是这一首《山亭夏日》："绿树阴浓夏日长，楼台倒影入池塘。水晶帘动微风起，满架蔷薇一院香。"此诗在一些少儿的唐诗选本中也经常出现，确实写得不错。

高骈是将门之后，他的爷爷就是我们在说薛涛的那篇中提过的高崇文。高崇文在唐宪宗年间平定四川刘辟的叛乱，并力阻吐蕃的蛮兵，神武过人，以致被封为南平郡王，同中书门下平章事，谥曰威武。高崇文虽然也写过一首诗，但却是十足的武夫风格："崇文宗武不崇文，提戈出塞号将军。那个髇儿射雁落，白毛空里乱纷纷。"（《雪席口占》）这首诗前文也特意提过。所以论写诗的话，高骈倒是比他爷爷强多了，除了《山亭夏日》和本篇所选的这首诗外，像什么"红叶寺多诗景致，

可怜寥落送春心

白衣人尽酒交游"(《途次内黄马病寄僧舍呈诸友人》)"不会人家多少锦，春来尽挂树梢头"(《锦城写望》)等，也非常不错。从诗才上讲，虽然未必达到超一流的境界，但和晚唐的皮日休、陆龟蒙等相比，也不遑多让，比他的爷爷高崇文的水平更是高了不止一个"段位"。

然而，高骈这个人本身却不像他的诗一样为人称道。高骈为人阴毒残忍。唐僖宗年间，南诏人反唐，率兵打进四川，朝廷派高骈去解决这个棘手的问题。高骈虽然很快打跑了南诏人，但是他狂傲自大，对四川当地的兵卒非常歧视，经常以诬蔑的口气说"蜀兵怯懦"。蜀人听了都憋了一肚子气。更为出格的是，对于因为抵御南诏，在当地人中临时招募的兵将，高骈不光非常蔑视，竟然还不分青红皂白就停发这些人的"工资"，不承认他们的"军籍"。

这些被称为"突将"的四川本地兵将一下子被停发军饷，不免个个气愤难当，于是大家伙冲进高骈的府衙要讨个说法。高骈见众人来势汹汹，吓得躲进厕所藏了起来。高骈手下的兵将来了一大帮，个个身穿盔甲兵刃在手，当地的"突将"们丝毫不惧，扯下高骈府堂前兵器架子上的刀枪，和高骈的亲兵们厮打，没有武器的就用拳脚。结果这些一腔怨气的四川本地兵将，把高骈的亲兵打得狼狈逃走。高骈亲兵打不过"突将"，却跑到一个球场上杀掉民夫数百人，回去报功。我们说过，高骈为人阴险，暂且隐忍不发，对"闹乱子"的当地兵将温言加慰，补发粮饷。于是，这些"突将"们都心满意足，以为这事以自己的胜利告终了。

其实，这事并没有完。阴狠的高骈一方面加派了人手保护自己的府第，另一方面暗中列出了黑名单。对于这些"突将"，他是要"秋后算账"的。其实根本没有等到"秋后"，这事发生了两个多月后，正是六月暑热的天气。闷湿的夜里，"突将"和父母妻儿们正在安睡。可是，高骈的兵马却像一场夏日里的暴雨霹雳突然来临了。

高骈的人围住他们的家，推倒院墙，砸坏房门，无论老幼孕病，全部残杀。尚在襁褓中的婴儿，被扔在台阶上摔死，或者在柱上磕出脑浆。几千人就这样的死去，高骈让人连夜将尸体都丢在江里。一个"突将"的妻子临死前满腔悲愤地大骂高骈："我必诉汝于上帝，使汝他日举家屠灭如我今日，冤抑污辱如我今日，惊忧惴恐如我今日！"高骈之残忍歹毒可见一斑。这当真和他的诗中的那些美丽句子很难联系到一块。

唐僖宗乾符六年（879），高骈来到江淮之地，被朝廷任命为"检校司徒、扬州大都督府长史、淮南节度副大使知节度使、兵马都统、盐铁转运使"。江淮之地，是唐朝重要的财赋收入来源，也是漕运的要冲。高骈来到这里，拥兵自重，独霸一方，渐有尾大不掉之势。当时，黄巢起义，高骈手下拥有精兵八万、战船千艘，但他却"养寇自重"，意思是如果一下子把黄巢贼军消灭干净了，那朝廷可能就不会再倚重自己。所以，好几次黄巢被打得喘不过气来的时候，高骈就停手，留着黄巢等人不断地闹腾，朝廷就无法不容许自己在军政、财政方面大权独揽，以借机扩大自己的权势。

然而人算不如天算。不料想，黄巢被养得太"肥大"了，高骈后来真得也玩不了了，于是又改为"缩头"政策，保存自己的实力，坐视黄巢军四处攻城略地，只要不进他高骈的地盘就行。朝廷数次切责高骈，又让他以十万火急的速度救援长安，高骈乐悠悠地坐在水边饮酒钓鱼，一会儿说自己患"风痹"之症，不能动弹，一会儿又谎称黄巢有大军六十万屯于自己城前，无法分兵前往。于是，长安城终于为

可怜寥落送春心

黄巢攻破，唐王朝又一次"严重休克"。王夫之在《读通鉴论》中痛叹："而唐之分崩灭裂以趋于灰烬者，实骈为之。"唐朝之灭亡，虽然不能说全是高骈的缘故，但高骈也难辞其咎。

坐守一方的高骈俨然是位土皇帝。俗话说："做了皇帝想登仙。"高骈虽然还不是"正版皇帝"，但却痴迷于仙道。有个叫吕用之的方士，其实是个大骗子，花言巧语骗得高骈心动，待之如上宾。吕用之又介绍了他的一个老哥们儿，名叫张守一的，他俩一起哄高骈。电影《手机》上的严守一，自称"有一说一"，其实却满口谎言，这个张守一也不例外。而且张守一吹得更厉害，和吕用之一起编造说，有刺客来行刺，该刺客乃绝顶高手，剑术妖异，常人无法抵御，只有张守一才有办法。于是他哥俩儿让高骈穿上女人的衣服，藏到内室。哥俩儿就练起在民间假装降妖捉鬼那一套把戏：拿几个铜盆不断地抛上天，让铜盆落在台阶前当当地响，又用一个皮囊盛了猪血，到处抛洒。装神弄鬼一整夜，第二天张守一微笑着对高骈说："几落奴手！"——差点着了刺客的道。看来这两人演技倒不错，按说高骈能拥兵数万，号令一方，也不是呆瓜蠢驴，居然对此深信不疑，对他们二人感激不尽，更加厚待。

有个叫萧胜的人，想到盐城那个油水特别多的地方去当官，于是花钱行贿吕用之。吕用之收了钱，就和高骈说："近日得上仙天书，说盐城有神剑在井中，非萧胜去不可。"结果萧胜到了盐城大捞特捞。过了几个月，萧胜随便找了个铜匕首装到个盒子里献给高骈，吕用之就说，这是"北帝所佩，百里之内五兵（即五种兵器，指刀枪剑戟弓等）不能犯"。高骈大喜。吕用之又把萧胜神化成秦穆公的女婿——传说乘龙而去的萧史，因自己姓吕，就自命为磻溪真君（姜子牙又名吕尚，文王在磻溪遇到的他）。吕用之骗高骈说，修仙的人不可忙于俗务，于是高骈专心修仙，将军政大事尽数委于吕用之等人。

高骈每日在府中"修仙"，骑木鹤，穿羽衣，烧丹炼金，等待"飞升"。哪想没有等来"飞升"，倒是飞来横祸。高骈常年不理政事，吕用之等人又贪虐妄为，淫人妻女，夺人财物，早有部将不服，于是高骈手下的部将趁机作乱。高骈兵柄早失，对此一点办法也没有，于是被幽禁在一个大院子里。此时的高骈全没有了昔日的尊贵威风，看押的人只供给一些粗食剩饭。到了后来，别说柴米肉蔬，甚至干脆什么吃的东西也不送了。同样被幽禁的高骈的左右饿得不行，将高骈昔日顶礼膜拜的神像劈了当柴烧，煮皮带吃。后来就有人吃人的现象发生了。但没有等高骈活活饿死，叛将们就不耐烦了，冲进高骈的府里，将高骈和其全家老小全部杀尽，在院里刨了坑，胡乱埋掉。倒恰恰应验了当年那个"突将"妻子的诅咒。

纵观高骈的一生，可以称道的事非常少，似乎是个臭名昭著的人物。但是，他在《全唐诗》中留下的那卷诗却文采斐然，颇有可观之处。不禁让人感叹，人性，毕竟是复杂的。

可怜寥落送春心

相传妖物此潜身

——人妖难辨的唐末乱世

潏①潏寒光溅路尘，相传妖物此潜身。

又应改换皮毛后，何处人间作好人。

——罗隐《野狐泉》

　　此诗虽短，但意味深长，锋芒极锐，大有匕首投枪之势。此诗的作者是晚唐有名的"愤激型"诗人罗隐。说来由于晚唐的社会日渐黑暗，不少诗人都有愤激之语。比如杜荀鹤就说："今年县宰加朱绂，便是生灵血染成"；陆龟蒙在感叹那些暴虐的将军役使百姓时说："莫叹将军逼，将军要却敌。城高功亦高，尔命何劳惜"；韩偓在一篇咏斗鸡的诗中说："何曾解报稻粱恩，金距花冠气遏云。白日枭鸣无意问，惟将芥羽害同群。"（《观斗鸡偶作》）讽刺了那些食国家俸禄，却割据一方，抢地盘，乱打仗的军阀；司空图这样退隐山林，甘乐泉石生涯的人也说："日炙旱云裂，迸为千道血。天地沸一镬，竟自烹妖孽。"

　　罗隐本名为罗横，虽有"龆年夙慧，稚齿能文"之称，但终其一生也没有考得功名——十次赴试，却次次落第。罗横在第六次下第时

---

① 潏：水涌出的样子。

愤然改名为罗隐。虽然名字改了，但心里却还是不甘心就此"隐"在江湖，又考了四次，还是榜上无名，这才断了这个念头。

罗隐当年去赶考时，曾结识过一个叫云英的妓女。过了十二年，他又遇到了云英，此时云英却还没有从良嫁人，云英也笑话他"罗秀才尚未脱白"（意思是说，他还是布衣没有功名。唐时平民只能穿白衣，只有官宦才能穿其他颜色的衣服），罗隐就写了这样一首诗："钟陵醉别十余春，重见云英掌上身。我未成名君未嫁，可能俱是不如人。"（《赠妓云英》）自伤自嘲中，依然带着难以抑制的激愤。无可奈何之际，罗隐写诗自我宽解道："得即高歌失即休，多愁多恨亦悠悠。今朝有酒今朝醉，明日愁来明日愁。"（《自遣》）这也成为后世无数没落文人共同的心声。

罗隐一向狂傲，常看不起那些所谓的朝廷大官。晚唐之时，主昏臣奸，无能庸碌之辈纷纷爵禄高登，有才之士却屈居尘下。明朝时刘基《卖柑者言》曾说："观其坐高堂，骑大马，醉醇醴而饫肥鲜者，孰不巍巍乎可畏，赫赫乎可象也？又何往而不金玉其外，败絮其中也哉？"唐末元末，时代不同，但社会黑暗、是非颠倒的情景却也是大略相同。罗隐最看不起这些家伙，《北梦琐言》记有一事说："某次罗隐乘船，兴发吟诗，舟人告云'此有朝官'。罗曰：'是何朝官！我脚夹笔可以敌得数辈。'"意思是说，我用脚丫子拿笔都比那些官们捆一块儿强。像罗隐这样的性格，当然不为当权者所喜。所以有"隐恃才忽睨，众颇憎忌"之说。

功名考不中，罗隐就改投其他的藩镇。他先到了淮南高骈那儿。但罗隐见高骈喜欢神仙道术，就比较反感，在土庙里题诗讥讽后，连夜乘船跑了。高骈气得鼻子冒烟，派快船追赶，但好在没有追上。后

相传妖物此潜身

来高骈被杀，罗隐又提笔写了《广陵妖乱志》以报当初被追之仇。

不过话说回来，要说罗隐不喜欢高骈，离开他也就是了，却还是忍不住写诗来讽刺他；而且在高骈死后还是不依不饶，再加上一笔。罗隐执拗的性格可见一斑。罗隐所著的《谗书》五卷计小品文六十篇，鲁迅先生非常喜欢，评为："几乎全部是抗争和愤激之谈。"

罗隐的诗作也满篇是刺，《唐才子传》说他"诗文凡以讥刺为主，虽荒祠木偶，莫能免者"。确实连庙堂中的神像，罗隐也要讽刺几句，比如像《衡阳泊木居士庙下作》中就说："乌噪残阳草满庭，此中枯木似人形。只应神物长为主，未必浮槎即有灵。"其实罗隐哪里是在讽刺木偶神像，他是在讽刺那样形同木偶的庸官俗吏。

本篇所选的这首诗，罗隐也写得相当好，我们一起来看一下。

此诗前面原有一篇小序："在百丈山后，昔怀海禅师说法，有老人来听经，曰：'堕落此山，今大幸矣。'明日，一老狐毙于崖下。"

罗隐此诗，表面上写的是一只妖狐，在此潜身为祸，一朝作怪，改换皮毛，修成人形，就混入人世，也当起"好人"

来了。确实，纵观唐末，官变为贼，贼变为官，人如妖，妖如人，一大笔糊涂账。黄巢手下的朱温本是"贼将"，投降了唐朝却赐名"朱全忠"，而正是这个朱全忠断送了李唐接近三百年的社稷；有名的吃人魔王秦宗权本是蔡州节度使，堂堂的朝廷命官，却转眼就成了贼军，而且比"正牌"贼军更凶残，军中每每杀平民割人肉用盐腌了当作"军粮"。这些反复无常，首尾两端，一味地害民掠财的家伙们，不正像罗隐诗中的妖狐吗？先前不知手上沾了多少人的鲜血，然而揩干净后，穿上官袍，却又是堂堂正正的达官贵人，自有人来树碑立传，颂无量功德，这种事还少吗？看到此处，不免觉得罗隐说得真犀利，骂得真痛快！

罗隐最后倒是终于找到一个归宿——割据钱塘的钱镠赏识他的才华，待为上宾，授钱塘县令，拜秘书著作郎。钱镠晋爵吴越王后，又表罗隐为司勋郎中，充镇海军节度判官、吴越给事中。最后罗隐死于盐铁发运使任上，享年七十七岁。像罗隐这样的才子终不能为唐室所用，倒是割据一方的"军阀"倒有容人雅量，看来大唐此时确已无可救药。

相传妖物此潜身

天街踏尽公卿骨

——大唐最后崩溃的尘烟

本篇比较特殊，没有先把诗文展现出来。因为本篇要讨论的这首诗太长了，题为《秦妇吟》。

《秦妇吟》这首诗，清朝人集录的《全唐诗》里面本来没有，而是由王重民先生在敦煌古文献中"扒"出来的，整理为《补全唐诗》。本来，连笔者都觉得《秦妇吟》太长了（全诗 238 句，1666 字），想另选一首来说说。不过在《全唐诗》中找来找去，却始终找不到一首能和《秦妇吟》媲美的诗，也就只好如此了。而且，若非《秦妇吟》这样一曲鸿篇巨制，实在不足以让我们真切感受到大唐这座壮丽无比的大厦最终崩溃时的声音和弥漫起来的尘埃。

《秦妇吟》这首诗的作者是诗人韦庄。黄巢贼军攻破长安时，韦庄正在长安应举，这时候唐僖宗带了亲信太监田令孜和神策军五百人从长安城西边的金光门跑了，随行的只有四个王子和嫔妃数人，文武百官都不知道。这时候，长安的乱兵和一些不安分的老百姓就先跑到官家的府库里抢东西。这种情况下，科举考试当然没有办法举行了。而且"满城尽带黄金甲"后，不久就开始了大屠杀，长安城死人无数。韦庄幸免于难，后来用亲身经历写下了《秦妇吟》这首诗。

要知道，在当时写下这首诗，要有不凡的勇气。当时长安城内曾出现过嘲骂黄巢军兵的诗句，贼将尚让下令将有嫌疑者尽数拿下，挖掉眼珠，倒吊起来，让其活活痛死。并大搜城内会作诗的人，全部砍头，有人仅仅粗识文字，并不会作诗，也被充为贱役。所以在当时贼兵并未全部剪灭，依然恐怖万分的情况下，韦庄写下这样一首诗，是需要相当胆略的。

　　韦庄写这首诗，一不是为了应试考功名，二不是为了讨好某位达官贵人，这首长诗，完全是为了记录长安城中的那场大浩劫而发。此诗一出，韦庄名气大振，因此被称为"秦妇吟秀才"。大家众口相传，许多人家都将诗句刺在屏风、绣在幛子上。确实，这些诗句反映的正是大家心中的血泪。不过，韦庄的这首诗一是写了如"天街踏尽公卿骨"之类让那些贵族们觉得斯文扫地的句子，更为敏感的是，还写了官军趁乱骚扰百姓的情状，而韦庄后来的"老板"——前蜀（五代十国之一）皇帝王建，又正是当年入长安的官军将领。所以后来韦庄讳言此诗，又想法使它消失，在《家诫》内特别嘱咐家人"不许垂《秦妇吟》幛子"，后来编诗集时也未收入。因此，《全唐诗》中就非常遗憾地没有保存下这首诗。幸好后来由王重民先生从敦煌石窟里整理了出来，然而由于种种原因（例如 20 世纪某些时代的问题），《秦妇吟》在诗选中还是极少出现。所以，此处全录出来，给大家看看。由于此诗太长，故分段解析。

　　　　中和癸卯春三月，洛阳城外花如雪。
　　　　东西南北路人绝，绿杨悄悄香尘灭。
　　　　路旁忽见如花人，独向绿杨阴下歇。

凤侧鸾欹鬓脚斜，红攒黛敛眉心折。
借问女郎何处来？含嚬欲语声先咽。
回头敛袂谢行人；丧乱漂沦何堪说！
三年陷贼留秦地，依稀记得秦中事。
君能为妾解金鞍，妾亦与君停玉趾。

中和癸卯，是唐僖宗中和三年（883），此时黄巢被沙陀猛人李克用杀得大败——"伏尸三十里"，不得不烧毁长安的宫殿后逃走。诗中的女主人公"秦妇"，才可以趁乱逃出黄巢贼军的魔爪。此时，离中和元年（881）的长安城内大屠杀已过了三年，正所谓"痛定之后才能思痛"，在洛阳城外的大道上，虽然正是阳春三月，满目春光，但在离乱之世的人眼中，恐怕也是"感时花溅泪，恨别鸟惊心"（杜甫《春望》）。诗人遇到了这位饱受磨难的"秦妇"，听她说起这三年来那些惨痛的往事……

前年庚子腊月五，正闭金笼教鹦鹉。
斜开鸾镜懒梳头，闲凭雕栏慵不语。
忽看门外起红尘，已见街中擂金鼓。
居人走出半仓惶，朝士归来尚疑误。
是时西面官军入，拟向潼关为警急；
皆言博野自相持，尽道贼军来未及。
须臾主父乘奔至，下马入门痴似醉。
适逢紫盖去蒙尘，已见白旗来匝地。

"秦妇"的叙述是从一个安怡的环境中开始的。这年的冬日，腊月初五，当时她正在慵懒地梳妆，闲来逗逗鹦鹉什么的——从后面的"主父"一词来看，"秦妇"当为一个大户人家或者高官的姬妾。这时候，忽然街上鼓声四起。人们都惊慌地出门来看，上朝的官们也赶回家来了——皇帝早已经逃掉，还上什么朝？此时西边有官军入城，想赴潼关守卫。又有人传言：博野军（京都禁兵）已挡住了贼军，一时半会儿打不进城来。这时候"秦妇"的主人骑马回来，他吓得整个人都傻了，上气不接下气地说："圣上（紫盖）已绝尘而逃，贼军的白旗遍野都是，已经冲进城来了！"此时贼军进城，城内早已是一片混乱：

> 扶羸携幼竞相呼，上屋缘墙不知次。
> 南邻走入北邻藏，东邻走向西邻避。
> 北邻诸妇咸相凑，户外崩腾如走兽。
> 轰轰辊辊乾坤动，万马雷声从地涌。
> 火迸金星上九天，十二官街烟烘烔。
> 日轮西下寒光白，上帝无言空脉脉。

　　正像电影中的镜头一样，男女老少哭天喊地，拿着包袱行李乱拥乱逃。可哪里有安全的地方啊？于是东家跑到西家，南邻逃到北邻，女人更是恐惧，聚在一块儿哭叫着商量办法。此时外面兵荒马乱，人哭马嘶，烟火冲天，日色惨白。正如"山雨欲来风满楼"之势。

> 阴云晕气若重围，宦者流星如血色。
> 紫气潜随帝座移，妖光暗射台星拆。

天街踏尽公卿骨

这几句用典比较多，古人迷信，往往注意"天象"什么的。这里说，帝星旁边的宦者星一片血色，大凶。帝星所在之处的紫气，也不见了。象征三公重臣的三台星，也被妖光所冲散。大难真要临头了。

家家流血如泉沸，处处冤声声动地。

舞伎歌姬尽暗损，婴儿稚女皆生弃。

东邻有女眉新画，倾国倾城不知价；

长戈拥得上戎车，回首香闺泪盈把。

旋抽金线学缝旗，才上雕鞍教走马。

有时马上见良人，不敢回眸空泪下。

西邻有女真仙子，一寸横波剪秋水，

妆成只对镜中春，年幼不知门外事。

一夫跳跃上金阶，斜袒半肩欲相耻。

牵衣不肯出朱门，红粉香脂刀下死。

南邻有女不记姓，昨日良媒新纳聘。

琉璃阶上不闻行，翡翠帘间空见影。

忽看庭际刀刃鸣，身首支离在俄顷。

仰天掩面哭一声，女弟女兄同入井。

北邻少妇行相促，旋拆云鬟拭眉绿。

已闻击托坏高门，不觉攀缘上重屋。

须臾四面火光来，欲下回梯梯又摧。

烟中大叫犹求救，梁上悬尸已作灰。

妾身幸得全刀锯，不敢踟蹰久回顾。

旋梳蝉鬓逐军行，强展蛾眉出门去。

万里从兹不得归，六亲自此无寻处。

此段全景式描绘了当时的惨景，杀人如麻，流血成河，婴儿幼子都被抛弃。贼军还四处强暴妇女，东邻女子被"黄军"掠到战车上，供他们淫乐之余，还强迫她缝战旗，做针线活，有时见到自己的老公，也不敢认，只好背地里泪下千行；西邻女子被一个军兵强奸不遂抽刀杀死；南邻女子是正要出嫁的新娘，不堪受辱，投井而死；北邻少妇爬到屋顶上避难，结果被放火烧死。诗中的女主人公"秦妇"，也被掠走带到军中强暴，"秦妇"为了活命不敢不从，只好背井离乡，随贼兵而去。

一从陷贼经三载，终日惊忧心胆碎。

夜卧千重剑戟围，朝餐一味人肝脍。

鸳帏纵入岂成欢？宝货虽多非所爱。

蓬头垢面狼眉赤，几转横波看不得。

衣裳颠倒言语异，面上夸功雕作字。

柏台多士尽狐精，兰省诸郎皆鼠魅。

还将短发戴华簪，不脱朝衣缠绣被；

翻持象笏作三公，倒佩金鱼为两史。

朝闻奏对入朝堂，暮见喧呼来酒市。

天街踏尽公卿骨

这段写"秦妇"被迫从贼后的生活。在贼人军中，日夜担惊受怕——是啊，这些凶悍的贼人说不定什么时候给她一刀也没准。黄巢贼兵惯以人肉为食，所以诗中"秦妇"也不得不吃人心人肝，这也未必就是虚指。夜晚虽然也睡的是华美的鸳帐，但身边的男人却是蓬头垢面、染着红眼眉的粗野汉子，哪里还有欢爱的感觉。这批贼人都是些没有见过世面的大老粗，从来没有穿过官袍，不免颠倒着往身上乱裹，说话多是听起来十分别扭的外乡土话。有功的贼将，居然把脸上都刺上字，以此为荣。

"柏台"指御史台，是御史大夫的官署，"兰省"是秘书省。这里说官衙里面，全是黄巢贼人这等"狐精、鬼魅"一样的人。这伙人老粗本色不改，头发短短地却也学朝廷贵人戴上玉簪，晚上睡觉时，连朝衣也不脱下，就往绣花被子里钻（大概是在军营生活习惯了）。还有不少笑话：黄巢加封的当"三公高官"的贼人，连象牙朝笏都拿倒了，封作"两史官"的人，衣裳上佩的金鱼也是颠倒挂着。这些人，早晨去"上朝"，快天黑了回来，就乱哄哄地到酒店里去喝酒，粗鲁不堪，全无斯文仪表。

> 一朝五鼓人惊起，呼啸喧争如窃语。
>
> 夜来探马入皇城，昨日官军收赤水；
>
> 赤水去城一百里，朝若来分暮应至。
>
> 凶徒马上暗吞声，女伴闺中潜生喜。
>
> 皆言冤愤此时销，必谓妖徒今日死，
>
> 逡巡走马传声急，又道官军全陈入；
>
> 大彭小彭相顾忧，二郎四郎抱鞍泣。
>
> 沉沉数日无消息，必谓军前已衔璧；
>
> 簸旗掉剑却来归，又道官军悉败绩。

这段写一天早晨，突然人们纷纷惊起——有探子进城传言，官军已收复了距长安不过百里之遥的赤水镇。按这个速度，如果唐军早晨开往长安，晚上就能到达。黄巢贼徒马上暗暗心惊，有的居然开始哭泣。读者可能觉得奇怪，黄巢贼徒也是百战凶徒，为什么会哭？其实也不难理解，因为这些人现在手中有珠宝金银，屋里有娇妾美女，和原来"光脚不怕穿鞋"的时候完全不同。这些人刚享了几天"福"，就又要上马打仗，一仗下来，就有可能丢了性命，到手的这些东西就会全部成空，怎么不悲戚！这也是历史上好多农民军一入城享受后就战斗力大减的关键。

这时候，"秦妇"和其他被掳的女子们都暗暗高兴，认为这些贼徒肯定会一下子被全部歼灭。此时又有消息说，官军已经杀回城来，一时间"大彭小彭"（大彭指黄巢贼将时溥，小彭指秦彦。二人都是彭城人）忧心忡忡，黄巢和其弟黄揆（二郎指家中排行老二的黄巢，四郎指黄揆）也吓得在马上哭泣。一连好几天，出去迎战的贼兵都没有消息，"秦妇"她们认为贼人必定已经全部被剿灭。然而，贼兵们又摇旗舞剑地回来了，带来的消息是官军被杀败。

据史书载，此时当是中和二年（882）二月，唐朝大将唐弘夫大败黄巢侄儿林言，同时，唐将王处存也率兵两万人攻入京城。哪知王处存军兵和贼兵一样，入城后，照样奸淫抢掠。黄巢军趁机反攻，王处存这支"抢钱部队"被杀得大败，退出长安城。黄巢率军回到长安后，恼怒百姓欢迎官军，尽杀所有的青壮男子，长安城内流血成河。

四面从兹多厄束，一斗黄金一升粟。

天街踏尽公卿骨

尚让厨中食木皮，黄巢机上刲人肉。

东南断绝无粮道，沟壑渐平人渐少。

六军门外倚僵尸，七架营中填饿殍。

长安寂寂今何有？废市荒街麦苗秀。

采樵斫尽杏园花，修寨诛残御沟柳。

华轩绣毂皆销散，甲第朱门无一半。

含元殿上狐兔行，花萼楼前荆棘满。

昔时繁盛皆埋没，举目凄凉无故物。

内库烧为锦绣灰，天街踏尽公卿骨。

来时晓出城东陌，城外风烟如塞色。

路旁时见游奕军，坡下寂无迎送客。

霸陵东望人烟绝，树锁骊山金翠灭。

大道俱成棘子林，行人夜宿墙匡月。

明朝晓至三峰路，百万人家无一户。

破落田园但有蒿，摧残竹树皆无主。

　　这段写黄巢和官军进行"拉锯战"后，长安一带荒凉不堪的情景。黄巢虽然又占领了长安，但唐朝诸道兵马云集，黄巢困守城中，无粮无草，以至于粮食比金子还贵。贼头尚让家也吃上了树皮，伪帝黄巢的餐桌上也只有从人身上剐下来的肉。这种情况下，平头百姓更是饿死无数，以至于沟壑都填平了。黄巢军兵也有饿死的，禁军的营门外全是饿死的僵尸，军营里也满是死人。

　　长安都城已是一片死寂，昔日繁华无比的八街九陌，现在竟长出了麦苗；皇家杏园中的花木，全被砍光当柴火烧了，御沟旁的柳树也被砍了修营寨用；朱门甲第的大户大半残破，正所谓"陋室空堂，当年笏满床"；宫禁中的含元殿、花萼楼，荆棘丛生，狐兔纵横。从"秦妇"眼中看来，满目凄凉，再无旧时的光景。盛满珍宝锦绣的内库已烧成灰烬；街头上那些无人收拾的骸骨，正是当初衣冠堂堂的公卿。

估计此时，黄巢败走，军心大乱，已无暇顾及"秦妇"等这些掠来的女子，于是她趁乱逃出。走在城东的路上，只见城外的情景也是寥落不堪，如荒无人烟的边塞一样。路上不时有些散兵游勇，昔日经常迎送客人的霸陵不见人烟，再无旧日的热闹。骊山上虽然依然树木葱茏，但金碧辉煌的宫室早毁于兵火。大道上生满荆棘，路边哪里有什么客店，行人到夜晚时，只好露宿在断墙根下。第二天，"秦妇"走到华阴县，也是一片荒凉，十室九空。

路旁试问金天神，金天无语愁于人。

庙前古柏有残蘖，殿上金炉生暗尘。

一从狂寇陷中国，天地晦冥风雨黑。

案前神水咒不成，壁上阴兵驱不得。

闲日徒歆奠享恩，危时不助神通力。

我今愧恧拙为神，且向山中深避匿。

寰中箫管不曾闻，筵上牺牲无处觅。

旋教魔鬼傍乡村，诛剥生灵过朝夕。

妾闻此语愁更愁，天遣时灾非自由。

神在山中犹避难，何须责望东诸侯！

天街踏尽公卿骨

这段写"秦妇"向华山山神诉苦。结果山神比人还发愁（神像当

然不会说话，但古人有时候常常代拟神语，以下感触都是借神的口气来说）：庙前古柏树都被贼兵破坏得乱七八糟；殿上供的香炉满是灰土。自从黄巢贼兵来后，天昏地暗，我的神水和咒全不灵了，壁上画的神兵神将也驱动不得。我平日受百姓供奉，如今危难之时却无通可显。我这神实在太愧对父老们了，只好躲在山中。如今我的庙里早没有箫管音乐之声，更没有人来献三牲给我享用。我算是全废了，只好听任贼兵这些妖魔鬼怪四处害人。秦妇听山神还如此说，更加愁闷，原来连神都无办法。东边勤王救难的朝廷兵马更没有法指望了。

其实，乱世之中，人们往往只知祷告上天和神灵，但其实根本无济于事。正像丘处机写过的诗一样："天苍苍兮临下土，胡为不救万灵苦？万灵日夜相凌迟，饮气吞声死无语。仰天大叫天不应，一物细琐枉劳形。安得大千复混沌，免教造物生精灵。"（《古风》）

前年又出杨震关，举头云际见荆山。

如从地府到人间，顿觉时清天地闲。

陕州主帅忠且贞，不动干戈惟守城。

蒲津主帅能戢兵，千里晏然无戈声。

朝携宝货无人问，暮插金钗惟独行。

明朝又过新安东，路上乞浆逢一翁。

苍苍面带苔藓色，隐隐身藏蓬荻中。

问翁本是何乡曲？底事寒天霜露宿？

老翁暂起欲陈词，却坐支颐仰天哭。

乡园本贯东畿县，岁岁耕桑临近甸。

岁种良田二百廛，年输户税三千万。

小姑惯织褐絁袍，中妇能炊红黍饭。

千间仓兮万丝箱，黄巢过后犹残半。

自从洛下屯师旅，日夜巡兵入村坞。

匣中秋水拔青蛇，旗下高风吹白虎。

入门下马若旋风，罄室倾囊如卷土。

家财既尽骨肉离，今日垂年一身苦。

一身苦兮何足嗟，山中更有千万家。

朝饥山草寻蓬子，夜宿霜中卧荻花。

（笔者注："前年"一词，按文意应为前天，但各本均作"前年"，似为韦庄当年笔误。）

这段写"秦妇"离开长安向东走出潼关（即杨震关）后，望见荆山，觉得这里比较平安，如同离开地狱来到人间。陕州主帅指王重盈，蒲津主帅指王重荣，他们是兄弟二人。这哥俩虽然畏黄巢如虎，不敢救难，但从"秦妇"的叙述中来看，他们的治下还是比较清明的。因为这时候"秦妇"白天身上带着珍宝，夜晚头上插着金钗，也没有歹人来抢。

然而，当"秦妇"走到新安县东时，情景却又不一样了。她想找口水喝，碰到一个老头。老头灰头土脸，藏在芦花堆里避寒。当她询问老头的来历时，老人坐倒在地，抱头痛哭。哽咽之中，老头说他是本地富户，家中良田不少，纳税很多，家里小女能织绸，大妇能做饭，辛辛苦苦地也有一些积蓄：有粮仓千间，储丝一万箱。黄巢贼兵抢掠过后，还剩了一半。但官军来后，拔剑舞旗，凶神恶煞一般，风卷土似的将家里抢得精光。家里一无所有，妻女骨肉也被掠走，就此分散。

天街踏尽公卿骨

265

我现在一个孤老头子，一身病苦，也没有几天活头了。山里面还有成千上万的难民，都和我一样，躲在山中吃野草，睡在冰霜满地的芦花堆里。

这段借老人之口揭露了那些官军们的丑行。末世之中，常是官比贼还狠，正所谓"贼来如篦，官来如剃"。如此情景下，大唐焉能不亡？

妾闻此老伤心语，竟日阑干泪如雨。

出门惟见乱枭鸣，更欲东奔何处所？

仍闻汴路舟车绝，又道彭门自相杀。

野色徒销战士魂，河津半是冤人血。

适闻有客金陵至，见说江南风景异。

自从大寇犯中原，戎马不曾生四鄙。

诛锄窃盗若神功，惠爱生灵如赤子。

城壕固护教金汤，赋税如云送军垒。

奈何四海尽滔滔，湛然一境平如砥。

避难徒为阙下人，怀安却羡江南鬼。

愿君举棹东复东，咏此长歌献相公。

这是此诗的最后一段。诗中"秦妇"听了老人这样说更加惊慌失措——到处这样恐怖，这日子可怎么过啊？于是终日以泪洗面。到处枭鸣，人迹难觅。听说去开封的道路也被乱兵阻隔，徐州也在内乱。死尸遍野，血流成河。恰好有人从金陵（南京）来，说江南那边独好。虽然中原鼎沸，但江南却很太平，那边盗贼不兴，百姓安居，城高池深，赋税丰饶。四海八方乱如洪水滔滔，独有江南一地却平坦如砥。我虽老家在京城，但现在却巴不得老死在江南，当个江南的鬼。于是"秦妇"对韦庄说，还是到江南去吧！

韦庄的这首长诗，气势宏大，十分真实深刻地描绘出了唐末乱世中的图景，堪称文字画就的"丧乱图"。中国历代王朝，历来逃不出"历史周期律"，积弊越来越多，矛盾越来越多，贫富差距越来越大，终于无法修补，要靠一场大动乱大浩劫来重新"刷新"，仿佛电脑系统格式化一般。但是中国历代王朝的"格式化"过程，却是用无数财富的灰飞烟灭无数生命在号哭中死亡的代价换来的。

天街踏尽公卿骨

267

争表梁王"造化功"

——大唐的正式灭亡

同是乾坤事不同，雨丝飞洒日轮中。

若教阴朗长相似，争表梁王造化功。

——杜荀鹤《梁王坐上赋无云雨》

　　此诗为晚唐有名的诗人杜荀鹤所作。诗中的"梁王"，乃是直接断送大唐近三百年社稷的朱温。这朱温虽被唐室赐名"全忠"，但此人大大的不忠。他原本是黄巢军中的贼将，见黄巢大势已去，就带着人马投降了唐朝。唐朝当时已是尸居余气，根本无力去追究这些忽降忽叛的人，反而要好言安抚，命朱温任四镇节度使，厚加赏赐。但朱温野心勃勃，见唐室衰微，顿生不臣之心。

　　如果说过去的唐朝如同患了脑血栓（宦官当政）加半身不遂（藩镇割据）的顽症，此时的唐室已成了一个靠呼吸机维持的濒死之人。皇帝唐昭宗正如东汉末年的汉献帝一样，完全受制于朱温等权臣。唐昭宗也是经常被各种军阀势力抢来抢去，和《三国演义》中李催、郭汜大交兵时的汉献帝一样的凄惨。战乱中唐昭宗狼狈不堪，经常饿得眼发昏。

有一次唐昭宗饿了好几天，左街一个小和尚怀宝献上一个荞面烧饼，昭宗大喜，一边狼吞虎咽，一边命赐一品官给这个小和尚。一个宫女在唐昭宗哭泣时找出来一方干净手帕供他拭泪，昭宗感激之余，又封她为楚国夫人。不过，这"一品官"和"楚国夫人"在待遇上恐怕很难挂钩，皇帝都丧家野狗模样了，"一品官"和"楚国夫人"不过是空头支票而已。

唐昭宗其实文才也不错，曾写过《菩萨蛮辞》，现在只知道最后几句是："野烟生碧树，陌上行人去。安得有英雄，迎归大内中？"唐昭宗这种弱势的末代之君，自己没有了叱咤风云的能力，只好像《大话西游》中的紫霞仙子一样，盼着有"盖世英雄，穿着金甲圣衣，踏着五彩祥云"来救他。又有一次，天上风雷大作，劈死牛马，劈断大树，昭宗又吟诗道："只解劈牛兼劈树，不能诛恶复诛凶。"（《咏雷》）唐昭宗现在又像个农村老太婆，对着天哭：老天爷怎么不打雷劈了那些叛臣贼子！

然而，朱温却先动手了。904 年，朱温手下的兵将恶狠狠地来了，裴妃开门惊问时，被一刀砍死，唐昭宗的昭仪李渐荣大呼："只杀我们好了，不要杀皇帝！"贼兵哪里肯听，追上起身绕柱乱跑的唐昭宗一刀捅死，弱女子李昭仪扑在皇帝身上保护，也被乱刀穿身而死。

像历代篡逆者一样，朱温并未马上篡位，还是要再"过渡"一下的。他假意立昭宗十三岁的儿子李祚（李柷）为帝，这就是唐朝最后一个皇帝，是为昭宣帝，年号为天祐——其实天哪里"佑"得了他，最后他也被朱温毒死了，后人称之为唐哀帝。此时大权已完全掌握在朱温手中，过了三年，907 年，唐哀帝将皇位正式"禅让"给朱温。大唐正式宣告灭亡，开始了"纷纷五代乱世间"的时期。

争表梁王『造化功』

据《唐才子传》等书中所说，杜荀鹤是杜牧的私生子。号称"小杜"的杜牧风流多情，传说杜荀鹤的生母叫程氏，是歌妓出身，怀了杜牧的孩子后，杜牧行将调任，又不敢带她回家——他的大老婆据说是也个很厉害的女人——就厚赠钱财作陪嫁，安排她嫁给长林的村民叫杜筠的，之所以特意也找个姓杜的，用意是让自己的骨肉不至于改姓。这大概并非八卦传闻，宋代严有翼的《艺苑雌黄》、计有功的《唐诗纪事》都这样说。杜荀鹤的诗确实也相当不错，恐怕也是有杜牧的遗传的。

杜荀鹤生于乱世，本为正直清高之人，诗中也颇多激愤之语。我们大家恐怕都学过他的《山中寡妇》一诗："夫因兵死守蓬茅，麻苎衣衫鬓发焦。桑柘废来犹纳税，田园荒后尚征苗。时挑野菜和根煮，旋斫生柴带叶烧。任是深山更深处，也应无计避征徭。"其对当时战乱之中官府的暴虐进行了无情的揭露。杜荀鹤这方面的诗是相当多的，比如写官兵们的暴横，强抢民财，乱拆古寺，乱挖古坟："握手相看谁敢言，军家刀剑在腰边。遍搜宝货无藏处，乱杀平人不怕天。古寺拆为修寨木，荒坟开作甃城砖。"（《旅泊遇郡中叛乱示同志》）

当时各地军阀混战，强拉民夫，强征平民财物做军用，"农夫背上题军号，贾客船头插战旗"（《赠秋浦张明府》）；百姓们家破人亡，骨肉分离，"因供寨木无桑柘，为著乡兵绝子孙"（《乱后逢村叟》）。然而清初人贺黄公曰："杜荀鹤在晚唐为至陋，不成人语。"对此笔者是持反对意见的，至少个人看杜荀鹤的诗就非常好，尤其喜欢他的这样一首诗：

自叙

酒瓮琴书伴病身，熟谙时事乐于贫。

宁为宇宙闲吟客，怕作乾坤窃禄人。

诗旨未能忘救物，世情奈值不容真。

平生肺腑无言处，白发吾唐一逸人。

此诗颔、颈两联尤佳。"宁为宇宙闲吟客，怕作乾坤窃禄人"，以宇宙、乾坤这样旷渺的字眼相衬，越发显出"闲吟客"（诗人自谓）的耿耿傲骨，"窃禄人"的渺小可鄙。那句"诗旨未能忘救物，世情奈值不容真"，更是发于炽热的肝肠，苍凉悲愤之意感人至深。

然而，不知为何，写过这样句子的杜荀鹤居然也有本篇所选的这样一首诗。这首诗在《全唐诗》中有这样一小段序文："荀鹤初谒朱全忠，雨作而天无云，全忠曰：'此谓天泣，知何祥？请作无云雨诗。'荀鹤乃赋云云。全忠悦。"意思是说，杜荀鹤初次拜见朱温时，天上竟然无云而雨，朱温认为是老天爷在哭，不知主何吉凶。于是令杜荀鹤写诗。杜荀鹤当即写了本篇这首诗，朱温听了大喜。

我们来看这首诗，杜荀鹤大拍朱温的马屁，把朱温歌颂成改换天地、夺阴阳造化的大英雄。老朱当时虽还名为"梁王"，但已是实际上的皇帝，取唐室而代之只是时间问题。杜荀鹤将奇特天象解释为朱温的不凡"神通"，正暗合了朱温想改朝换代的心思，所以老朱才咧开大嘴笑了，并封杜荀鹤为翰林学士。

说来老朱并非"善人"，此老朱和彼老朱（朱元璋）差不多，都对知识分子有一种似乎与生俱来的仇视。朱温曾将朝官仕宦三十多人投入黄河里淹死，朱温手下走狗打趣说："他们常自喻为清流，这下子被扔到黄河里，统统都没入浊流。"

还有一次，老朱和部下及一群文士坐在大柳树下乘凉。老朱自言

争表梁王「造化功」

自语道："这柳树做车轮蛮好的。"当时就有几个喜拍马屁的书生凑趣说："王爷您说得对，是做车轮最好。"老朱突然把脸一拉，怒喝道："臭书生们就爱顺口奉承糊弄人玩，我老朱还不知道吗？车轮必须用榆木做，柳树哪行！"老朱向左右一挥手，说："还犹豫什么哪？"左右的凶恶汉子连忙动手，揪出刚才说用柳木做车轮好的那些书生们乱棍打死，余者无不战栗。

知道了老朱的这些作为，杜荀鹤此举看来也是虎口夺食，危险得很。而且杜荀鹤这个"翰林学士"，看似得来的非常幸运，但却给他留下了不好的名声。同样，中唐时的著名美女诗人李季兰（李冶），晚年在朱泚篡位时，居然献上一首诗，说什么："故朝何事谢承朝，木德□天火□消。九有徒□归夏禹，八方神气助神尧。紫云捧入团霄汉，赤雀衔书渡雁桥。闻道乾坤再含育，生灵何处不逍遥。"（此诗近来由俄国藏敦煌残卷中发现，□为卷本中缺字），明显的大逆不道，公然吹捧伪政权，结果"秋后算账"时，被朝廷活活乱杖打死，而且名声也染上了一大污点。有人就十分鄙夷杜荀鹤投靠朱温的行为，说"荀鹤为人至不足道"。而且附逆得来的官也只做了五天，杜荀鹤就病死了。

　　看来这人真是最复杂的动物，一向标榜"熟谙时事乐于贫"的杜荀鹤，常说"逢人不说人间事，便是人间无事人"（《赠质上人》）的杜荀鹤，最后却向朱温献诗献媚。就算抛开封建社会的传统节义观不论，朱温也不是什么好人，为人刻薄寡恩，实在也不是明主的材料。他的亲哥哥都骂他说："朱三，你本是砀山贱民，跟着黄巢当强盗。皇帝封你为四镇节度使，已经够富贵了，你还灭他唐家三百年社稷，早晚我们朱家会被全族抄斩！"然而，此时的唐朝，已成了一座摇摇欲坠的破房子，朱三只不过踢了最后一脚，整个大唐的恢宏大厦就此崩塌。

争表梁王「造化功」

后 记

接近三百年的大唐就此结束，岁月的沧桑让我们已经无法再走在宽得可以让四十五辆车同时行驶的朱雀大桥上，辉煌壮丽比北京故宫三倍大的大明宫早已成为了废墟遗址，莲叶接天荷花映日的太液池也埋入了污泥。遍洒郊原的热血，早被无情的冷雨洗刷干净，横陈旷野的白骨，也被漫漫的黄沙掩入地下。乐游原上的晚风，可会吹来华清宫中霓裳羽衣曲的乐音？大雁塔角上的冷月，再难映出开元天宝年十二官街的灯火。

正所谓"鸟来鸟去山色里，人歌人哭水声中"，多少次烽烟滚滚，多少次人嚷马嘶，多少次冬去春来，多少次花落花开，金戈铁马威镇四夷的大唐雄威，闭月羞花倾国倾城的太真仙姿，都成为过往云烟。

然而，大唐给我们留下来的，难道仅仅是一张张暗黄发脆的书页，一块块斑驳剥落的古碑？难道盛唐的袅袅余音，就此杳不可闻？难道盛唐的繁华，只凝聚成那落日西风中渭北高原上的一座座帝王高冢？

不！大唐的风韵仍在，我们并非只有从"高标跨苍穹，烈风无时休"的大雁塔上才能领略到些许盛唐时的气象，她不只存在于法门寺的绝世珍宝中、龙门石窟中庄严微笑的卢舍那大佛中，颜筋柳骨的神韵中有她，吴带当风的风采中有她，流光溢彩的唐三彩中有她，神秘的敦煌宝库中也有她。

然而，盛唐的精神，更多地保存在浩瀚的《全唐诗》中，这里面有"万国衣冠拜冕旒"的天朝大国的形象，有"稻米流脂粟米白，公私仓廪俱丰实"的盛世的光辉，有"将军三箭定天山，壮士长歌入汉关"的赫赫武功，有"一生大笑有几回，斗酒相逢须醉倒"的豪迈气概。

　　品味《全唐诗》，让我们更加贴近一千多年前那个让我们无法忘怀的时代。在那个时代，我们的祖先以恢恢然、广广然、昭昭然、荡荡然的恢宏气度包容着四面八方的外来文明，我们的祖先以奔放、热情、勇敢和进取的精神创造了让四夷八方心悦诚服的灿烂文化，这就是我们值得骄傲的大唐！这种精神并没有随着大唐的结束而死去，她浸透在我们每个人的血液中，如薪火相传，直到永远！

　　长安与秋色，气势两相高。长安，似一壶醇郁的老酒，有着浓烈的滋味。这里埋藏着秦砖汉瓦，沉淀着全唐诗篇。吟不尽西风渭水，落叶片片。让我们展开时间的画轴，绽放那朵盛世中灿然夺目的牡丹。

　　最后，让我们重读一下《全唐诗》中的这十二首《忆长安》，在唐人的诗句中梦回大唐，梦回长安：

后记

忆长安·正月

谢良辅

忆长安，正月时，和风喜气相随。献寿彤庭万国，
烧灯青玉五枝。终南往往残雪，渭水处处流澌。

275

忆长安·二月

鲍防

忆长安，二月时，玄鸟初至禖祠。百啭宫莺绣羽，
千条御柳黄丝。更有曲江胜地，此来寒食佳期。

忆长安·三月

杜奕

忆长安，三月时，上苑遍是花枝。青门几场送客，
曲水竟日题诗。骏马金鞭无数，良辰美景追随。

忆长安·四月

丘丹

忆长安，四月时，南郊万乘旌旗。尝酎玉卮更献，
含桃丝笼交驰。芳草落花无限，金张许史相随。

忆长安·五月

严维

忆长安，五月时，君王避暑华池。进膳甘瓜朱李，
续命芳兰彩丝。竞处高明台榭，槐阴柳色通逵。

忆长安·六月

郑概

忆长安，六月时，风台水榭逶迤。朱果雕笼香透，
分明紫禁寒随。尘惊九衢客散，赭珂滴沥青骊。

忆长安·七月

陈元初

忆长安，七月时，槐花点散罘罳。七夕针楼竞出，中元香供初移。绣毂金鞍无限，游人处处归迟。

忆长安·八月

吕渭

忆长安，八月时，阙下天高旧仪。衣冠共颁金镜，犀象对舞丹墀。更爱终南灞上，可怜秋草碧滋。

忆长安·九月

范灯

忆长安，九月时，登高望见昆池。上苑初开露菊，芳林正献霜梨。更想千门万户，月明砧杵参差。

忆长安·十月

樊珣

忆长安，十月时，华清士马相驰。万国来朝汉阙，五陵共猎秦祠。昼夜歌钟不歇，山河四塞京师。

后记

忆长安·十一月

刘蕃

忆长安，子月时，千官贺至丹墀。御苑雪开琼树，
龙堂冰作瑶池。兽炭毡炉正好，貂裘狐白相宜。

忆长安·十二月

谢良辅

忆长安，腊月时，温泉彩仗新移。瑞气遥迎凤辇，
日光先暖龙池。取酒虾蟆陵下，家家守岁传卮。